rororo

Hiltrud Leenders, geboren 1955 am Niederrhein, arbeitete zunächst als Übersetzerin und machte sich später als Lyrikerin einen Namen. Sie ist Mutter von zwei Söhnen und seit 1990 hauptberuflich Schriftstellerin.

Michael Bay, geboren 1955 in Rheine, arbeitet als Diplompsychologe und Psychotherapeut. Er ist verheiratet und hat drei Kinder.

Artur Leenders, geboren 1954 in Meerbusch, arbeitet als Unfallchirurg in Kalkar. Seit über dreißig Jahren ist er mit Hiltrud Leenders verheiratet.

Im Rowohlt Taschenbuch Verlag liegen bereits folgende Bände der Reihe um das Klever Kommissariat KK 11 vor: «Die Schanz» (rororo 23280), Augenzeugen» (rororo 23281) sowie «Gnadenthal» (rororo 24001), «Die Burg» (rororo 24199), «Kesseltreiben» (rororo 24949) und «Totenacker» (rororo 25525).

Bei «Lavendel gegen Ameisen» (rororo 25836) handelt es sich um einen der ersten beiden – bisher unveröffentlichten – Kriminalromane um Kommissar Toppe, «Grenzgänger» ist der zweite Fall für das KK 11.

Hiltrud Leenders/
Michael Bay/Artur Leenders

Grenzgänger

Toppes zweiter Fall

Rowohlt Taschenbuch Verlag

Originalausgabe
Veröffentlicht im Rowohlt Taschenbuch Verlag,
Reinbek bei Hamburg, August 2012

Umschlaggestaltung any.way, Cathrin Günther
(Abbildung: Okapia / Imagebroker / Rainer Schoditsch;
Tony Wheeler / Lonely Planet Images)
Satz Bembo PostScript (InDesign) bei
Pinkuin Satz und Datentechnik, Berlin
Druck und Bindung CPI – Clausen & Bosse, Leck
Printed in Germany
ISBN 978 3 499 25841 1

Eins Gabi entschuldigte sich jetzt schon zum vierten Mal dafür, dass die Gartenmöbel nicht zueinanderpassten. Toppe schwitzte. Er hatte sein Jackett schon gegen halb zehn abgelegt, als die letzten Gäste gekommen waren, trotzdem klebte ihm das Hemd am Rücken. Es war wirklich ungewöhnlich warm für Anfang Mai, und die Terrasse war einfach zu klein für die rund dreißig Leute, die sie eingeladen hatten. Man hatte kaum Platz, sich zu drehen, ohne jemanden zu berühren.

Noch bis gestern hatte Gabi ihn damit verrückt gemacht, dass das Wetter umschlagen könnte und sie die Einzugsfete nach drinnen verlegen müssten – der neue schöne Cottoboden! Zehn Minuten, bevor die ersten Gäste kamen, hatte sie noch ein letztes Mal aufgewischt, denn Toppe hatte beim Bierfassschleppen vergessen, sich die Schuhe an der Haustür auszuziehen, und überall Lehmabdrücke hinterlassen. Nun ja, das würde sich auch noch ändern, wenn der Eingang erst mal gepflastert war, demnächst.

«Soll ich Ihnen ein Bier mitbringen, Herr Toppe?» Astrid Steendijk, die im letzten Jahr als Praktikantin bei ihnen gearbeitet hatte, griff nach seinem leeren Glas. Ihr machte die Wärme ganz offensichtlich nichts aus.

«Nein, lassen Sie nur, Astrid, ich komme mit.»

Gemeinsam zwängten sie sich zum Fass durch.

«Ab Montag bin ich wieder bei Ihnen im K1. Ich freu mich schon drauf.»

Toppe füllte zwei frische Gläser und reichte ihr eins.

«Ja, ich freue mich auch.»

«Schön ist Ihr Haus geworden, gefällt mir. Wer war denn der Architekt? Van Wickeren?»

Er nickte.

«Das sieht man immer irgendwie, finde ich. Und was haben Sie mit dem Garten vor?» Sie deutete auf die beiden frisch angeschütteten Berge Muttererde.

«Na ja, viel Wiese und Obstbäume, ein paar Sträucher und Beete vielleicht. So genau haben wir uns das noch nicht überlegt.»

«So einen Naturgarten? Das find ich gut. Ist ja auch schön groß, das Grundstück. So würde ich auch gern mal wohnen.»

Jemand legte Toppe von hinten die Hand auf die Schulter. «Helmut.»

«Ja? Ach, du, Norbert.»

«Ich fürchte, da kommt was auf dich zu.» Van Appeldorn grinste und wies mit dem Kinn auf Ackermann, den Kollegen vom Einbruchsdezernat, der am anderen Ende der Terrasse an einem Tisch saß und just in diesem Moment mit seinem Ehering gegen sein Altglas klopfte. Das Gemurmel der anderen Gäste verstummte so plötzlich, als hätte jeder nur darauf gewartet. Ackermann sprang auf und krähte: «Tätää, tätää, tätää … wir wollten et uns nich' nehmen lassen, Herr Toppe, die Kollegen un' ich, und deshalb ham wer alle zusammengeschmissen, auch für Ihre Gattin, weil wer dachten, so wat haben Sie bestimmt noch nich' in Ihre Sammlung, wie man so schön sagt, und deshalb – Franz!»

Aufs Stichwort kamen in diesem Augenblick zwei Kollegen aus dem Wohnzimmer und trugen einen seltsamen schwarzen Gegenstand zu Toppe hinüber.

Toppe schluckte.

«Wunderschön», hörte er seine Schwiegermutter hauchen.

Es war ein schmiedeeiserner Fußabtreter: ein magerer Dackel mit einem Schild in der Schnauze, auf dem in verschlungenen goldenen Buchstaben ‹Herzlich willkommen› glänzte. Toppe schaffte es irgendwie, ein Lächeln hervorzuzaubern, und versuchte, sich mit ausgestreckter Hand zu Ackermann durchzudrängeln. Aus dem Augenwinkel sah er, wie Gabi das Geschenk überschwänglich bewunderte.

«Nee, nee, Momentchen noch», winkte Ackermann ab. «Wir haben nämlich noch wat … Alles klar, Jungs? 'n kleines Ständchen, sozusagen … un' eins … un' zwei:

Toppe ist unser bester Freund.
Lustig wird's immer, wenn er erscheint.
Schön kann er bauen, wunderbar Haus,
Wir wünschen Glück ihm zuhauf.»

Toppe beneidete Gabi, die prustend in der Küche verschwinden konnte. Er musste hier stehen bleiben und durchhalten.

Sein Freund Arend Bonhoeffer, der Pathologe aus Emmerich, grinste ihm von der Tür her frech ins Gesicht.

«Bist du etwa auch daran beteiligt, Norbert?», presste Toppe zwischen den Zähnen hervor.

«Sehe ich etwa so aus?»

Als der Gesang verstummt war, herrschte sekundenlang Stille.

«Wunderbar, Ackermann!» Van Appeldorn applaudierte. «Ganz wunderbar! Und jetzt setz dich, Ackermann, und trink dir noch einen.»

Und Ackermann setzte sich.

Toppe trat van Appeldorn auf den Fuß.

«Muss natürlich anständig einbetoniert werden, das Ding», hörte er seinen Schwiegervater dozieren. «Na ja, wenn man bloß noch so könnt, wie man will. Wissen Sie», wandte er sich an Bonhoeffer, «ich hab ja unter anderem auch die Betonarbeiten hier am Bau gemacht. Unter anderem!»

«Tatsächlich, Herr Kuipers? Hatte Helmut die Geschichte nicht an einen Unternehmer vergeben?», fragte Arend Bonhoeffer interessiert, und Toppe freute sich still.

«Teilweise, nur teilweise. Viel musste ich natürlich schwarz machen lassen und selber mit anpacken. Ist ja sonst gar nicht zu bezahlen.»

«Sie sind selbst vom Fach?»

Toppe nahm sich noch ein Bier und freute sich weiter.

«Nee, nee, nicht direkt. Aber ich hab natürlich mein Lebtag mit Bauen zu tun gehabt. Da hat man schon so seine Erfahrung, kann ich Ihnen sagen. Mir macht so leicht keiner ein X für ein U vor.»

Bonhoeffer nickte nur, aber der Schwiegervater entließ ihn noch nicht. «Sagen Sie mal, was anderes: Sie sind doch quasi auch Doktor, gewissermaßen, oder? Ich hab mir doch hier auf'm Bau einen Bruch zugezogen, in der Leiste, wissen Sie. Und mein Schwiegersohn hat doch extra so eine Versicherung für Unfälle auf'm Bau und so. Und jetzt sagt mir doch mein Doktor, die Versicherung zahlt da gar nichts, weil, das käm gar nicht vom Bau. Das kann doch wohl nicht, oder?»

Toppe zwängte sich zum anderen Ende der Terrasse durch, wo van Appeldorn, Berns, Heinrichs und van Gemmern zusammenstanden.

«Wenn jetzt das Dach runterkommt, ist fast die komplette Mordkommission auf einen Schlag hin», flachste er. «Was gluckt ihr denn hier zusammen?»

«Wir haben gerade über das Bild im Esszimmer gefachsimpelt», antwortete van Gemmern. «Gefällt mir.»

«Mir auch. Hat uns Sofia zum Einzug geschenkt.» Toppe sah sich suchend um, aber er konnte Sofia nirgendwo entdecken. «Arends Freundin, sie ist Malerin.»

«Das wissen wir doch», nickte Heinrichs. «Ich hab doch gesagt, das muss von der Terhorst sein.»

«Sicher, sicher, das wusste ich auch.» Berns klopfte Toppe auf die Schulter. «Bloß billig ist die ja nun nicht gerade. Aber geschenkt ist natürlich was anderes.»

«Wer hat eigentlich Bereitschaft heute?», fragte Heinrichs.

«Ich», sagte van Appeldorn und hob sein Cola-Glas. «Mich trifft es ja immer, wenn's was zu trinken gibt. Du, Paul, bist natürlich immun gegen Alkohol. Oder hast du keinen Dienst?»

Berns winkte ab. «Die ein, zwei Gläschen hauen doch einen richtigen Mann nicht um. Übrigens, sag mal, Klaus, versetzt dich deine Süße heute?» Er zeigte mit seinem dicken Finger auf Astrid Steendijk, die sich gerade mit Toppes Schwiegervater unterhielt. «Also, in diesen engen Jeans, richtig lecker.» Er lachte anzüglich, aber Klaus van Gemmern sah ihm ungerührt in die Augen und schwieg.

Toppe wusste, was er an van Gemmern so mochte.

«Helmut», tönte die schrille Stimme seiner Schwiegermutter herüber. «Helmut, nun komm doch schnell und fass mal mit an! Jetzt sei doch vernünftig», schimpfte sie dann, «Alfred, du weißt doch, du darfst nicht mehr so schwer heben.»

Der Schwiegervater hielt den Eisendackel in den Händen.

«Er wollte mit mir nur einen passenden Platz dafür aussuchen», entschuldigte sich Astrid.

«Ach, der Mann ist ja so unvernünftig!» Die Schwiegermutter war jetzt richtig in Fahrt. «Will sich ja partout nicht operieren lassen. Dabei sag ich die ganze Zeit: Alfred, geh nach Goch. Anneliese ihr Mann ist auch nach Goch gegangen, und der war ja so zufrieden. Auch die Zimmer so schön und alles.»

Toppe nahm seinem Schwiegervater den Dackel aus den Händen und trug ihn ins Haus. Das Ding war tatsächlich ganz schön schwer.

Die Tür zum Gäste-WC war abgeschlossen.

«Bist du da drin, Gabi?»

«Ja.»

«Mach mal auf.»

Sie hatte sich die Lippen nachgemalt.

«Müde?», fragte er.

«Es geht so. Läuft doch eigentlich ganz gut, oder?»

«Willst du meine ehrliche Meinung hören?»

Sie lachte. «Die sieht man dir aus zehn Metern Entfernung an. Reiß dich mal ein bisschen zusammen, ja?» Dann runzelte sie die Stirn. «Meinst du, das Essen reicht? Das Fleisch ist schon fast weg. Ich hätte doch mehr bestellen sollen.»

«Quatsch, das reicht dicke.»

«Ja, du bist bestimmt satt geworden.» Sie tätschelte seinen Bauch. «Es wird bald mal wieder Zeit für eine Diät. Du näherst dich deiner Schallgrenze.»

«Quatsch», knurrte Toppe wieder.

Gabi nahm seine Hand. «Jetzt komm. Wir können nicht beide so lange wegbleiben.»

Toppe öffnete die Tür. «Ich lege jetzt Musik auf. Vielleicht tanzt ja jemand.»

Als sie durch die Diele gingen, klingelte das Telefon. Toppe ignorierte es, aber Gabi holte ihn im Wohnzimmer ein: «Sag Norbert Bescheid. Es ist was passiert.»

Van Appeldorn telefonierte kurz und kam dann auf die Terrasse zurück.

«Musst du los?», fragte Toppe.

Van Appeldorn nickte: «Und der Erkennungsdienst wird auch gebraucht.» Er winkte van Gemmern und Berns.

Toppe durchstöberte seine Beatles-Sammlung und entschied sich schließlich für *Rubber Soul.* Vorsichtig drehte er die Boxen um, sodass die Musik durch die offenen Türen nach draußen in den Garten dringen konnte.

«Mein Gott, Helmut.» Seine Schwiegermutter hielt sich gequält die Ohren zu. «Du bist doch keine achtzehn mehr. Mach die Musik leiser, man versteht ja sein eigenes Wort nicht. Und die Nachbarn …»

«Die Nachbarn sind alle hier, Thea», entgegnete Toppe.

«Ach was, das hört man ja bis bei van de Kemp.»

«Die Musik bleibt genau so laut, wie sie jetzt ist.»

Gegen halb eins brachen die Ersten auf. Toppe hatte einen dicken Wollpullover übergezogen, ein paar Bier getrunken, der Musik zugehört – es hatte keiner getanzt, aber das machte nichts – und die meiste Zeit einfach den Mund gehalten. Einen Sohn zeugen, ein Haus bauen … jetzt fehlte nur noch der Baum. Und den würden sie auch bald pflanzen.

Um kurz vor zwei blieb nur noch eine Handvoll Gäste übrig: Arend, Sofia, Astrid und Heinrichs. Toppe fühlte sich endlich wohl.

Arend zwinkerte ihm zu: «Und jetzt legst du mal eine anständige Jazzplatte auf, Helmut.»

«Genau, und dazu trinken wir uns einen richtig guten Schnaps.» Toppe grinste und stand auf.

«Helmut», warnte Gabi.

«Und du trinkst einen mit», antwortete er und küsste sie.

Als es gegen halb vier klingelte, war Toppe nicht mehr ganz sicher auf den Beinen, aber glänzender Laune.

«Mensch, Norbert, find ich echt prima, dass du noch mal kommst.»

Er legte van Appeldorn den Arm um die Schultern und nahm ihn mit auf die Terrasse.

«Ich hab noch Licht gesehen.»

«Find ich echt prima. Setz dich zu uns.»

Van Appeldorn ließ sich auf die Bank fallen. «Hättest du jetzt wohl ein Bier für mich?»

«Na sicher. Was war's denn?»

«Nicht so schön», antwortete van Appeldorn müde. «Krankenschwester, jung. Selbstmord, wie's aussieht.»

Zwei «Na, wieder einigermaßen erholt vom Exzess am Samstag?», fragte van Appeldorn.

«Mittlerweile schon.» Toppe schaute zerknirscht. «Ich hatte wirklich ganz schön einen im Kahn.»

«Na, Sie hätten mich mal am Sonntagmorgen sehen sollen!» Astrid lachte. «Und ich musste dann auch noch so ein blödes Tennisturnier spielen. Ich kann Ihnen sagen ... Aber gucken Sie mal, Herr Toppe, ich hab Ihnen was mitgebracht, als Einstandsgeschenk gewissermaßen.»

Es war Montagmorgen und Astrids erster Arbeitstag in Toppes Abteilung. Sie wickelte einen kleinen Blumentopf aus.

«Hübsch», sagte Toppe ein wenig verlegen. «Was ist das denn?»

«Na, riechen Sie doch mal.»

Toppe schnupperte und zuckte hilflos die Achseln. «Keine Ahnung.»

«Lavendel», erklärte Astrid, und Toppe und van Appeldorn mussten beide lachen.

«Ja, war Ihr erster Fall damals bei uns, nicht wahr?»

«Genau», sie nickte, «werd ich wohl nie vergessen: Lavendel gegen Ameisen.»

Sie stand ein wenig unschlüssig im Zimmer.

«Und was liegt heute an?»

Toppe und van Appeldorn saßen bequem an ihren Schreibtischen. Das Büro war klein, aber man hatte es irgendwie geschafft, vier Schreibtische hineinzuzwängen, dazu ein paar Stühle, einen Aktenschrank und einen Garderobenständer zweifelhafter Herkunft. Man konnte sich kaum rühren, geschweige denn aus dem Weg gehen.

«Nehmen Sie erst mal einen Stuhl und rücken Sie den hier auf die andere Seite von meinem Tisch», schlug Toppe vor.

«Gut. Was liegt denn nun an?»

Toppe kratzte sich den Bart.

Oben im Labor über dem Büro gab es ein lautes Gepolter, dann war es wieder still.

«Wir haben am Donnerstag einen Fall abgeschlossen», antwortete Toppe. «Und jetzt ist da die Sache, die Norbert am Wochenende in Atem gehalten hat.»

«Was war denn der letzte Fall?», wollte Astrid wissen.

«Eine üble Geschichte, liegt mir immer noch im Magen: Kindesmisshandlung mit Todesfolge.»

In diesem Augenblick ertönte von oben wieder ein lautes Poltern, gleichzeitig wurde die Tür geöffnet, und Heinrichs und Breitenegger betraten das Büro.

«Tach», ächzte Heinrichs. «Mann, die könnten endlich mal einen Lift einbauen in diesem Laden.»

«Wie wär's stattdessen mit Abnehmen?», schlug van Appeldorn freundlich vor.

Heinrichs warf ihm einen vernichtenden Blick zu.

«Seid ihr schon bei der Arbeit?»

Breitenegger zwängte sich mit einem Aktenstapel unter dem Arm an ihm vorbei zu seinem Schreibtisch.

Dabei entdeckte er Astrid. «Ach, Frau Steendijk, sind Sie jetzt wieder bei uns? Gut, gut.» Er setzte sich und holte Pfeife und Tabak aus der Jackentasche. «Dann wollen wir mal die Ermittlungsakten für die Staatsanwaltschaft abschließen.»

«Die Kindesmisshandlung?» Astrid klang bedrückt. «Habt ihr öfter mit so etwas zu tun?»

«Nein», antwortete Toppe, «aber das will nichts heißen. Bei uns landen ja auch nur die allerschlimmsten Fälle, die mit schwerer Körperverletzung oder eben Todesfolge, wie in diesem Fall. Ein knapp zweijähriges Mädchen, das von dem Freund der Mutter dermaßen geschlagen wurde, dass es schließlich einen Milzriss hatte und daran starb.»

«Mein Gott, wie furchtbar», sagte Astrid leise. «Und wenn man bedenkt, dass immer nur die Sachen bekannt werden, die jemand anzeigt …»

«Ja», bestätigte Toppe, «die Dunkelziffer ist wahnsinnig hoch.»

«Ich kann so etwas nicht verstehen.» Astrids Stimme wurde lauter. «Wenn ich mitkriegen würde, dass jemand sein Kind misshandelt, würde ich das doch sofort anzeigen. Da würde ich keinen Augenblick zögern.»

Im Labor oben entlud sich ein weiteres Gewitter.

«Das sagt sich so leicht», mischte sich van Appeldorn ein. «Wie will man denn herausfinden oder gar beweisen, dass ein Kind tatsächlich misshandelt wird? Wenn's jeden Abend schreit? Gut, dann kann ich vielleicht hingehen und die Eltern fragen, was los ist. Und die erzählen mir dann, das Kind hätte Blähungen oder so was. Wie will ich das denn überprüfen? Die lassen mich doch wohl kaum in die Wohnung und nachgucken.»

«Aber wenn das Kind Verletzungen hat, dann sieht man das doch.»

«Und? Dann ist es eben die Treppe runtergefallen.»

«Ja, aber man kann das Kind doch fragen», beharrte sie.

«Und Sie glauben, da käme was bei raus?», mischte sich jetzt auch Heinrichs ein. «Meistens sind die doch noch so klein, dass sie gar nicht sprechen können. Und die Älteren sind schon so kaputt, dass sie gar nichts mehr sagen.»

Oben zog eine Elefantenherde durchs Labor.

«Aber es muss doch Möglichkeiten geben ...»

«Eigentlich nur, wenn jemand direkter Zeuge einer Misshandlung wird oder wenn jemand aus der Familie nicht mehr mitspielt. So wie in diesem Fall hier, wo die Mutter dann doch schließlich Anzeige gegen ihren Freund erstattet hat. Aber von außen, als Nachbar oder Lehrer oder was weiß ich, da hat man so gut wie gar keine Chance», sagte Toppe.

«Wie grausam.»

«Ja, verdammt grausam. Und es ist ja auch noch die Frage: Wo fängt Kindesmisshandlung überhaupt an? Bei Schlägen? Ich glaube, es gibt da sehr viel subtilere und genauso grausame Möglichkeiten», fuhr Toppe fort.

Aus dem Labor hörte man einen kurzen, trockenen Knall.

«Das kann man wohl sagen», ergriff Heinrichs das Wort. «Die Freundin meiner Frau ist Erzieherin in einem Kindergarten in Goch, und die hat eine Geschichte erzählt, bei der einem die Haare zu Berge stehen. Sie haben da im Kindergarten einen vierjährigen Jungen, der wohl schon immer durch sein merkwürdiges Verhalten aufgefallen ist. Immer, wenn der in Streitigkeiten oder Rangeleien verwickelt wurde, war er plötzlich ganz steif und fing dann an zu zittern. Aber er hat sich nie gewehrt, auch nicht, wenn die anderen ihm eins auf die Nase gegeben haben. Und wenn er sich weh tat, dann hat er nie geweint oder geschrien. Und dann stellt sich nach langen Gesprächen mit der Mutter raus, wie dieses Kind so lebt. Die Eltern – beide Pädagogen, wohlgemerkt – haben eine ganz genaue Vorstellung davon, was aus ihren Kindern einmal werden soll und wie man das erreicht. Der Junge wird jeden Morgen fünf Minuten lang eiskalt geduscht, damit er richtig abgehärtet wird. Die Eltern haben ihm versprochen, wenn er das dreihundertmal – man stelle sich das mal vor: dreihundertmal, ein vierjähriges Kind –, wenn er das durchhält, dann kriegt er ein richtiges Indianerzelt. Für 29,90 bei Woolworth. Indianer sind sein großes Vorbild, klar, genau wie bei uns damals. Die weinen nämlich nie, auch nicht, wenn sie sich weh tun. Der ältere Bruder ist im dritten Schuljahr und muss jeden Tag, nach seinen Hausaufgaben, einen Aufsatz schreiben, den die Eltern korrigieren und benoten. Und zwar wirklich jeden Tag, auch in den Ferien.»

«So was gibt's doch gar nicht!»

«Doch, so was gibt's sicher öfter», fuhr Heinrichs fort. «Die Erzieherin ist davon überzeugt, dass der Vater die Familie schlägt. Sie untersucht den Jungen immer wieder auf Verletzungen, aber bis auf ein paar blaue Flecken, zu denen der Junge nichts sagt – klar, ein Indianer kennt keinen Schmerz –, findet sie nichts. Und die Mutter hält den Mund.»

«Aber wie hat sie das mit der kalten Dusche denn rechtfertigen können?»

Im Labor krachte es laut.

«Ganz logisch. Das Kind sei so anfällig für Erkältungen und müsse abgehärtet werden.»

«Mein Gott, da muss man doch was machen können.»

«Was denn? Natürlich ist das Kindesmisshandlung. Aber es gibt keine rechtliche Handhabe. Schließlich liegt es im Ermessen der Eltern, wie sie ihre Kinder erziehen. Es heißt ja sogar ‹Erziehungsgewalt›, nicht wahr? Solange kein körperlicher Schaden vorliegt – wer redet schon vom seelischen! Solche Sachen sind bestimmt nicht selten.»

«Wahrhaftig nicht!» Toppe hatte schon die ganze Zeit etwas sagen wollen. «Und das erlebst du ja nicht nur in der Familie. Es geht um die Einstellung, die man überhaupt so zu Kindern hat. Wenn ich überlege, was ich voriges Wochenende bei einem Kinder-Fußballturnier erlebt habe.»

Und wieder polterte es oben.

«Mein Sohn spielt doch seit ein paar Monaten Fußball in der F-Jugend von Siegfried Materborn, und wir waren jetzt zu einem Turnier eingeladen bei diesem Klever Renommierclub. Uns ist schon immer aufgefallen, wie gedrillt die Kinder von dem Verein sind – und man muss bedenken, das sind Kinder zwischen fünf und acht. Und wie scharf die immer aufs Gewinnen waren! Jetzt weiß ich auch, warum.

Die Kleinen von dem Club hatten ihr erstes Turnierspiel 0:1 verloren und waren ganz schön niedergeschlagen, sowieso schon. Und da geht doch dieser Trainer hin, selbst höchstens neunzehn, holt die ganze Mannschaft zusammen und verschwindet mit denen im Gebüsch. Und dann höre ich auf einmal eine wahnsinnige Brüllerei und bin hin. Da saßen die Kinder auf dem Boden, und dieser Trainer hatte sich vor ihnen aufgebaut und brüllte die zusammen, aber wie! ‹Du dumme Sau! Du bist schuld, dass wir verloren haben. Du allein. Das ist doch wieder typisch für dich. Du denkst doch keine Sekunde an deine Kameraden.› Und einer von den Kleinen fing ganz zaghaft mit ‹aber› an. Da ging's erst recht los: ‹Schnauze! Ich will keinen Ton mehr von euch hören. Schande bringt ihr über den ganzen Verein. Und keiner schämt sich dafür? Da wird mir ja ganz schlecht. Hier bleibt ihr jetzt sitzen und denkt nach, was ihr getan habt. Und wenn sich auch nur einer rührt, dann ist aber was los!›»

Astrid blieb der Mund offen stehen. «Das kann doch nicht wahr sein! Und dann?»

Von oben hörte man wieder ein lautes Donnern. Alle schauten irritiert zur Decke.

«Die Kinder saßen da und starrten auf den Boden, und keiner rührte sich mehr.»

«Und du hast nichts unternommen?», fragte van Appeldorn wütend.

«Doch, natürlich. Ich habe dem Typen mit einer Anzeige beim Fußballverband gedroht.»

«Und?»

«Das hat den nicht sonderlich gekratzt. Aber er ging dann weg. Und nach zehn Minuten kam er mit einem

Karton Eis zurück. Meinte, jetzt hätten sie wohl eingesehen, was für einen Mist sie gebaut hätten, besonders der, den er ‹Daniel, du Flasche› nannte, aber das würden sie ja wohl nie wieder tun, und jetzt kriegten sie erst mal ein Eis. Und das nächste Spiel sei in zehn Minuten gegen Materborn, und das seien sowieso Pfeifen. Und dann hat er sie systematisch heißgemacht.»

«Gehirnwäsche», murmelte van Appeldorn, «auch nicht anders als bei der Mun-Sekte. Nein, aber ernsthaft, da muss man doch was unternehmen, Helmut.»

«Ja, muss man wohl.» Breitenegger nahm seine Pfeife aus dem Mund. «Aber wir sollten uns jetzt endlich an die Akten machen. Schließlich ist da ja auch noch diese Selbstmordgeschichte von Samstag.»

Heinrichs schüttelte unwillig den Kopf. «Du engagierst dich wohl mehr für den Tierschutz, was?»

Breitenegger kniff die Lippen zusammen. «Ich will dir mal was sagen, Walter, meine Frau ist Geschäftsführerin beim Kinderschutzbund in Kevelaer. Was meinst du, was ich dir alles zum Thema Kindesmisshandlung erzählen könnte.»

Oben im Labor polterte es kurz, dann war es wieder still.

«Nur», fuhr Breitenegger fort, «nur, wenn wir uns hier darüber aufregen, dann nutzt das keinem was. Das sollte man dann an geeigneter Stelle tun.»

«Hast recht», lenkte Heinrichs ein, «war 'ne blöde Bemerkung, Günther.»

Und schon wieder krachte es oben. Es hörte sich jetzt an, als ob jemand einen Stuhl umgeworfen hatte.

«Was, um Himmels willen, treiben die denn da oben?» Toppe stand auf, ging zum Fenster gleich neben seinem Schreibtisch und lehnte sich gegen die Fensterbank.

«Liegt der Abschlussbericht der Pathologie von dem Kind vor?»

«Ja, hier hab ich ihn», nickte Breitenegger.

«Und das ist ganz sicher, Günther, das mit dem Milzriss?», fragte Heinrichs.

«Ja. Warum fragst du?»

«Na ja, ich habe das noch mal nachgeschlagen. Da gab es 1963 mal diesen Fall Lecombier in Südfrankreich, in Lesparre, um genau zu sein. Fast identische Geschichte: Vater angeklagt, das Kind getötet zu haben. Todesursache: Milzruptur. Und später hat sich dann herausgestellt, dass das Kind einen Morbus Hodgkin hatte und die Milz sowieso schon im Eimer war.»

Heinrichs war in seinem Element. Er beugte sich weit über seinen Schreibtisch vor, und seine Augen blitzten.

Toppe verbiss sich ein Grinsen. Walter Heinrichs war ein 47 Jahre alter Niederrheiner aus Goch, mehr als korpulent, dabei aber außergewöhnlich agil, was wohl kaum ausblieb, wenn man eine zehn Jahre jüngere Frau hatte und vier Kinder. Das Jüngste war gerade drei Jahre alt, und man hatte sich noch nicht entschieden, ob es wirklich das letzte sein sollte. Heinrichs hatte sein Hobby zum Beruf gemacht. Schon als Junge hatte er sich ausführlich mit Kriminalistik beschäftigt. Er hatte nicht nur, so schien es Toppe immer, sämtliche Kriminalromane, die in der westlichen Welt jemals erschienen waren, gelesen, sondern auch alles, was an Fachliteratur zum Thema Gewaltverbrechen je auf dem Markt gewesen war. Es war Heinrichs' Tick, immer anzumerken, dass es nichts gab, was nicht schon einmal da gewesen war. Und er verfügte über eine überaus lebhafte Phantasie. Manchmal konnte dies durchaus hilfreich sein – amüsant und spannend war es immer –, aber zuweilen waren seine Gedanken abwegig.

«Nein, Bonhoeffer sagt ganz klar, dass keine Vorschädigung der Milz vorliegt», entgegnete Breitenegger trocken.

Oben fiel wieder ein Stuhl um.

«Herrgott noch mal», rief Toppe und stieß sich von der Fensterbank ab, «jetzt reicht's mir!»

Er eilte hinaus und die Treppe hinauf.

In der Tür vom Labor blieb er verblüfft stehen.

Van Gemmern stand auf einem einsamen Stuhl mitten im Labor und hielt sich mit beiden Händen an einer Lederschlinge fest, die an einem Deckenhaken hing. Er sah Toppe ungerührt ins Gesicht.

«Sind Sie verrückt geworden?», fragte Toppe, als er seine Sprache wiedergefunden hatte. «Was soll denn das hier?»

Van Gemmern stieg ruhig von seinem Stuhl, ging zu einem der Labortische und zeigte wortlos auf ein Foto. Toppe sah es sich an. Es musste von dem Selbstmord am Samstag stammen. Man sah zwei baumelnde Beine und einen umgestürzten Stuhl.

«Und?»

Van Gemmern zuckte die Achseln. «Ich habe mittlerweile 44 Versuche mit dem Stuhl gemacht, und ich bin mir jetzt sicher, dass man den, wenn man draufsteht und ihn mit den Füßen wegstößt, niemals in diese Position bringen kann. Das hier», er tippte auf das Foto, «das hier kann kein Selbstmord sein.»

Drei

«Ach was, hören Sie nicht auf den Grünschnabel, Toppe. Der hat zu viele Krimis gelesen», ließ sich Berns aus dem Hintergrund vernehmen. Er saß dort, die Beine auf einen Labortisch gelegt, und las den ‹Express›.

Berns arbeitete seit vielen Jahren beim Erkennungsdienst, und einige Kollegen hielten ihn für besonders fähig und erfahren. Er war feist und laut, ein lästiger Zeitgenosse, der Arbeit schon von ferne roch und ihr möglichst aus dem Weg ging. Toppe mochte ihn nicht, und es fiel ihm gar nicht ein, auf seine Bemerkung einzugehen.

«Was meinen Sie?», fragte er van Gemmern. «Was ist mit der Position des Stuhls?»

«Na ja, sehen Sie, das ist ein Nachbau dieser Bauhaus-Freischwinger, und die haben einen sehr tiefen Schwerpunkt. Es ist gar nicht so einfach, so einen Stuhl umzukippen. Ich weiß das, ich habe nämlich selbst solche Stühle. Und wenn die wirklich einmal kippen, dann so gut wie nie nach hinten auf die Lehne. Ich habe das jetzt 44-mal versucht, und es ist mir noch nicht ein Mal gelungen.»

Toppe hatte aufmerksam zugehört und nickte nachdenklich. «Wie sind Sie nur darauf gekommen?»

«Ich weiß nicht, aber ich hatte schon am Samstag am Tatort so ein komisches Gefühl. Das hat mich bis heute Morgen nicht losgelassen.»

Er zeigte wieder auf das Foto. «Meiner Meinung nach liegt der Stuhl zu weit weg von der Toten. Auch das habe ich ausprobiert. Ich kriege den Stuhl nur dann annähernd so weit weggetreten, wenn ich meine ganze Kraft einsetze. Die Dinger sind ganz schön schwer. Und die Tote war knapp 1,60 m groß und ein ausgesprochenes Leichtgewicht.»

Toppe strich sich langsam über den Bart, wie er es immer tat, wenn er nachdachte. Wenn er unter Druck stand oder eine Situation besonders heikel wurde, fing er oft an, sich einzelne Haare aus dem Bart zu rupfen.

Berns kam beiläufig zu ihnen herübergeschlendert. Er warf Toppe einen verschwörerischen Blick zu und tippte sich vielsagend an die Stirn.

«Das erscheint mir gar nicht so unlogisch, was Sie da sagen, Herr van Gemmern», bemerkte Toppe gelassen. «Gehen wir doch mal runter und hören uns an, was Norbert dazu meint.»

Aber van Appeldorn war von van Gemmerns Theorie ebenso wenig überzeugt wie Berns. Er blieb skeptisch.

«Das hört sich alles ein bisschen nach Fernsehkrimi an, Klaus, wenn du mich fragst.»

«Meine Rede», warf Berns ein.

Heinrichs kratzte sich hörbar am Kopf: «Wartet mal, war da nicht im letzten ‹Colin Dexter› auch so eine Sache?»

Van Appeldorn hörte gar nicht hin. «Hast du daran gedacht, dass ihr oben im Labor einen Kachelboden habt? Im Zimmer des Mädchens liegt aber Teppichboden. Da rutscht doch so ein Stuhl ganz anders.»

Aber van Gemmern ließ sich nicht beirren. «Sicher

habe ich daran gedacht. Aber da liegen diese Kunstfaserteppichfliesen. Die bremsen mehr als unser Kachelboden.»

«Was ja noch zu beweisen wäre», fiel ihm Berns ins Wort. «Wenn du schon diese etwas fragwürdige empirische Methode anwendest, lieber Klaus, dann musst du natürlich erst die richtigen Voraussetzungen schaffen. Also, das ganze Experiment noch einmal am Tatort, junger Mann.»

Toppe hob beschwichtigend die Hände.

«Und wenn ich noch etwas sagen darf», fing Berns wieder an, «kann ja sein, dass ich nicht genug Phantasie habe, aber wie soll das denn gelaufen sein? Wenn jemand anders das Mädchen aufgeknüpft hätte, dann hätte die sich doch wohl gewehrt, oder? Und davon war nun wirklich nichts zu sehen am Tatort, und, soweit ich das beurteilen kann, an der Leiche auch nicht.»

«Eben», bestätigte van Appeldorn.

«Moment, Moment», mischte sich Breitenegger ein. «Man könnte sie vorher erwürgt oder erdrosselt haben. Es ist doch nicht neu, dass das Erhängen hinterher nur Tarnung ist.»

«Ach was», wischte Heinrichs den Einwand beiseite, «so etwas ist doch leicht festzustellen. Dazu kann uns Bonhoeffer bestimmt etwas sagen. Man kann eine Strangfurche ganz leicht von einer Drosselmarke oder einem Würgemal unterscheiden. Und da gibt's auch eine ganze Reihe anderer Merkmale. Wie sah denn das Gesicht der Toten aus?»

«Kalkweiß», antwortete van Gemmern lahm. Er wusste, worauf Heinrichs hinauswollte.

«Eben, das weist schon mal klar auf Erhängen hin. Beim Erdrosseln oder Erwürgen ist das Gesicht bläulich verfärbt und aufgedunsen. Überhaupt ist es so gut wie unmöglich, jemanden unauffällig durch Erhängen umzubringen, obwohl es da natürlich mal den Fall Gouffé gegeben hat …», überlegte er.

Toppe griff entschlossen zum Telefon und wählte die Nummer des Emmericher Krankenhauses.

«Kripo Kleve, Herrn Dr. Bonhoeffer, bitte.»

Man ließ ihn eine ganze Weile warten.

«Helmut, du bist es! Ich wollte dich auch gerade anrufen», meldete sich Bonhoeffer schließlich.

«Wieso?», fragte Toppe verblüfft.

«Ich habe da etwas gefunden, das möglicherweise darauf hindeutet, dass es sich hier bei dem Mädchen nicht um einen einfachen Suizid handelt.»

«Was? Mal langsam. Und wieso obduzierst du überhaupt schon?»

«Staatsanwalt Stein hat die Obduktion angeordnet. Wusstest du das denn nicht?»

«Nein, aber egal. Was sagtest du? Doch kein Tod durch Erhängen?»

«Doch, doch, das ist schon ganz eindeutig. Aber es liegt offensichtlich auch noch ein toxisches Geschehen vor. Ich habe unter anderem im Magen etwas gefunden. Ich bin noch nicht sicher, konnte nur einen Schnelltest machen, aber auf jeden Fall ist Atropin dabei. Die Sachen sind schon unterwegs nach Düsseldorf. Ich denke, ich kann dir wohl schon heute Mittag Genaueres dazu sagen.»

Toppe zog seinen Notizblock heran. «Atropin» schrieb er auf. «Und sie ist nicht erwürgt oder erdrosselt worden?»

«Nein, das ist sicher auszuschließen. Die Todesursache ist Strangulation durch Erhängen.»

«Dann verstehe ich das mit dem Gift nicht so ganz. Meinst du, sie hat sich zusätzlich noch vergiftet, um auf Nummer sicher zu gehen?»

«Vielleicht, aber Atropin wäre da sehr ungewöhnlich. Sie war Krankenschwester, musst du bedenken. Sie kannte sich bestimmt aus und konnte auch an alles rankommen, was gut und teuer ist. Barbiturate zum Beispiel, oder Digitalis. Vielleicht hat ihr ein anderer das Zeug gegeben. Aber ich will mich nicht festlegen, ich muss erst einmal wissen, um welches Gift es sich genau handelt und wie es wirkt. Also, warten wir's ab.»

Toppe legte den Hörer auf und blickte vor sich hin.

Keiner sagte etwas. Breitenegger kratzte seine Pfeife aus.

«Gut», Toppe räusperte sich, «sieht ja so aus, als sei die Soko komplett.»

«Ich hör immer Soko.» Berns richtete sich auf.

Toppe gab kurz Bonhoeffers Befund wieder.

«Zwei Hinweise unabhängig voneinander, dass dies hier kein Selbstmord sein kann, reichen mir. Wir sollten uns alle dranmachen und das absolut sicher abklären. Norbert, erzähl mal.»

Van Appeldorn griff zu seinem Block.

«José Bruikelaer, 27 Jahre alt, 1,60 m groß und schlank. Kurzes aschblondes Haar, blaue Augen, Holländerin. Seit einem guten Jahr Vollschwester in der chirurgischen

Abteilung des Krankenhauses Emmerich. Wohnt im Schwesternwohnheim. Ihre Eltern haben einen Fahrradhandel in Nimwegen. Sie hat keine Geschwister. Die Kolleginnen und Kollegen beschreiben sie als fleißig, zuverlässig und selbstbewusst. Einen festen Freund hatte sie zurzeit nicht.»

«Wer hat die Tote gefunden?»

«Eine Kollegin, Barbara van Gimborn, mit der sie sich für 22 Uhr zum Essen beim Griechen am Geistmarkt verabredet hatte.»

«So spät?»

«Die Kollegin hatte Spätschicht. José Bruikelaer war am letzten Wochenende für den Frühdienst eingeteilt. Frau van Gimborn wunderte sich, dass José nicht kam, und ging so gegen halb elf zum Wohnheim, um nachzusehen, ob irgendwas passiert war. Sie klopfte an die Tür, aber niemand öffnete. Sie sagt, sie hätte gesehen, dass Licht brannte, und außerdem spielte das Radio, und da machte sie sich ernsthaft Sorgen. Sie lief rüber zum Krankenhaus und holte den Technischen Dienst, Herrn Küppers, der schließlich die Tür öffnen konnte. Die beiden haben dann die Tote gefunden.»

«War die Tür vom Wohnheim abgeschlossen?»

«Von außen ist die Tür nur mit einem Schlüssel zu öffnen, innen ist eine Klinke. Das heißt, man kann immer raus, rein kommt man aber nur, wenn man den passenden Schlüssel hat oder wenn einem jemand öffnet.»

«Und wer hat den Tod festgestellt?»

«Der diensthabende Internist vom Krankenhaus, ein Dr. Schulte-Wigges.»

«Konnte der was über den vermutlichen Todeszeitpunkt sagen?»

«Nicht konkret», hakte Berns ein. «Aber der Junge war auch ein bisschen überfordert mit der Geschichte, wie mir schien. Jedenfalls hatte die Totenstarre schon eingesetzt, war aber noch nicht vollständig ausgeprägt. Ich schätze also mal so zwischen 16 und 19 Uhr.»

«Wann ist das Mädchen zum letzten Mal gesehen worden?»

«In dem Punkt habe ich meine Ermittlungen noch nicht abgeschlossen», gab van Appeldorn zu.

«Schöner Satz», bemerkte Heinrichs trocken.

«Habt ihr einen Abschiedsbrief gefunden?», fragte Toppe weiter.

«Nein», antwortete van Appeldorn zögernd. «Aber so was hatten wir doch schon öfter.»

«Und hielten die Kollegen und Bekannten das Mädchen für selbstmordgefährdet?», beharrte Toppe.

«Nein, eigentlich waren sie ziemlich überrascht.»

«Sonst irgendwas Auffälliges?»

«Nein, eben nicht, sag ich doch. Bis auf den Stuhl standen alle Möbel an ihrem Platz. Das Zimmer war aufgeräumt. Es gab keinerlei Hinweise, dass es in diesem Raum zu einer Gewalttat gekommen sein könnte.»

«Lässt du das Radio laufen, wenn du dich umbringen willst?», fragte Toppe.

«Was weiß ich.» Van Appeldorn zuckte gleichgültig die Schultern. «Ich war noch nie in der Situation.»

Jemand klopfte energisch an die Tür.

«Ja, herein», rief Toppe.

Ein älteres Paar trat ins Zimmer. Die Frau war klein und zierlich und trotz des stark geschminkten Gesichts ein wenig unscheinbar. In der linken Hand hielt sie ein zerknautschtes rosa Taschentuch. Der Mann war groß und schlank, hatte grau meliertes, zurückgekämmtes Haar und hellblaue Augen.

Er schloss die Tür fest hinter sich und blickt sich finster um.

«Guten Tag. Wie von Ihnen ist die Commissaris?», bellte er mit starkem holländischem Akzent.

Toppe stand auf und ging auf ihn zu. «Guten Tag, mein Name ist Toppe.» Er streckte dem Mann seine Hand hin, aber dieser übersah die Geste – ob es absichtlich geschah, vermochte Toppe nicht zu sagen – und verbeugte sich knapp.

«Bruikelaer. Die Kollege von Ihnen soll mich doch kennen.»

Toppe sah van Appeldorn fragend an, der nickte: «Mevrouw und Mijnheer Bruikelaer, die Eltern des Mädchens.»

«Sie sind also die Commissaris?»

Toppe nickte. «Hauptkommissar.»

«Oh, hoofdcommissaris. Das ist doch was Besonderes in Ihre Land, he? Dann können Sie uns sicher helfen.»

Astrid stand auf und schob ihren Stuhl nach vorn.

«Wollen Sie sich nicht setzen?», fragte sie freundlich.

«Ja, bitte», sagte nun auch Toppe.

Die Frau stand nur weiter schweigend an der Tür, aber der Mann winkte ab.

«Vielen Dank, aber wir wollen nicht so viel von Ihre

kostbare Zeit nehmen. Ich will nur wissen, wann wir unsere Tochter nach Hause holen können.»

«Das wird so schnell nicht möglich sein, fürchte ich», antwortete Toppe vage.

«Warum nicht, wenn ich das einmal fragen darf, Mijnheer hoofdcommissaris. Ich glaube doch, dass die Eltern wohl ein Recht haben, um ihre Tochter nach Hause zu holen. Zumal unsere Tochter in Ihre Land nicht froh geworden ist, wie sie doch gedacht hat.»

Toppe hob unglücklich die Schultern.

«Es gibt da ein Problem», begann er vorsichtig.

«Problem? Oh, ein Problem. Ich glaube doch, dass es für die duitse Behörden keine Probleme gibt, he? Sie wollen uns doch keine Schwierigkeiten machen, Männeken, he? Davon hatten wir doch schon genug vor fünfzig Jahre, he?»

Toppe rupfte sich ein Barthaar aus, hielt es zwischen Daumen und Zeigefinger und betrachtete es.

«Nein», sagte er ganz ruhig, «natürlich wollen wir Ihnen keine Schwierigkeiten machen. Aber sehen Sie, es scheint im Augenblick so, als handele es sich bei dem Tod Ihrer Tochter möglicherweise gar nicht um Selbstmord. Es könnte sein, dass Ihre Tochter ermordet worden ist.»

«Vermoord?» Der Mann starrte ihn an. «Was ist das denn nun wieder? Unsere Tochter in Ihre Land ermordet! Aber darf ich Sie fragen, wie Sie zu diese Verdacht kommen?»

«Darüber kann ich Ihnen leider noch nichts sagen», antwortete Toppe in seinem freundlichsten Dienstton.

Er merkte, wie sich ihm alle Nackenhaare sträubten,

aber er schwor sich, ruhig zu bleiben. Die anderen schauten gelassen zu, und van Appeldorn schien fast amüsiert.

«Großartig», entgegnete Mijnheer Bruikelaer, «ganz großartig. Bist du bei die Sherlock Holmes auf die Schule gegangen, he? Oder was? Aber, Männeken, weißt du, was du da machst, he? Ist es denn nicht genug, dass wir unsere Tochter verloren haben? Jetzt müssen wir alle Gasten für die Begräbnis umladen. Ersetzt du uns das Geld für die Briefen und alles, he?» Er war jetzt ganz nah an Toppe herangetreten. Der legte ihm beschwichtigend die Hand auf den Arm. «Natürlich sind Sie aufgeregt, Herr Bruikelaer. Das ist verständlich. Aber sind Sie denn gar nicht daran interessiert, dass der Tod Ihrer Tochter aufgeklärt wird?»

Der Mann antwortete nicht sofort.

«Ja, lieber Herr», sagte er dann leise, «denken Sie denn, dass unsere Tochter dann wieder lebendig wird?»

Damit drehte er sich um, fasste seine Frau bei der Hand, und sie verließen ohne ein weiteres Wort das Büro.

Van Appeldorn stand auf und schloss die Tür.

«So viel zum Thema Völkerverständigung», bemerkte er bitter.

Sie brauchten einige Zeit, bis sie die Szene verdaut hatten, aber schließlich sagte Toppe: «Ich fahre raus zum Tatort. Wer außer mir war noch nicht da?»

Es war einer seiner Grundsätze, dass jeder, der an einem Fall mitarbeitete, den Tatort gesehen haben sollte, bis auf eine Ausnahme.

«Na, ich als Aktenführer brauche ja wohl nicht mit», wehrte Breitenegger ab.

«Schaden könnte es eigentlich nichts», widersprach Toppe aus Gewohnheit. «Aber gut. Du, Walter, und Sie, Astrid, wir sollten zusammen rausfahren und uns dann gleich auch noch die Tote ansehen und mit Dr. Bonhoeffer sprechen. War der Staatsanwalt schon am Tatort, Norbert?»

«Nein, aber da Stein ja selbst die Obduktion für heute Morgen angeordnet hat, müsste er jetzt eigentlich bei Bonhoeffer in der Pathologie sein. Da kann er bestimmt rüberkommen.»

Während Toppe telefonierte, kramte van Appeldorn in seiner Schreibtischschublade. «Hier ist der Schlüssel zu dem Zimmer im Wohnheim.» Er gab ihn Toppe. «Und ich sollte dann wohl meinen Bericht vom Samstag schreiben.»

Toppe sah ihn missbilligend an, aber van Appeldorn blieb ungerührt. «Ich konnte doch nicht ahnen, dass ein Mordfall draus wird.»

«Tja, wenn's so aussieht», murrte Berns, «dann haben wir ja wohl auch noch eine Menge auszuwerten.»

Er stöhnte laut und vorwurfsvoll, aber keiner achtete auf ihn.

Toppe schaute auf die Armbanduhr. «Um vierzehn Uhr setzen wir uns wieder zusammen. Bis dahin dürften die Ergebnisse aus Düsseldorf da sein. Ich hätte dann gern die Berichte, die noch fehlen, auch einen ersten vom ED.»

Auf eine Antwort wartete er nicht.

Vier Das Zimmer war höchstens zwölf Quadratmeter groß. An der einen Schmalseite lag die Tür, ihr gegenüber das einzige Fenster. Die Wände waren in hellem Ocker gestrichen, auf dem Boden lag ein billiger brauner Teppichboden. Für Möbel war nicht viel Platz. Gleich links von der Tür gab es einen viertürigen Einbauschrank. An der rechten Längswand stand eine Liege mit großkariertem Bezug, die man wohl zu einem Bett umbauen konnte. Davor ein niedriger rechteckiger Glastisch mit einem hellbraunen Lederstuhl, dem Pendant zu dem Stuhl, der jetzt bei van Gemmern im Labor stand. Über der Bettcouch hingen drei gerahmte Carl-Larsson-Drucke. An der linken Wand, gleich hinter der Tür, ein kleines Waschbecken mit einem Spiegelschränkchen und eine offene Schrankwand aus Nussbaumimitat. An dem kleinen Deckenhaken vor dem Fenster hatte wohl ein Makrameekorb mit einer Topfpflanze gehangen. Beides stand jetzt auf dem Tisch. Die Pflanze hatte schon einige Blätter verloren. Wer hätte sie auch gießen sollen?

An diesem Deckenhaken hatte die Tote gehangen.

Heinrichs stieg vorsichtig auf den Stuhl und schaute sich den Haken an.

«Mehr Glück als Vaterlandsliebe», murmelte er.

«Wieso?» Toppe kam näher.

«Das ist bloß ein Sechser-Dübel. Ein glattes Wunder, dass der gehalten hat.»

In der linken hinteren Zimmerecke standen ein Saxophon und ein Ständer mit Notenblättern. Toppe warf einen Blick auf das oberste Blatt: ‹Maiden Voyage›. Jazz, eine Frau, die Saxophon spielte – ungewöhnlich. Er trat ans Fenster und sah hinaus. Das Zimmer lag im ersten Stock. Man schaute auf den grauen, vierstöckigen Krankenhausbau, der Eingang war keine acht Meter entfernt. Dazwischen lag ein symmetrisch gepflasterter Hof mit ein paar gemauerten Blumenbecken und zwei, drei jungen Bäumen. Wenn man den Himmel sehen wollte, musste man sich aus dem Fenster beugen.

Toppe drehte sich um, betrachtete das Zimmer und versuchte, sich die Spuren, die der Erkennungsdienst hinterlassen hatte – die Kreidestriche auf dem Teppich, den Puder vom Fingerspurennehmen, der überall klebte –, wegzudenken.

Es war ein 08/15-Zimmer, und die deutlichen Versuche, es gemütlich zu machen, die Pflanzen, die hübsche Stehlampe, die gehäkelten Deckchen, die Bilder und der Nippes, wirkten ein wenig hilflos.

Heinrichs hatte einen Karton mit Fotos und Briefen aus der Schrankwand genommen und kramte darin herum.

«Wo hat die eigentlich gekocht?», fragte Astrid.

«Hier gibt es bestimmt eine Gemeinschaftsküche», antwortete Toppe. «Wir können ja mal nachgucken.»

Sie traten auf den düsteren Flur hinaus. Es war ein schmaler Gang mit einem schwarz gesprenkelten Fußboden und fünf Türen an jeder Seite. Der einzige Schmuck an den hellgrünen Wandflächen zwischen den Türen waren ein schlichtes Holzkreuz und vier ausgeblichene Farbfotografien: eine Luftaufnahme vom Krankenhaus, die Rheinbrücke, zwei Stadtansichten von Emmerich.

Die Küche lag gleich an der Treppe. Toppe warf nur einen kurzen Blick hinein. Der Raum war grau und kahl. An den zahlreichen Schränken klebten rote Namensschildchen: José, Karin, Klaus, Barbara, Birgit … Er las nicht weiter. Es roch nach kaltem Kaffee und Dosenravioli.

Gegenüber der Küche befanden sich die Gemeinschaftsduschen und die Toiletten. Neben der Küchentür hing ein Wandtelefon.

«Stand da nicht auch ein Apparat im Zimmer?», fragte Astrid.

«Doch», nickte Toppe, «aber vielleicht ist das ja nur ein Hausanschluss.»

Sie gingen wieder ins Zimmer zurück. Toppe entdeckte neben der Tür, gleich unter dem Lichtschalter, einen weißen Knopf mit der Aufschrift ‹TÜR› – wohl der Öffner für die Haustür unten.

«Hast du was gefunden?», fragte er Heinrichs.

«Das Übliche: Fotos, ein paar heiße Liebesbriefe von einem Henk, allerdings schon fast zwei Jahre alt, Briefe vom Vater, alte Kinokarten, Erinnerungskram eben.»

«Meinst du, das ist sie?» Toppe nahm ein Foto in die Hand, das Heinrichs zur Seite gelegt hatte.

«Ich glaube schon. Passt jedenfalls zu Norberts Beschreibung, außerdem ist sie auf fast allen anderen Fotos auch drauf.»

Toppe nickte. Es war ein Porträt: ein herbes Gesicht mit hohen Wangenknochen und weit auseinanderstehenden, hellen Augen, die selbstsicher in die Kamera blickten.

Er legte das Foto wieder auf den Tisch und zog die Schultern hoch. «Wo Stein bloß bleibt?»

Oben polterte es. Es hörte sich an, als wäre ein Stuhl umgekippt. Alle drei sahen hoch und hielten einen Augenblick die Luft an. Schließlich lachte Astrid leise.

Auf dem Gang hörte man eilige Schritte. Toppe ging zur Tür. «Ach, Herr Stein, da sind Sie ja.»

Dr. Stein sah sich kurz im Zimmer um, stellte ein paar knappe Fragen. Er war wie immer in Eile, aber um vierzehn Uhr habe er mehr Zeit, sagte er. Toppe und er verstanden sich gut. Jeder hielt den anderen für zuverlässig, fähig und fix. Man brauchte nicht viel zu reden.

Gemeinsam gingen alle vier die Treppe hinunter, aber Stein verabschiedete sich sofort. Heinrichs sah sich das Haustürschloss an. Es gab wirklich nur innen eine Klinke. Außen war als Griff ein schwarzes Kunststoffrechteck angebracht mit einem Relief aus unregelmäßigen Dreiecken. Toppe sah sich die Klingelschilder an: dreißig Stück. ‹J. Bruikelaer› fand er schnell. Eine ganze Reihe Schilder neben den Klingelknöpfen war leer. Offensichtlich war das Wohnheim nicht voll belegt. Gleich neben ‹J. Bruikelaer› stand ‹B. v. Gimborn›.

«Es scheint eine direkte Klingelleitung in die Zimmer zu geben», sagte er. «Ob sie die Tür dann wohl selbst geöffnet hat?»

«Moment. Noch ist ja gar nicht raus, dass sie überhaupt

jemandem die Tür geöffnet hat.» Heinrichs wollte die vage Hoffnung, es könnte sich vielleicht doch um einen simplen Selbstmord handeln, noch nicht aufgeben.

Langsam gingen sie zum Krankenhaus hinüber, am Pförtner vorbei, der sie nicht ansprach, obwohl keine Besuchszeit war, und fuhren mit dem Aufzug in den Keller.

«Warum müssen Pathologien eigentlich immer in den Kellern liegen?», fragte Heinrichs. Es klang dumpf in dem kalten, neonbeleuchteten Gang mit den blauen Stahltüren.

«Vermutlich», feixte Toppe, «vermutlich, weil es diesen Patienten schnurz ist, ob sie die Sonne sehen oder nicht.»

«Aber dem Pathologen ist das keineswegs schnurz», knurrte Bonhoeffer hinter ihnen. Sie hatten ihn durch das laute Hallen ihrer Schritte gar nicht kommen hören.

«Ganz schön makaber heute, Helmut.» Er lachte. «Das bin ich doch sonst von dir nicht gewöhnt.»

Sie schüttelten Hände. Bonhoeffer kam Toppe in der langen, weißen Gummischürze fremd vor.

«Tja, im Moment ist für euch an der Toten nicht viel zu sehen, ich bin mitten in der Arbeit.»

Sie wussten alle, was er meinte, und keiner von ihnen war erpicht darauf, sich die Tote jetzt schon anzusehen.

«Aber mit Düsseldorf habe ich gerade telefoniert», fuhr Bonhoeffer fort. «Die sind noch nicht ganz fertig, sie haben mir jedoch die endgültigen Ergebnisse in spätestens zwei Stunden zugesichert. Das heißt also, so gegen eins.»

«Das ist gut», fand Toppe, «um zwei trifft sich die Soko.»

«Weißt du was», überlegte Bonhoeffer, «ich könnte mit meinen Ergebnissen dazukommen. Ich habe heute Nachmittag sowieso in Kleve zu tun.»

Er öffnete die Tür zu seinem winzigen Büro. «Wenn ihr noch reinkommen wollt …»

«Nee, danke», winkte Heinrichs entschieden ab. «Hier riecht's mir zu streng.»

Toppe war unentschlossen. Er hätte gern noch mit Arend eine kleine Weile seine halbgaren Eindrücke verdaut, aber dies schien kaum der rechte Augenblick.

Schon im Gehen fiel ihm noch ein: «Hast du die Tote eigentlich gekannt? Sie hat doch hier im Haus gearbeitet?»

«Nein.» Bonhoeffer schüttelte den Kopf. «Ich habe sie vorher noch nicht einmal gesehen.»

«Und was machen wir jetzt?», fragte Astrid, als sie wieder im Aufzug standen.

«Na ja, viel können wir noch nicht tun», gab Toppe widerstrebend zu. « Aber ich würde wenigstens gern kurz mit dieser Freundin reden, Barbara van Gimborn.»

Sie waren im Foyer angekommen.

Die Hälfte der Halle hatte man mit weißen Spaliergittern abgetrennt. Dahinter befanden sich kleine Tischgruppen und eine lange weiße Theke. ‹Cafeteria› stand auf einem kleinen goldenen Schild.

«Vielleicht könnte einer von euch mal gucken, ob man sie hier im Haus findet.»

«Ich versuch's mal», bot Astrid bereitwillig an. «Sie können ja so lange hier warten.»

«Gibt's hier auch was zu essen?» Toppe suchte mit gierigem Blick die Theke ab.

«Essen wär jetzt nicht schlecht», stimmte Heinrichs zu.

Aber es gab nur Kaffee, Tee und Kakao. Enttäuscht holten sich beide einen Becher Kaffeebrühe, hockten sich an einen der Tische und warteten.

Astrid war schnell zurück. «Also, Frau van Gimborn ist im Dienst, hat aber totalen Stress – Essensausgabe. Ich weiß jetzt nicht, ob ich das richtig gemacht habe, aber ich hab sie gefragt, ob sie nicht ins Präsidium kommen kann.» Sie schaute Toppe unsicher an.

«Das war in Ordnung», beruhigte er sie. «Wann kann sie denn kommen?»

«Um drei Uhr heute Nachmittag.»

«Prima», Heinrichs stand auf. «Dann könnten wir ja jetzt gut irgendwo lecker essen gehen.»

«Essen?» Astrid sah nicht gerade begeistert aus.

«Ja, wäre doch gar nicht schlecht, oder, Helmut?», fragte Heinrichs verlegen.

«Nein, wäre nicht schlecht. Ich muss mal eine halbe Stunde laut nachdenken. Das geht beim Essen am besten», stimmte Toppe zu.

Astrid fuhr sie zum Griechen am Geistmarkt.

Bis auf einen schwer angetrunkenen alten Mann, der auf einem Hocker an der Theke saß und sich an einem Glas Ouzo festhielt, waren sie die einzigen Gäste, es war auch erst halb zwölf.

Toppe bestellte eine große gemischte Fleischplatte, genoss seinen Ouzo und sagte erst einmal gar nichts.

Astrid und Heinrichs diskutierten die Vor- und Nachteile der griechischen Küche im Vergleich zur türkischen.

Erst als Toppe einen Souvlakispieß und die halbe

Gyrosportion aufgegessen hatte, ließ er wieder etwas von sich vernehmen.

«Man müsste mal rumfragen, ob jemand anderes vielleicht einem am Samstag die Tür geöffnet hat.»

Heinrichs ließ verdutzt die Gabel sinken, die er gerade zum Mund geführt hatte. «Du hast vielleicht Gedankensprünge!»

«Wieso?», fragte Toppe verständnislos. «Ich habe die ganze Zeit an nichts anderes gedacht. Ich meine, vielleicht hat die Bruikelaer den Täter selbst reingelassen, aber es könnte doch auch jemand anders gewesen sein. Ich glaube eigentlich nicht, dass man jedes Mal, wenn es klingelt, erst runterläuft und nachguckt, wer an der Tür ist. Und von den Fenstern aus kann man die Haustür nicht sehen. Die hat ein Vordach.»

«Oder es war der Täter, vielleicht jemand, der selbst im Wohnheim lebt», warf Astrid ein.

«Ja», stimmte Toppe ihr zu. «Wir werden wohl mit allen aus dem Wohnheim sprechen müssen, neunzehn Personen, wenn man nach den Klingeln gehen kann. Und auch mit den Kollegen aus dem Krankenhaus. Vielleicht hatte das Mädchen am Samstag Besuch. Wenn ja, muss das doch eigentlich jemand gesehen haben.»

«Nun aber mal halblang, ihr beiden», fuhr Heinrichs dazwischen. Selten genug kam er in den Genuss einer geruhsamen Mahlzeit, ohne dass mindestens ein Kind auf seinem Schoß saß, an seinem Stuhl klebte oder einfach pausenlos quatschte. «Es ist doch immer noch nicht raus, dass es wirklich Mord war.»

«Ach, komm», winkte Toppe ab. «Schon aufgrund von

van Gemmerns Beobachtungen müssen wir das Ganze erst einmal so behandeln, als wär's einer. Das weißt du genauso gut wie ich. Und ich kann mir nicht helfen, ich hab einfach so ein komisches Gefühl ...»

Ein paar Minuten schwiegen alle drei und aßen nur.

«Ich find's komisch», sagte Astrid gedankenverloren, «wie die so gewohnt hat ...»

Toppe nickte zustimmend.

«Ich glaube, ich hätte das nicht lange ausgehalten in dem Wohnheim. Ist doch alles ziemlich abgefahren.»

«Abgefahren.» Heinrichs schüttelte missbilligend den Kopf.

«Ich suche selbst schon seit ein paar Wochen eine Wohnung», begann Astrid wieder. «Aber es ist gar nicht so leicht, was Süßes zu finden. Ich will ja auch gern ein Stück Garten und so.»

«Wo wohnen Sie denn jetzt?», fragte Toppe.

«Ach, immer noch bei meinen Eltern. Ich hab da die kleine Einliegerwohnung im Souterrain. Die ist ganz schnuckelig, aber irgendwann muss man doch schließlich weg von zu Hause.»

Man hörte förmlich, wie es bei Heinrichs klickte.

«Mensch, klar, Steendijk, von Steendijk sogar, oder? Die Fabrik in Kellen, Ihre Eltern, nicht wahr?»

Astrid errötete und nickte betreten.

Heinrichs beugte sich über den Tisch. «Sagen Sie mal, wieso will ausgerechnet so jemand wie Sie zur Polizei?»

In diesem Augenblick kippte mit einem lauten Krachen der Barhocker um.

Der alte Mann hatte wohl beschlossen zu gehen.

Fünf Als sie ins Präsidium zurückkehrten, war das Büro leer.

Auf seinem Schreibtisch fand Toppe einen Zettel: ‹Kantine›, mehr nicht.

Van Appeldorns Bericht lag auf seinem Stuhl. Toppe las ihn laut. Er war sehr kurz. Van Appeldorn machte keinen Hehl daraus, dass er oberflächlich gearbeitet und den Fall ohne jeden Zweifel wie einen Suizid behandelt hatte. Toppe wunderte sich. Was war mit Norbert los? Sonst war er immer sehr sorgfältig, hinterfragte, hakte nach, überprüfte genau.

Das Telefon schrillte. Der Staatsanwalt ließ sich entschuldigen, er schaffe es nun leider doch nicht, und könne Toppe ihm wohl später telefonisch berichten?

Natürlich konnte Toppe, später.

Arend Bonhoeffer kam um zehn nach zwei und fand das Büro überfüllt.

«Wie haltet ihr das bloß aus mit so vielen Leuten in diesem kleinen Raum? Ich würde hier ersticken.»

«Normalerweise sind wir ja nur zu viert», erwiderte Toppe.

«Nur! Normalerweise», schnaubte Breitenegger. Er hatte schlechte Laune. In der Kantine hatte es heute

Erbsensuppe gegeben, und Breitenegger hasste Erbsensuppe.

Auch Berns kam nicht. Er habe anderweitige Verpflichtungen, ließ er durch van Gemmern ausrichten. Toppe fand das keineswegs in Ordnung, nahm es aber wortlos hin. Das würde er später mit Berns selber klären.

Er bot Bonhoeffer seinen Stuhl an und lehnte sich gegen die Fensterbank.

«Nun», begann Bonhoeffer sofort. «José Bruikelaer hatte Gift getrunken, bevor sie durch Erhängen starb. Und zwar ein äußerst ungewöhnliches Gift: eine Mischung aus Atropin und Scopolamin, eine Art Cocktail. Bei der Wirkungsweise der beiden Substanzen, der Menge, die wir im Magen gefunden haben, und der Konzentration im Blut muss sie, nachdem sie den Cocktail zu sich genommen hatte, innerhalb von Sekunden eingeschlafen sein.»

«Ist das ein tödliches Gift?», fragte Toppe.

Bonhoeffer verneinte. «Tödlich ist es nicht. Es löst eine rasch eintretende, tiefe Bewusstlosigkeit aus, die, je nach Giftmenge, bis zu zehn Stunden anhalten kann. Danach setzen zunächst der Gesichts- und Gehörsinn wieder ein. Und erst ungefähr vier Stunden später ist man wieder völlig klar.»

Toppe zog eine zerknautschte Schachtel Eckstein aus der Hosentasche und zündete sich eine Zigarette an. «Sie hat das Gift also getrunken?»

«Ja, wahrscheinlich war es in Kaffee gemischt.»

«Schmeckt man das nicht?»

«Nun ja, das Zeug ist etwas bitter. Aber wenn man es

in starken Kaffee gibt, dann dürfte man es kaum bemerken.»

«Kaffee», Toppe wandte sich an van Gemmern. «Habt ihr eine Tasse gefunden?»

«Nein, in ihrem Zimmer gibt es kein Geschirr. Es stand auch nichts herum, keine benutzten Tassen oder Gläser, nicht einmal ein benutzter Aschenbecher. Ich habe dann noch in der Küche nachgesehen, aber auch dort gab es kein benutztes Geschirr. Im Mülleimer haben wir eine leere Ravioli-Dose und ein paar nasse Teebeutel gefunden. Beides haben wir gerade eben noch hier im Labor untersucht. Nichts.»

«Und eine benutzte Kaffeefiltertüte war nicht da?», fragte Toppe.

«Nein, aber da stand ein Glas Pulverkaffee im Schrank.»

Toppe stieß sich von der Fensterbank ab und begann zwischen Fenster und Tür hin und her zu gehen, was nicht ganz einfach war, da er immer Bonhoeffers langen Beinen ausweichen musste. Es schien ihm nicht aufzufallen.

«Hätte die Frau denn noch …», begann er.

«Nein», unterbrach Bonhoeffer ihn. «Ich bezweifle sehr, dass sie nach dem Trunk überhaupt noch in der Lage war, auf einen Stuhl zu steigen und sich eine Schlinge um den Hals zu legen. Aber auf gar keinen Fall hatte sie genügend Zeit, das Gift und das Gefäß verschwinden zu lassen.»

Heinrichs trommelte ungeduldig mit den Fingern auf seinen Schreibtisch. «Wartet mal … Atropin und Scopolamin …»

«Nein bitte, Walter, jetzt nicht», fuhr van Appeldorn ihn an. «Es scheint sich also tatsächlich um einen Mord zu handeln. Irgendjemand hat das Gift verschwinden lassen. Wer sollte ein Interesse daran haben, wenn nicht der Mörder?»

Toppe und Breitenegger wechselten einen verwunderten Blick.

«Arend, das ist kein gängiges Gift, sagten Sie?», redete van Appeldorn weiter.

«Nein, sehr ungewöhnlich. Und die Mischung der beiden Substanzen erscheint mir geradezu exotisch.»

«Was ist denn los, Walter?», fragte Toppe, der sehr wohl gemerkt hatte, wie sauer Heinrichs über van Appeldorns Abfuhr war.

«Wenn's doch anscheinend keinen interessiert», murrte Heinrichs.

«Jetzt hab dich nicht so, red schon.»

«Also gut, es hat da mal in den Fünfzigern eine ganz spektakuläre Geschichte gegeben, muss so 54 oder 55 gewesen sein. Da hat der KGB zwei Leute in die, wie's damals noch hieß, ‹SBZ› entführt.»

«SBZ?», fragte Astrid leise.

«Sowjetisch besetzte Zone», flüsterte van Gemmern zurück, «DDR.»

«Ja, und zwar den Journalisten Karl Wilhelm Fricke, der später die ganze Sache aufgedeckt hat. Und ein Jahr vorher den damaligen Chef vom Verfassungsschutz, Otto John. Der Fricke hat herausgefunden, welchen Cocktail die KGBler ihm in sein Getränk gekippt hatten. Nämlich eine Mixtur aus Scopolamin und Atropin. Das ist im kriminaltechnischen Labor in Heidelberg untersucht worden, damals.»

«Das ist ja ’n Ding», staunte Toppe.

«Nicht wahr? Sag ich doch», brummte Heinrichs zufrieden. «Was ich dabei aber ganz besonders interessant finde: Vor ein paar Wochen gab’s genau über diese Geschichte einen Bericht im Radio, WDR 2. Und da haben sie ganz ausführlich über die Substanzen und die Wirkung dieses Giftcocktails geredet.»

Astrid schien von dieser Information am wenigsten beeindruckt.

«Wo kriegt man denn als Normalsterblicher dieses Gift her?», erkundigte sie sich bei Bonhoeffer.

«Im Krankenhaus kommt man ganz leicht ran. Da ist beides auf dem Anästhesie-Wagen, kleine Glasampullen. Atropin ist ein Herzmittel zur Verkürzung der AV-Überleitung.»

«Ach was?» Van Appeldorn konnte sich die Unterbrechung nicht verkneifen. «AV-Überleitung, sehr erhellend.»

«Nicht so wichtig», winkte Bonhoeffer ab. «Man gibt Atropin bei Operationen zur Prämedikation, weil es die Sekretion der Drüsen hemmt. Scopolamin ist ein Medikament, das man bei Parkinsonismus gibt. Es wird aber auch bei Inhalationsnarkosen eingesetzt. Ist das verständlich, Norbert?»

«Und in anderen Bereichen werden diese Substanzen nicht verwendet?», fragte Toppe.

Bonhoeffer verneinte. «Okay, beides gibt es auch noch als Augentropfen, aber das ist es dann auch schon. Die tauchen wirklich nur im medizinischen Bereich auf, jede für sich, einzeln.» Er kratzte sich am Hinterkopf. «Dass jemand beides mixt, scheint merkwürdig. Es hört sich fast so an, als hätte jemand Heinrichs' Geschichte gekannt.»

«Nicht, dass sich das jetzt auch noch zu einem Spionagefall auswächst», warf van Appeldorn entnervt ein.

«Ach was!» Toppe wurde ungehalten. «Das scheint heute wirklich nicht dein Tag zu sein, Norbert. Überleg doch mal, da braucht doch nur einer Radio gehört zu haben … Das ist doch eine feine Art, jemanden umzubringen: sauber, ruhig, unblutig, geplant.»

Er stand am Fenster und sah auf den Parkplatz hinunter. Aus einem grauen Opel Kadett stieg eine Frau, zog sich ihren Pullover über den Kopf und warf ihn auf den Fahrersitz. In ihrem dünnen T-Shirt stand sie einen Augenblick da, dann nahm sie die Schultern zurück und ging entschlossenen Schrittes auf den Eingang des Präsidiums zu.

Es war wirklich sehr warm. Toppe öffnete beide Fensterflügel.

Van Appeldorn legte die Beine auf den Schreibtisch und lehnte sich mit geschlossenen Augen zurück.

«Moment mal», meldete sich Breitenegger aus seiner Ecke. «Was haben wir bis jetzt? Da ist also eine junge Krankenschwester, José Bruikelaer, die im Wohnheim lebt. Am Samstag bekommt sie Besuch von ihrem Mörder … Sie trinkt Kaffee. Anscheinend wohl freiwillig, oder gab es Spuren von Gewaltanwendung bei der Toten?»

Bonhoeffer schüttelte den Kopf: «Nicht ein Kratzer, nicht einmal ein blauer Fleck.»

«Der Täter …», fuhr Breitenegger fort.

«… oder die Täterin», unterbrach Astrid ihn.

«… oder die Täterin», wiederholte Breitenegger gutmütig, «hat José Bruikelaer unauffällig einen Giftcocktail in den Kaffee gekippt. Dann hat er …», er grinste, «… oder sie … gewartet, bis die Wirkung eingesetzt hatte, das Seil aus der Tasche gezogen, die Pflanze von der Decke genommen …»

Toppe gab einen unbestimmten Laut von sich.

«Nein, ich bin kein Hellseher, Helmut, ich war bloß dabei, als Norbert seinen Bericht geschrieben hat. In Zukunft werde ich übrigens nur noch Sechser-Dübel nehmen … Hat also die Pflanze runtergenommen, den Strick geknüpft, die Bewusstlose hochgehoben, reingehängt und fallen gelassen.»

«Eindeutig», stimmte Bonhoeffer zu, «plötzliche Strangulation.»

«Dann hat er den Stuhl umgekippt und die Spuren beseitigt. So könnte es wohl gewesen sein.»

«Könnte, ja.» Toppe kratzte sich den Bart. «Ich habe euren Bericht noch nicht, van Gemmern. Gibt es da noch etwas?»

«Nein, soweit ich es jetzt überblicke. Der Strick ist ganz neu, noch nie benutzt. Es ist ein einfacher Kälberstrick, den man im landwirtschaftlichen Bedarfshandel kaufen kann. Bei der Genossenschaft in Bedburg, zum Beispiel. Wir haben viele verschiedene Fingerspuren gefunden und inzwischen überprüft. Keine davon taucht in unserer Kartei auf. Am wichtigsten erschien mir der Stuhl, weil der Täter den ja wohl angefasst haben muss. Auch da gibt es eine Anzahl verschiedener Abdrücke. Er ist nicht abgewischt worden. Das heißt also, der Täter hat entweder Handschuhe getragen oder aber seine Fingerabdrücke sind drauf.»

Das hilft uns jetzt nicht weiter, dachte Toppe. «Wie sieht's mit der Todeszeit aus, Arend?», fragte er.

«Zwischen 17 und 19 Uhr.»

Es klopfte, und Astrid stand sofort auf. «Das wird Frau van Gimborn sein. Es ist kurz vor drei. Soll sie warten?»

Toppe nickte und seufzte. «Tja, dann wollen wir mal das Übliche anlaufen lassen. Wer war die Frau? Wer hatte ein Interesse daran, sie zu töten, und warum? Befragen der Familie und Freunde, Überprüfen der Umstände in Krankenhaus und Wohnheim, Befragen der Kollegen, Mitbewohner, Ärzte, Patienten. Und herausfinden, ob irgendwo Gift weggekommen ist. Im Krankenhaus oder bei Apothekeneinbrüchen in letzter Zeit.»

Er sah sich um. «Ach, weißt du was, Norbert ...»

«Hm?» Van Appeldorn nahm endlich die Beine vom Tisch.

«Teil du doch mal ein, wer was übernimmt. Ich unterhalte mich inzwischen mit Frau van Gimborn.»

Bonhoeffer ging zusammen mit Toppe hinaus. «Du kannst über meinen Beruf sagen, was du willst, aber deinen finde ich auch nicht viel erhebender.»

Auf den harten Holzstühlen, die im Flur an der Wand aufgereiht standen, saßen Astrid Steendijk und Barbara van Gimborn nebeneinander und unterhielten sich. Toppe ging gleich auf die Frau zu. Sie hatte kurzes, braunes Haar und dunkle Augen, war eher klein, ein wenig rundlich mit großem Busen. Toppe fand sie hübsch.

Ein bisschen steif stellte er sich vor.

«Guten Tag, Herr Hauptkommissar», sagte sie und meinte es offenbar nicht ironisch. Vielleicht war man im Krankenhaus solche Anreden gewöhnt.

Toppe überlegte. Wohin?

Der einzige freie Raum im Moment war das Vernehmungszimmer. Unpassend, dachte er, aber was soll's?

«Wollen Sie mitkommen, Astrid?»

«Klar», strahlte sie erfreut.

Auch im letzten Jahr hatte sie am liebsten mit ihm zusammengearbeitet, erinnerte er sich jetzt und nahm sie plötzlich sehr deutlich wahr. Sie trug ihre langen, dunklen Haare heute zu einem dicken Zopf geflochten, enge Jeans wie fast immer, und eine recht tief ausgeschnittene weiße Bluse mit einer dunklen Weste. Toppe verbot es sich, länger hinzusehen.

Auf dem Weg zum Vernehmungszimmer fand er genügend Zeit, sich wieder zu sammeln.

Er würde das Gespräch auf Band aufnehmen.

Barbara van Gimborn war, wie sie meinte, recht eng mit José Bruikelaer befreundet gewesen. Sie beschrieb José als aufgeschlossenes, fröhliches Mädchen und konnte es immer noch nicht fassen, dass sie sich umgebracht hatte.

«Ich meine, so sehr kann man sich doch nicht täuschen, wenn man einen Menschen gut kennt, oder?» Sie schaute Toppe traurig an.

«Ich glaube, Frau van Gimborn, dass Ihre Freundin gar keinen Selbstmord begangen hat. So wie es im Moment aussieht, ist sie ermordet worden.»

Barbara van Gimborn riss die Augen auf und starrte erst ihn und dann Astrid an. «Mein Gott», stotterte sie, «das ist ja furchtbar! Nein, aber, wenn … nein! Sie hing doch da!»

Toppe ging nicht darauf ein. Er wartete eine Weile, bis sie sich wieder im Griff hatte.

«Hatte José Bruikelaer viele Freunde?»

«Na ja, sicher, einige, so wie wir alle. Wir im Wohnheim kennen uns gut und unternehmen auch öfter was zusammen. Gehen mal essen oder Squash spielen oder so was.»

«Hatte sie einen festen Freund?»

«Ach so, das meinen Sie. Nein, im Moment nicht. Sie hatte jahrelang einen festen Freund in Holland, Henk hieß der, glaube ich. Aber mit dem war schon lange Schluss. Gleich, nachdem sie bei uns angefangen hat. Ich glaube, das ging ihr noch immer ganz schön nah, aber viel darüber geredet hat sie nicht. Eine Zeitlang hatte sie, soviel ich weiß, was mit Dieter, einem unserer OP-Pfleger. Aber das war wohl nichts Richtiges. Ich kenne aber auch nicht alle ihre Freunde.»

Sie überlegte.

«Aber sie hatte schon ab und an mal Besuch. Einer von denen roch ziemlich streng.»

«Er roch streng?», fragte Toppe verwundert. «Wie denn?»

«Ich weiß auch nicht … nach Schweiß und Knoblauch und so. Irgendwie eklig. José hat hinterher immer alle Fenster aufgerissen, wenn der da gewesen war. Einmal hat der sie auch in der Ambulanz besucht. Ich hatte hinterher

Dienst, und wir hatten ganz schön Mühe, dieses Aroma wieder rauszukriegen. Der ist ihr wohl ziemlich auf den Geist gegangen. Aber gesehen habe ich den nie.»

Sie überlegte wieder.

«Aber auch die meisten von den Jungs, mit denen sie Musik machte, habe ich nie gesehen.»

«Ach ja», fiel Toppe wieder ein, «das Saxophon. Spielte sie in einer festen Gruppe?»

«Ja, in der Bigband der Kreismusikschule. Und mit einigen von den Leuten hat sie auch schon mal privat geübt.»

«Hatte Frau Bruikelaer im Krankenhaus irgendwelche Probleme?»

«Probleme? Meinen Sie Ärger?»

Toppe nickte.

«Nee, überhaupt nicht. Wir mochten sie alle gern. Auch die Docs und die Patienten. Also, ich wüsste jedenfalls nicht, dass sie mit irgendwem Ärger gehabt hätte.»

«Beschreiben Sie doch mal den letzten Samstag. Wann haben Sie José Bruikelaer gesehen?»

«Tja, also gesehen hab ich sie eigentlich gar nicht. José hatte Frühschicht. Am Freitag ist's unheimlich spät geworden, weil ich Geburtstag hatte, und wir haben mit ein paar Leuten gefeiert.»

«Wie viele Leute waren denn da?», unterbrach Toppe sie.

«Warten Sie mal.» Sie zählte es stumm an den Fingern ab. «Elf», sagte sie dann.

«Gut. Würden Sie uns später kurz die Namen aufschreiben?»

«Sicher.»

«Ist auf der Geburtstagsfeier etwas vorgefallen, das mit Frau Bruikelaers Tod zu tun haben könnte?»

«Nein», antwortete sie entschieden, «bestimmt nicht.»

«Mit wem hat Frau Bruikelaer geredet? Ist sie mit jemandem rausgegangen? Mit wem hat sie die Feier verlassen?»

Barbara van Gimborn schluckte. «Wir haben die ganze Zeit zusammengesessen, mehr oder weniger im Kreis. Mein Zimmer ist winzig, müssen Sie wissen, da kann man sich gar nicht von den anderen absetzen. Tja, also, rausgegangen ist sie auch nicht zwischendurch. Und, nee, die sind alle zusammen weg. Ich hab jedenfalls nichts davon mitgekriegt, dass sie mit jemandem zusammen raus ist.»

«Haben Sie das ganze Geschirr von der Feier nachts noch gespült?»

«Nein.» Sie war völlig erstaunt. «Wieso? Das steht immer noch in meinem Zimmer. Ich bin noch nicht dazu gekommen. Wann auch?»

«Gut, es ist also spät geworden am Freitag. Und was war dann weiter am Samstag?»

«Na ja, José wollte sich nach dem Dienst erst mal ausschlafen. Ich hatte Spätschicht, und wir wollten uns nachher um zehn beim Griechen treffen.»

«Das habe ich heute Mittag nachgeprüft», bestätigte Toppe. «Der Inhaber sagt, es sei eine Art Stammlokal fürs Krankenhaus.»

Er kramte in den Hosentaschen nach seinen Zigaretten, aber er hatte sie offensichtlich im Büro vergessen.

«Und dann?», fragte er.

«Ja, dann», Barbara van Gimborn schluckte. «Ich habe so bis gegen halb elf gewartet und mit Adoni geredet, und dann hab ich mich doch gewundert. José war immer pünktlich. Ich bin zum Wohnheim zurück und hab an ihre Tür geklopft und gerufen, aber nichts rührte sich. Und da kriegte ich's dann doch mit der Angst und bin rübergelaufen zu Herrn Küppers vom Technischen Dienst.»

Sie holte tief Luft, und auf ihren Wangen zeichneten sich zwei kreisrunde rote Flecken ab.

«Hat Sie denn keiner im Wohnheim gehört, als Sie geklopft und gerufen haben?», fragte Astrid.

«Nein, keiner. Aber auf dem Flur haben auch nur José und ich unser Zimmer und der neue Internist, der noch keine Wohnung hat, aber der fährt am Wochenende immer zu seiner Familie nach Offenbach.»

«Und dann?»

«Herr Küppers hat mit einem Nachschlüssel die Tür aufgemacht und ... da hing sie dann, und es sah furchtbar aus. Sie war tot, das konnte man sofort sehen. Sie war ganz kalt. Und ich wollte nur weg und der Küppers auch. Wir sind sofort wieder raus.»

«Haben Sie irgendetwas verändert?»

«Nein.» Sie schaute ihn verständnislos an. «Was denn verändert?»

«Wo lag der Stuhl?»

«Der Stuhl? Ziemlich nah bei der Tür, ich weiß nicht. Wir sind drum herum, direkt zu ihr hin.»

«Sie haben den Stuhl nicht bewegt?»

«Nein, wir haben überhaupt nichts bewegt. Der Küppers sagte immer nur ‹mein Gott, bloß nix anfassen, mein Gott›. Wir waren höchstens eine halbe Minute im Zimmer.»

Sie war jetzt sehr aufgeregt und rutschte auf ihrem Stuhl hin und her.

«Eine Frage noch», sagte Toppe. «Wie heißt der Dieter aus dem OP?»

«Dieter? Ach so. Seghers. Dieter Seghers. Warum?»

Aber Toppe antwortete nicht. Er stand auf, verabschiedete sich ziemlich schnell und überließ es Astrid, die Liste der Leute aufzunehmen, die auf der Geburtstagsfeier gewesen waren. Eigentlich war es nicht seine Art, so kurz angebunden zu sein.

Im Büro saß nur Breitenegger. Er war dabei, endlich die Kindesmisshandlung für die Staatsanwaltschaft abzuschließen.

«Ich glaube, da kommt ein Riesenberg Arbeit auf uns zu.» Toppe ließ sich auf seinen Stuhl fallen.

Breitenegger sah von seinen Papieren hoch und nahm die Pfeife aus dem Mund. «Hat sich was ergeben?»

«Ich weiß nicht. Wenn es dieses Zeug, dieses Atropin und Scopolamin, im Krankenhaus gibt, dann kommen doch die Leute, die dort arbeiten, wohl am leichtesten ran. Ich denke, da sollten wir zuerst ansetzen. Es gab eine Geburtstagsfeier im Wohnheim am Freitag. Möglich, dass da etwas vorgefallen ist. Astrid bringt die Liste der Leute, die da waren, gleich rein. Wir sollten sie alle so schnell wie möglich einbestellen. Wenn die erst mal miteinander geredet haben, wenn die Gerüchteküche angeheizt ist, dann kriegen wir nichts Vernünftiges mehr aus denen raus. Also, mach das mal gleich.»

«Großartig», sagte Breitenegger und wandte sich wieder seinen Papieren zu.

Toppe starrte ausdruckslos auf seinen Zettel. ‹Henk?› stand da und ‹Dieter Seghers›.

«Mensch!» Er schlug sich mit der Hand gegen die Stirn und stürzte hinaus.

Breitenegger sah ihm verblüfft hinterher.

Sechs

«Ist der Internist schon zurück?»

«Welcher Internist?» Barbara van Gimborn schaute Toppe mit großen Augen an.

Er hatte sie gerade noch auf dem Flur erwischt.

«Der Internist, der bei Ihnen auf dem Gang wohnt. Ist der schon wieder in seinem Zimmer gewesen?»

«Ich glaube nicht. Der kommt meistens erst am Montagmorgen zurück und geht direkt zum Dienst. Aber …», sie sah auf ihre Armbanduhr, «in fünf Minuten hat er Dienstschluss.»

«Wie heißt der Mann?»

«Mehlen.»

«Danke. Und Sie? Haben Sie seit Samstag die Küche auf Ihrer Etage noch einmal benutzt?»

«Ich? Nein, ich war gar nicht mehr im Wohnheim seitdem. Ich bin am Samstag zu meinen Eltern nach Rees gefahren. Mir war das alles zu unheimlich. Und gestern habe ich auch bei meinen Eltern geschlafen. Ich bin ziemlich fertig.»

«Das kann ich gut verstehen. Ich möchte Sie bitten, die Küche auch jetzt nicht zu betreten. Wir werden sie noch näher untersuchen müssen.»

Barbara van Gimborn nickte, und als Toppe nichts weiter sagte, wandte sie sich unschlüssig zum Gehen.

Astrid sah ihren Chef aufmerksam an. «Meinen Sie, wir können in der Küche Hinweise auf den Täter finden?»

«Möglich.» Toppe zuckte die Achseln. «Sie könnten den Internisten anrufen und ihm sagen, auch er möge die Küche bis auf weiteres nicht benutzen.»

«Ja, mach ich sofort.»

«Gut, ich bin oben im Labor.»

Van Gemmern war noch immer allein. Er hantierte mit einem Bunsenbrenner. Es roch stark nach verbranntem Gummi.

«Wir müssen sofort die Küche versiegeln», sagte Toppe von der Tür her.

Van Gemmern sah auf, stellte den Brenner ab und zog die Handschuhe aus.

«Warum?», fragte er.

«Es sieht so aus, als sei seit Freitag keiner mehr in der Küche gewesen. Wir sollten alles genau auf Fingerspuren untersuchen.»

Van Gemmern schob den Bunsenbrenner zur Seite und setzte sich auf den Labortisch. Seine Füße baumelten in der Luft.

«Vielleicht hat der Täter den Kaffee in der Küche selbst gekocht», fuhr Toppe fort. «Ich halte das sogar für wahrscheinlich, denn wenn dieses Gift in Ampullen war, dann hätte es in dem kleinen Zimmer eigentlich auffallen müssen, wenn er sie aufbrach und in den Kaffee kippte. Deshalb meine ich, wir sollten in der Küche nach Hinweisen suchen. Auf jeden Fall die Schrankgriffe, das

Kaffeeglas, den Zuckertopf, die Tassen auf Fingerspuren untersuchen.»

«Ich weiß nicht.» Van Gemmern wiegte zweifelnd den Kopf. «Auf den Tassen dürften wohl keine zu finden sein. Wie gesagt, es gab dort keine benutzten.» Aber er ließ sich vom Labortisch hinunter und ging nach hinten, um seine Tasche zu holen.

«Er könnte doch die Tasse gespült und dann wieder in den Schrank geräumt haben. Das wäre eine ordentliche Spurenbeseitigung.»

Van Gemmern kam mit der Tasche zurück. «Kann ich mir nicht vorstellen», sagte er. «Ist doch viel zu gefährlich. Es hätte doch jederzeit jemand kommen und ihn sehen können. Also, ich hätte die Tasse eingesteckt und gemacht, dass ich wegkomme.»

«Der muss die Tasse ja nicht gespült haben, als die Frau schon tot war. Vielleicht hat er sie erst betäubt, ordentlich alle Spuren beseitigt und sie dann erst erhängt. Da hätte doch ruhig einer kommen können, dann hätte die Bruikelaer eben geschlafen, völlig logisch nach der langen Nacht. Und der Täter hätte sich dann noch besonders fürsorglich um ihren Kram gekümmert.»

Van Gemmern blieb skeptisch. «Glaub ich nicht. Es hätte doch gereicht, dass man ihn sieht. Man hätte ihn doch hinterher immer mit der Tat in Verbindung gebracht.»

Er ging langsam auf die Tür zu, und Toppe folgte ihm.

«Mag sein. Vielleicht wollte er sie ja zuerst nur betäuben und gar nicht töten. Wir haben doch keine Ahnung, mit was für einem Typen wir es zu tun haben.»

Van Gemmern öffnete die Tür. Er nickte: «Dann will ich mal sehen, dass ich Berns auftreibe.»

«Ach ja, wo steckt der eigentlich?»

«Der sitzt im Festausschuss für die Verabschiedung des Chefs.»

«Festausschuss!», schnaubte Toppe und machte sich auf den Weg zurück ins Büro.

Breitenegger telefonierte, Astrid saß wartend am Schreibtisch.

«Ich habe Dr. Mehlen Bescheid gesagt. Der war noch nicht in der Küche», berichtete sie eifrig. «Und dann habe ich mir überlegt, ich könnte vielleicht mal eine Liste der Bigband-Musiker besorgen? Ich kenne den Leiter ganz gut.»

«Wirklich? Gute Idee», fand Toppe. «Wir sollten mit den Leuten sprechen. Dann machen Sie sich mal auf den Weg.»

Breitenegger legte den Hörer auf. «Die meisten Leute, die auf der Geburtstagsfete waren, können heute Abend kommen. Zwei haben Dienst. Die anderen habe ich alle für zwanzig Uhr einbestellt.»

Toppte brummte zufrieden. «Van Appeldorn und Heinrichs sind wohl noch im Krankenhaus?»

«Ja, das kann dauern, nehm ich an.»

Toppe sortierte eine Weile schweigend seine Gedanken. Er fühlte sich verschwitzt und klebrig.

«Wird wohl eine lange Nacht», seufzte er schließlich und stand auf. «Ich fahre kurz nach Hause, dusche und esse was. In einer guten Stunde bin ich zurück, dann kannst du vielleicht auch mal eben nach Hause.»

Breitenegger winkte ab. «Lass mal, ich bleibe hier. Bei mir ist sowieso keiner zu Hause heute. Aber Kohldampf hab ich. Kannst du mir nicht was mitbringen?»

«Klar, wir wär's mit ‹Fleischrolle spezial›?» Toppe grinste.

«Ach, geh mir weg mit diesem Zeugs», reagierte Breitenegger wie erwartet. «Ekelhaft. Bring mir Pommes mit und zwei Frikadellen mit viel Senf.»

Toppe fluchte. Die blöde Kiste wollte wieder nicht anspringen. Erst beim sechsten Versuch brachte er den Motor in Gang. Lange tat es sein alter Passat bestimmt nicht mehr, aber ein neues Auto war im Augenblick auf gar keinen Fall drin. Eigentlich war es ihm egal, er machte sich nichts aus Autos, aber manchmal war es ihm doch unangenehm, als Hauptkommissar und Leiter des Ersten Kommissariats die älteste Klapperkiste auf dem ganzen Parkplatz zu haben.

Er fuhr langsam durch die verkehrsberuhigte Zone am Gemeindeweg zu seinem neuen Haus. In der Hofeinfahrt stand sein Schwiegervater mit einem Zollstock in der Hand.

Toppe parkte auf der Straße.

«Tach», grüßte er, «ich hab nicht viel Zeit», und wollte die Haustür aufschließen, aber sein Schwiegervater hörte nicht hin. «Siebzehn Zentimeter!», rief er kopfschüttelnd. «Komm her und gucket dir an, siebzehn Zentimeter!»

Toppe gab auf und ging hinüber. «Was für siebzehn Zentimeter?»

«Zu schmal, die Hofeinfahrt, siebzehn Zentimeter zu schmal. Ich habbet immer gesacht. Aber dir waret ja egal. Jetzt stehen wir dumm zu gucken.»

«Wieso?» Toppe verstand immer noch nicht.

«Da passt doch keine Maschine durch! Nicht mal der kleinste Bagger. Mann, Mann, jetzt kann ich den ganzen Mutterboden mit der Hand verteilen.»

«Ach so», Toppe ging zurück zur Haustür, «reg dich nicht auf. Das mach ich schon an meinem nächsten freien Wochenende.»

«Ja, dat kenn ich, und dann liegt et Allerheiligen noch da.»

Toppe hatte keine Lust, sich aufzuregen. Er hielt den Mund und ging ins Haus.

Gabi stand im Esszimmer und bügelte. «Hallo, hast du schon frei?»

«Kein bisschen. Ich wollte nur eben duschen. Dann muss ich wieder los.»

Er küsste sie flüchtig.

«Was ist denn?» Sie stellte das Bügeleisen ab.

«Der Selbstmord vom Samstag ist ein Mordfall.»

«Echt?»

Aber er war schon im Flur. «Hast du was zu essen da?», rief er noch.

Sie seufzte, ging in die Küche, stellte den Teller mit den Spaghetti in die neue Mikrowelle und schaltete die Kaffeemaschine an.

Schon nach zehn Minuten war er wieder da.

«Das war das letzte frische Hemd», stellte er fest, als er sich an den Tisch setzte.

«Ja, ich weiß, aber ich bin doch gerade am Bügeln. Ich kann mich auch nicht vierteilen.»

Er sah sie erstaunt an. «Was ist denn?»

«Ach Mensch! Manchmal weiß ich echt nicht, wie ich alles schaffen soll. Wenn ich um halb eins von der Arbeit komme, kann ich erst mal das Frühstück wegräumen, Mittagessen kochen, mich um die Hausaufgaben der Kinder kümmern. Und dann ist hier im Haus noch nichts gemacht.»

Toppe presste die Lippen zusammen und verkniff sich eine Erwiderung.

Er war nicht begeistert gewesen, als Gabi den MTA-Job bei der Kinderärztin angenommen hatte.

Obwohl er es verstehen konnte, schließlich war sie fast zehn Jahre wegen der Kinder zu Hause geblieben. Aber sie sah es ja jetzt wohl selbst.

«Das Haus macht einfach viel mehr Arbeit als die Wohnung. Ich habe gedacht …»

«Ja?»

«Na ja, ich dachte, wenn ich wenigstens einmal in der Woche eine Putzhilfe hätte …»

Er sah von seinem Teller auf. «Und wovon willst du die bezahlen?», fragte er.

Sie schlug die Augen nieder und antwortete nicht.

Es tat ihm leid.

«Nun ja», druckste er. «Vielleicht. Wir könnten das ja mal durchrechnen.»

Sie sagte immer noch nichts.

«Okay?», fragte er und legte seine Hand auf ihren Arm.

«Ja, okay.» Sie rang sich ein Lächeln ab. «Hast du noch Zeit, einen Kaffee mit mir zu trinken?»

«Mmpf», bejahte Toppe mit vollem Mund.

Sie würden schon alles auf die Reihe kriegen, irgendwie.

Auf der Rückfahrt zum Präsidium nahm er sich vor, morgen doch noch mal mit José Bruikelaers Eltern zu sprechen, danach mit den Mitgliedern der Bigband. Und heute Abend waren die Leute aus dem Krankenhaus dran. Selbst wenn es dann noch keinen konkreten Hinweis auf den Täter gab, würde es helfen, ein Bild vom Opfer zu bekommen.

Um halb sieben kam er ins Büro zurück.

Breitenegger erwartete ihn ungeduldig. Er machte sich sofort über die Frikadellen her.

Sieben Dieter Seghers war äußerst zugeknöpft, fast überheblich, und Toppe hatte einige Mühe, mehr als zwei zusammenhängende Sätze aus ihm herauszubekommen. Der Mann versuchte erst gar nicht zu verheimlichen, dass er eine Abneigung gegen ‹Bullen› hatte. Er war der Dritte der Leute aus dem Krankenhaus, den sie jetzt vernahmen, Breitenegger, Astrid und er. Fünf weitere warteten noch draußen auf dem Flur, und Toppe merkte, wie er langsam immer gereizter wurde.

«Sie hatten also ein Verhältnis mit Frau Bruikelaer?»

«Verhältnis?» Seghers lachte. «Ja, wenn Sie das so nennen wollen.»

Das Telefon klingelte, und Toppe nahm ärgerlich den Hörer ab.

«Toppe.»

Wagner von der Zentrale war am Apparat.

«Es gibt mal wieder Arbeit, Herr Toppe. Eine männliche Leiche in der Schwanenstraße. Die Kollegen von der Schutzpolizei warten auf Sie.»

«Danke.» Toppe stöhnte.

«Ich muss weg», wandte er sich an Breitenegger. «Machst du mit Astrid hier weiter?»

Dieter Seghers saß breitbeinig auf dem Stuhl und sah gelangweilt zum Fenster hinaus.

Breitenegger richtete sich aus seiner bequemen Sitzhaltung auf und nickte Toppe beruhigend zu.

«Und wie komme ich jetzt an den ED?», fragte Toppe. «Berns und van Gemmern sind doch beide in Emmerich.»

«Nein, das kann nicht sein», antwortete Breitenegger. «Van Gemmern ist vorhin allein weggefahren. Das hab ich gesehen.»

«Wie, allein? Berns war nicht dabei?» Toppe schnappte hörbar nach Luft. «Wo tagt dieser Festausschuss?»

«Festausschuss? Welcher Festausschuss?»

Aber Toppe winkte ab und hatte den Telefonhörer schon in der Hand.

Es dauerte fast zehn Minuten, bis er Berns endlich am Apparat hatte.

«Männliche Leiche in der Schwanenstraße», sagte er knapp. «Bitte kommen Sie sofort hin.»

«Nee, also, Toppe, das geht jetzt auf gar keinen Fall. Wir sind mitten in der Planung. Da kann doch mal van Gemmern ...»

«In spätestens fünfzehn Minuten sind Sie in der Schwanenstraße», sagte Toppe sehr langsam und deutlich und legte den Hörer auf.

Wo, zum Teufel, war die Schwanenstraße? Jetzt wohnte er schon jahrelang in dieser Stadt, und noch immer schien es Dutzende von Straßen zu geben, von denen er noch nie etwas gehört hatte.

Toppe angelte seinen Stadtplan aus dem Handschuhfach und fand die Straße schließlich mitten in der Innenstadt.

Und wieder wollte sein Auto nicht anspringen. «Komm, sei brav, spring an», bettelte er, und dann: «Gottverdammte Kiste!»

Jemand klopfte gegen die Scheibe. Es war Ackermann, der ihn freundlich angrinste.

«Na, will dat alte Möhrken ma' wieder nich'?»

Toppe machte einen erneuten Startversuch. Ackermann hatte seinen rechten Arm aufs Dach gelegt und schaute interessiert zu: «Ja, ja, wenn so Kisten ers' ma' in die Jahre kommen … wie bei unsereinem, wa?» Er lachte herzhaft. «Kann ich Sie ir'ndwohin mitnehmen, Chef?»

Toppe zögerte. «Ich habe einen Einsatz in der Schwanenstraße, männliche Leiche.»

«Klasse!» Ackermann freute sich. «Dann steigen Se ma' um. Ich fahr Sie hin.»

«Sind Sie denn nicht im Dienst?»

«Nö, ich war grad am Feierabendmachen. Ich komm gern mit.» Er sah Toppe treuherzig an. «Mord ist ja sozusagen mein Hobby, dat wissen Se doch.»

«Wenn Sie unbedingt wollen», stimmte Toppe zu. Er hatte vor langer Zeit aufgehört, sich über Ackermann zu wundern.

Die Schwanenstraße war eine enge, kopfsteingepflasterte Gasse; auf der einen Seite eine hohe Häuserzeile aus dem neunzehnten Jahrhundert, auf der anderen Seite die Reste einer mittelalterlichen Befestigungsmauer. Toppe hätte vermutlich lange nach dieser Straße gesucht. Sie lag wohlversteckt im Gewirr der winkligen Gassen am Heideberg.

Der Einsatzwagen blockierte die ganze Straße. Es war inzwischen fast völlig dunkel, und das eingeschaltete Blaulicht gab der Szene einen dramatischen Anstrich. Überall auf der Straße und an den Fenstern standen Leute.

Die beiden Kollegen von der Schutzpolizei warteten schon. Schultz stand in der Eingangstür, Flintrop lehnte am Kotflügel des Peterwagens. «Die Wohnung ist gleich hier unten», rief Schultz eifrig und ging voraus in einen schummrig beleuchteten, schmalen Flur.

Es roch nach ungemachten Betten.

Toppe stieß eine Tür auf und trat in eine große, quadratische Küche. Sie war dürftig möbliert mit einem Herd, einer Spüle, einem Kühlschrank und einem offenen Kiefernregal. In der Mitte ein großer Tisch mit mehreren Stühlen, die alle nicht zueinander passten. Überall standen Gläser und Weinflaschen herum, stapelten sich schmutzige Teller und Besteck.

An der linken Wand war ein Durchgang zu einem Zimmer, einer Art Wohn-Schlaf-Raum mit einem großen alten Bauernschrank, zwei abgeschabten Ohrensesseln, einem niedrigen Tisch und einem breiten Matratzenlager auf dem Fußboden. An der Wand über diesem Bett hing ein bunter Kelimteppich. Auch hier standen überall schmutzige Gläser und überquellende Aschenbecher. Die Luft – eine Mischung aus kaltem Rauch und abgestandenem Alkohol – war zum Schneiden dick.

Der Tote lag auf der Matratze. Er trug eine schwarze Lederhose und einen grauen Wollpullover, dessen Ärmel hochgeschoben waren. In der Vene der linken Armbeuge steckte eine Spritze. Der Mann hatte den Kopf zur Seite gedreht, die Augen geschlossen. Er hatte einen vollkommen entspannten Gesichtsausdruck, beinahe als schlafe er. Sein schwarzes Haar war über der Stirn dünn, hinten hatte er es mit einem roten Gummiband zu einem Pferdeschwanz gebunden. Er trug handgenähte, indianische Mokassins aus weichem Leder.

Toppe drehte sich langsam zu Schultz um, der im Durchgang stehen geblieben war. «Wer ist der Mann?», fragte er.

«Jochen Reuter, geboren 17. 7. 1950, Musiker.»

«Wer hat ihn gefunden?»

«Seine Freundin. Die ist drüben auf der Toilette, ziemlich geschockt. Soll ich sie holen?»

«Nein, lassen Sie nur, ich sehe selbst nach.»

Die Toilette war auf der anderen Seite des Flurs. Eine schmale, ehemals weiße Holztür, die irgendwer schlampig mit lila Lack überpinselt hatte.

«Wie heißt die Frau?», flüsterte Toppe.

«Susanne Schmitz», gab Schultz ebenso leise zurück.

«Frau Schmitz?» Toppe klopfte an die Tür, aber nichts rührte sich.

«Frau Schmitz?» Vorsichtig drückte er die Klinke herunter.

Die Tür war nicht verschlossen.

Die Frau lehnte an der Wand zwischen Klo und Waschbecken, gleich unter dem Werbeplakat einer irischen Bierfirma mit dem Slogan ‹Guinness is good for you›.

Sie war grau im Gesicht und starrte ihn blicklos an.

«Frau Schmitz?»

«Ja», antwortete sie, aber er hatte nicht den Eindruck, dass sie ihn wahrnahm.

Sie war ungefähr vierzig Jahre alt, extrem dünn, hatte stoppelig kurzes, hennarotes Haar mit einer einzelnen langen Strähne im Nacken. Sie trug hautenge, schwarze Röhrenhosen, die knapp bis zur Wadenmitte reichten und ihre Knie rachitisch wirken ließen. Dazu eine kurze, schwarze Samtjacke über einem verwaschenen T-Shirt.

Toppe bekam einen Schlag in den Rücken und stolperte auf die Frau zu. Ackermann hatte die Tür aufgestoßen.

«Kann ich wat helfen?», fragte er beflissen.

«Ja», antwortete Toppe, «rufen Sie einen Krankenwagen. Die Frau hat einen Schock.»

«Klar, mach ich, klar.» Ackermann flitzte hinaus.

«Kommen Sie, Frau Schmitz.» Toppe fasste sie fest am Arm.

«Ja.» Sie bewegte sich mechanisch.

Er führte sie zum Einsatzwagen und ließ sie auf dem Beifahrersitz Platz nehmen.

«Herr Flintrop wird sich um Sie kümmern, bis der Arzt da ist.»

«Ja.»

Flintrop lehnte noch immer am Kotflügel und rauchte.

Toppe kehrte ins Haus zurück.

«Gibt's hier ein Telefon?», fragte er Schultz.

Der zeigte auf einen Wandapparat in der Küche. Toppe nahm den Hörer vorsichtig mit seinem Taschentuch und wählte Arend Bonhoeffers Privatnummer.

«Sofia? Hier ist Helmut. Ist Arend da? Gib ihn mir mal.»

Er wartete.

«Helmut? Schön, dass du anrufst.»

«Leider nur dienstlich. Ich habe hier einen Toten in Kleve. Könntest du jetzt gleich kommen und ihn dir ansehen?»

«Du meine Güte! Jetzt soll ich kommen? Mensch, ich habe gerade eine wunderbare Flasche Burgunder getrunken.»

«Ich kann dir einen Wagen schicken.»

Bonhoeffer seufzte tief. «Ist gut. Schick einen. Bis gleich.»

«Einen Wagen?», fragte Schultz, der die ganze Zeit in der Küchentür gestanden hatte.

«Ja, einen Wagen nach Warbeyen, Dr. Bonhoeffer.»

«Okay.»

Ackermann kam zurück. «Krankenwagen ist unterwegs.»

Gleich hinter ihm tauchte mit hochrotem Gesicht Berns auf. Er würdigte Toppe keines Blickes, sondern stürmte gleich durch zum Nebenzimmer.

Toppe zündete sich eine Zigarette an.

«Haben Sie keine Augen im Kopf?» Berns war zurückgekehrt und fasste ihn an der Schulter. «Das hier ist doch wohl eindeutig was für Stachorski aus dem 2. K., Rauschisch und Sitte.»

Toppe sah ihn nur stumm an, und so schlurfte er schließlich ins Zimmer zurück und öffnete seine Tasche.

Ackermann hatte die Hände hinter dem Rücken verschränkt und schnupperte an den Weinflaschen.

Schultz kam in die Küche zurück. «Wagen ist unterwegs.»

«Gut», erwiderte Toppe und trat in den Durchgang. «Herr Berns, ich möchte hier alles supergenau haben, jedes Glas, jeden Teller, eben alles.»

Berns drehte sich nicht zu ihm um, aber man konnte sehen, wie sich seine Schultern strafften. «Na, dann sehen Sie mal zu, dass ich hier ein bisschen Hilfe kriege, Herr Toppe.»

Toppe wandte sich wieder um zu Schultz.

«Wer wohnt sonst noch im Haus?»

«Keiner. Die obere Wohnung ist leer.»

«Ist der Mann bei euch bekannt? Drogenszene vielleicht?»

«Nein, mit dem hatte ich bis jetzt noch nichts zu tun. Aber ein paar von seinen Nachbarn hier kennen wir recht gut.»

Arend Bonhoeffer kam um zwanzig nach zehn. Er mochte es gar nicht, wenn man ihn beim Weintrinken störte, und seine Laune war entsprechend gedämpft.

Toppe hatte sich inzwischen umgesehen.

Der Tote war Bassist gewesen. Es gab einen Kontrabass und einen E-Bass, beides sorgsam gepflegt und poliert, und stapelweise Noten, Programmhefte, Plakate, Zeitungsausschnitte, die bewiesen, dass er zumindest zeitweise in nicht ganz unbekannten Jazzformationen mitgespielt hatte.

Ein paar Briefe und Fotos gab es, alles wenig aufschlussreich. Die gesamte Bibliothek bestand aus zwei verschiedenen ‹Real Books› sowie Jazz-Noten, einigen sozialpädagogischen und psychologischen Fachbüchern,

Patrick Süskinds ‹Parfum› und einer Anzahl amerikanischer Kriminalromane, wobei Mickey Spillane über Gebühr vertreten war.

«Viel kann ich dir noch nicht sagen, Helmut.» Bonhoeffer streifte die Latexhandschuhe ab. «Die ungefähre Todeszeit dürfte zwischen 15 und 20 Uhr liegen.»

«Und die Todesursache?», fragte Toppe.

«Da möchte ich mich noch nicht festlegen.»

«Keine Überdosis?»

«Ich bin nicht sicher. Da passt so einiges nicht zusammen. Ich möchte eigentlich am liebsten sofort eine Obduktion machen. Könnte sein, dass es eilt. Kannst du den Staatsanwalt anrufen und zusehen, dass das klargeht?»

«Ja, okay, mach ich. Du meldest dich?»

«Ich melde mich, sobald ich was habe.»

«Danke», antwortete Toppe müde und griff noch einmal zum Telefon, um Dr. Stein anzurufen.

Auf dem Parkplatz am Präsidium kamen Toppe Dieter Seghers und die anderen Leute aus dem Krankenhaus entgegen.

Breitenegger war also wohl erst gerade mit den Vernehmungen fertig geworden.

Auch Heinrichs und van Appeldorn waren inzwischen aus Emmerich zurück.

Toppe schlurfte ins Büro und ließ sich schlaff auf seinen Stuhl fallen.

«Na, was ist?», fragte van Appeldorn. «Doch wohl nicht schon wieder ein neuer Fall?»

Toppe rieb sich die Augen.

«Ein Toter in seinem Bett in seiner Wohnung mit einer Spritze im Arm.»

«Überdosis», sagte van Appeldorn.

«Möglich», murmelte Toppe. «Und was ist bei euch gelaufen?»

Acht Die Ausbeute war äußerst dürftig. Sie hatten nichts herausgefunden, was sie weiterbrachte. Jeder, mit dem sie gesprochen hatten, hatte ihnen versichert, dass José Bruikelaer ein offenes, freundliches Mädchen gewesen war, unmöglich, dass sie sich hätte umbringen sollen. Und Mord? Nein, genauso wenig. Wer hätte ein Interesse daran haben sollen? Dieter Seghers hatte ein paarmal mit ihr geschlafen, ja und? Das war's auch gewesen.

«Wir hatten beide kein Interesse an einer Courths-Mahler-Geschichte», hatte er herablassend erklärt.

Auf der Geburtstagsfeier war offensichtlich nichts vorgefallen. Und am Samstag hatte auch niemand etwas gehört oder gesehen. Keiner hatte das Mädchen nach Freitagabend noch einmal getroffen.

Hatte es noch andere Freunde oder Bekannte gegeben, die nichts mit dem Krankenhaus zu tun hatten? Sicher, konnte schon sein, so nahe stand man sich schließlich nicht.

Die Leute aus dem Musikerkreis? Ja, den einen oder anderen hatte man wohl schon gesehen, aber kennen? Nein, das wäre zu viel gesagt.

Toppe gähnte ungeniert. Es war nach halb eins.

«Ich finde, wir sollten morgen weitermachen.»

Keiner nahm es ihm übel, als er aufstand.

«Norbert?» Er hielt van Appeldorn zurück, als sie schon auf der Treppe waren.

«Ja.» Van Appeldorn blieb stehen.

«Kannst du mich nach Hause bringen? Mein Wagen ist vorhin wieder nicht angesprungen.»

«Sicher.» Van Appeldorn ging weiter. «Und wie bist du dann zur Schwanenstraße gekommen?»

«Ach, Ackermann kam zufällig vorbei und hat mich hingefahren», antwortete Toppe so beiläufig wie möglich.

Van Appeldorn lachte schnaubend. «Ackermann? Und das hast du freiwillig über dich ergehen lassen?»

Er stieß die Tür auf.

Toppe atmete tief durch.

Es war immer noch warm, aber die Luft war klar. Sogar hier an der Durchgangsstraße roch es ein bisschen nach Frühsommer.

«Norbert?»

«Ja?»

«Was ist eigentlich los mit dir?»

«Was soll denn mit mir los sein?», fragte van Appeldorn erstaunt.

Toppe fühlte sich nicht wohl in seiner Haut, redete aber trotzdem weiter. «Du hast doch was, du bist so …» Er suchte nach einem passenden Wort. «… so anders. Irgendwie nicht richtig bei der Sache.»

Aber van Appeldorn winkte ab. «Jetzt komm endlich. Ich schlafe schon im Stehen.»

Er überquerte den Parkplatz und schloss sein Auto auf.

«Vielleicht könnt ihr den ganzen Mist hier bald alleine machen», platzte es aus ihm heraus.

Toppe warf ihm über das Autodach einen verstörten Blick zu. «Was soll das denn heißen?»

«Ach, Scheiße!» Van Appeldorn ließ sich auf den Fahrersitz fallen.

Toppe stieg ebenfalls ein und wartete.

Es war dunkel im Wagen.

«Marion ist schwanger», sagte van Appeldorn, ohne Toppe anzuschauen.

Seit einigen Jahren schon lebte van Appeldorn mit seiner Freundin Marion und deren Tochter zusammen. Bis jetzt schien er nie Probleme gehabt zu haben, und wenn doch, hatte er nicht darüber gesprochen.

Keiner von ihnen tat das.

Toppe rutschte unbehaglich auf seinem Sitz nach vorn.

«Na und?», sagte er schließlich unbeholfen.

«Na und?», erwiderte van Appeldorn. «Es war nicht geplant!»

Toppe wusste nicht, was er sagen sollte.

«Wir haben den dicksten Knies deswegen», fuhr van Appeldorn fort. «Marion will ihren Laden nicht aufgeben, jetzt, wo er gerade anfängt zu laufen. Schon durch Annas Geburt hätte sie Jahre verloren, sagt sie. Und das, bitte schön, nicht schon wieder! Es wäre schließlich auch mein Kind, und wie wäre es denn, wenn ich mal Verantwortung übernähme und zu Hause bliebe? Es hieße mittlerweile Erziehungsurlaub und nicht mehr Mutterschutz. Ob ich das noch nicht mitgekriegt hätte.»

Toppe entfuhr nur ein entgeistertes: «Was?»

«Was?», bellte van Appeldorn. «Du wolltest doch wissen, was los ist. Das ist los, verdammte Scheiße!» Er schlug mit der Faust aufs Lenkrad, dann schwieg er.

«Und jetzt?», fragte Toppe endlich.

«Ich weiß es nicht.» Van Appeldorn wandte ihm sein blasses Gesicht zu.

Toppe legte ihm die Hand auf den Arm. «Es wird sich schon alles regeln.»

«Ach ja?» Van Appeldorn zog rüde den Arm weg. «Schon klar, die Botschaft ist angekommen. Für private Probleme ist in unserem Job kein Platz. Niemals. Oberste Regel.»

«Das ist doch Blödsinn», unterbrach Toppe ihn, obwohl er sich tatsächlich wünschte, er hätte gar nicht erst gefragt.

Aber van Appeldorn ging darüber hinweg. «Natürlich hätte ich darauf kommen müssen, dass es sich nicht um einen Suizid handelt. Wenn ich bei klarem Verstand wäre.» Er hielt inne. «Vielleicht sollte ich wirklich Erziehungsurlaub nehmen», setzte er bitter hinzu.

«Jetzt hör doch auf …»

Van Appeldorn atmete langsam aus. «Ich bring dich nach Hause.»

Toppe nickte nur. Sie fuhren schweigend durch die Straßen, die um diese Zeit fast völlig ausgestorben waren. Beide waren froh, dass der andere nichts mehr sagte.

Van Appeldorn bremste vor Toppes Haustür.

«Willst du noch auf einen Schnaps reinkommen?», fragte Toppe unsicher.

«Schon gut, lass mal.» Van Appeldorn hatte sich wieder im Griff. Er grinste. «Ich fahre noch rüber zu Wanders und zisch mir ein paar Bier.»

Toppe zuckte die Achseln. «Wenn's das bringt», murmelte er. Aber van Appeldorn hörte ihn schon nicht mehr.

Im Haus war alles still. Ohne Licht zu machen, durchquerte Toppe die Diele in Richtung Küche und stieß sich prompt sein Knie an der Kommode. Im Dunkeln fand er sich hier noch nicht zurecht. Leise ächzend rieb er sich die schmerzende Stelle und tastete nach dem Lichtschalter.

An der Kühlschranktür klebte ein Zettel: ‹Mikrowelle!›.

Er schmunzelte, sie war wirklich lieb. Dabei war sein ständiges Übergewicht sicher auch auf seine nächtlichen Ausflüge zum Kühlschrank zurückzuführen. Zwei Fleischrollen hatte sie ihm hingestellt mit ein paar Zwiebelringen und viel süßem Ketchup. Genau das, was er jetzt brauchte. Er nahm sich eine Flasche Bier aus dem Kühlschrank, hockte sich an den Tisch und aß langsam. Dabei las er den Text auf der Cornflakes-Packung, die auf dem Tisch stand, den ganzen Text, sogar die Liste aller Inhaltsstoffe.

Schade, dass Gabi schon schlief. Er hätte gern mit ihr gesprochen über Norbert und überhaupt.

Das Bier schmeckte ihm nicht. Er goss den Rest in den Ausguss und räumte sein Geschirr in die Spülmaschine.

Schlafen würde er noch nicht können, aber zum Lesen war er auch zu müde.

Er ging hinüber ins Wohnzimmer und kramte in seinen Platten, Tracy Chapman, ja, das war genau richtig jetzt.

Auf dem Sofa ausgestreckt, starrte er an die Decke,

lauschte der Musik und versuchte, an nichts zu denken. Es gelang ihm ganz gut.

Gabi wachte nicht auf, als er leise zu ihr ins Bett kam. Er fiel sofort in einen tiefen Schlaf.

Als um halb sechs das Telefon klingelte, war er sofort hellwach. Gabi drehte sich auf den Bauch und vergrub ihren Kopf unter dem Kissen.

«Toppe.»

«Guten Morgen, Helmut. Hier ist Arend. Warst du schon wach?»

«Ich weiß nicht. Hast du bis jetzt gearbeitet?»

«Ja, und die Ergebnisse sind wichtig. Der Mann ist nicht an einer Überdosis Rauschgift gestorben – er hat überhaupt nicht gefixt. Er starb an einer Luftembolie.»

«Was?»

«Ja, Luft in der Armvene.»

«Hat er das selbst …»

«Ich bin sicher, dass es sich nicht um einen Suizid handelt. Zunächst einmal hatte die Spritze, die in seinem Arm steckte, nur ein Volumen von 20 ml. Das heißt, es muss mehrfach gespritzt worden sein, um die für eine Embolie mindestens erforderlichen 100 ml Luft in die Vene zu pumpen. Es gibt aber nur einen Einstich, was bedeutet, dass man die Spritze von der Kanüle gelöst hat, wenn sie neu mit Luft gefüllt wurde. Und einhändig ist das sehr schwierig.»

«Na ja», wehrte Toppe ab, «möglich ist alles bei Selbstmördern. Und außerdem, der wird doch wohl kaum seelenruhig stillgehalten haben. So etwas dauert doch.»

«Eben. Sitzt du gut?»

«Ja. Nun erzähl schon.»

«Ich habe beträchtliche Mengen von Atropin und Scopolamin im Körper des Toten gefunden.»

Toppe brauchte eine Weile, bis er das verdaut hatte.

«Mensch, Arend, weißt du, was das bedeutet?»

«Ich denke schon. Es sieht so aus, als handele es sich um denselben Täter.»

«Ganz genau.» Ein Dutzend Gedanken purzelten in Toppes Kopf durcheinander.

«Bist du noch dran, Helmut? Meinen Bericht kriegst du heute Nachmittag. Ich gehe jetzt ein paar Stunden schlafen.»

«Ja. Ja, gut … und danke, Arend.»

Was jetzt als Erstes? Toppe stand auf.

«Musst du weg?», brummelte Gabi unter ihrem Kissen.

«Nein, noch nicht. Schlaf weiter, es ist erst halb sechs.»

Er nahm sich leise frische Kleider aus dem Schrank, ging ins Bad und duschte lange.

Ein zweiter Mordfall. Das hatte gerade noch gefehlt! Wie weit der ED gestern wohl noch in der Schwanenstraße gekommen war? Berns hatte sicher van Gemmern dazuholen lassen. Ob er anrufen sollte? Ach was, warum sollte er sie auch noch aus ihrem kurzen Schlaf reißen? Die zwei Stunden brachten es auch nicht.

Er würde Brötchen holen gehen. Bei Walterfang konnte man hinten in der Backstube schon um fünf Uhr welche bekommen. Einen schönen, strammen Spaziergang würde er machen. Das machte den Kopf klar und beruhigte den Magen. Siedend heiß fiel ihm ein, dass er ja gar keine andere Wahl hatte. Sein Wagen stand noch immer unten am Präsidium. Er musste später die Werkstatt anrufen und außerdem Heinrichs bitten, ihn auf dem Weg zum Dienst mitzunehmen.

Draußen vor dem Küchenfenster spektakelten ein paar optimistische Vögel. Toppe stellte die Kaffeemaschine an, schnappte sich seine Lederjacke und verließ leise das Haus. Die Vögel hatten recht: Es war wirklich ein Bilderbuchmorgen, einer, der einen sonnigen Tag ankündigte, nur er würde mal wieder gar nichts davon haben. Er seufzte.

Die Straßen waren noch ganz still, kaum jemand, der schon wach war. Nur aus dem ‹Schweizerhaus› torkelten ein paar übriggebliebene Zecher und überquerten singend und sich gegenseitig stützend die Materborner Allee. Toppe seufzte noch einmal tief.

Um kurz vor sieben tappte er ungeschickt mit dem schwerbeladenen Frühstückstablett ins Schlafzimmer. Er stellte es auf dem Boden ab, zog Gabi das Kissen weg und küsste sie auf ihren weichen Schlafmund. «Frühstück.»

Sie lächelte, ohne die Augen zu öffnen. «Im Bett?»

«Ja», nickte er und goss Kaffee ein.

«Du bist süß.» Sie umarmte ihn von hinten.

«Vorsicht! Der Kaffee!»

«Was geisterst du eigentlich mitten in der Nacht durchs Haus?»

Er erzählte es ihr. Sie saß mit angezogenen Knien im Bett, schlürfte genüsslich ihren Kaffee und hörte ihm zu.

«Mensch!», rief sie plötzlich. «Die Kinder! Schon Viertel nach sieben. Mist!» Sie stürzte aus dem Bett.

Toppe seufzte wieder.

Dann würde er mal Heinrichs anrufen. Er wollte gern früh im Büro sein.

Aber er war nicht der Erste im Präsidium an diesem Morgen.

Astrid hatte mehrfach erfolglos versucht, Klaus van Gemmern anzurufen, und dann entschieden, dass er wohl noch oder schon wieder im Labor sein musste. Und eigentlich wollte sie ihn sowieso lieber sehen, als nur mit ihm sprechen.

Es war erst halb acht, als sie leise die Tür zum Labor öffnete. Richtig, er stand über den Tisch gebeugt und hantierte mit einem Weinglas.

«Hallo», rief sie leise von der Tür her.

Erstaunt sah er hoch. «Hallo! Was machst du denn schon hier?», und umarmte sie mit einem einzigen Blick.

«Und du? Bist du noch da oder schon wieder?»

«Schon wieder.» Er streckte ihr seine Hand entgegen. «Komm doch mal her.»

«Ich wollte eigentlich nur sagen, dass es später wird heute Abend. Ich muss mir noch eine Wohnung angucken.»

Er nickte und sah ihr in die Augen. «Wann soll ich denn bei dir sein?», fragte er, ohne ihren Blick loszulassen, und legte eine Hand auf ihre Hüfte.

«So um halb neun – ich freu mich schon.» Sie strahlte. «Ist lange her.»

«O ja.» Er fasste den Bund ihrer Jeans und zog sie langsam zu sich heran, bis sie sich berührten und sie deutlich spüren konnte, dass er sich auch schon freute.

«Sehr lange», sagte er und öffnete die obersten Knöpfe ihrer Bluse. Mit der Innenfläche seiner Hand fuhr er langsam über ihre rechte Brust. Sie stöhnte leise und schloss die Augen.

«Willst du wirklich noch bis heute Abend warten?», flüsterte er, den Mund an ihrem Hals.

«Du bist total verrückt, Klaus», stieß sie hervor, aber sie presste sich dabei fest an ihn. «Wenn jemand kommt.»

«Um diese Zeit kommt keiner.»

Sie lachte und küsste ihn.

Sie wurden nicht gestört.

Neun Heinrichs, der morgens vor dem Dienst immer noch zwei seiner Kinder in den Kindergarten bringen musste, kam wie immer auf die letzte Minute. Als er und Toppe endlich im Büro eintrafen, waren alle anderen schon da, nur Berns fehlte.

«Nun lass den Knaller schon los», forderte Heinrichs Toppe auf, noch bevor er ‹guten Morgen› gesagt hatte. Er hatte sich bereits im Auto alles erzählen lassen.

«Ja, gleich», antwortete Toppe und hängte erst einmal seine Jacke an den Garderobenständer. «Wo ist Berns?»

Breitenegger nahm seine Pfeife aus dem Mund und lächelte verschmitzt. «Herr Berns hat sich krankgemeldet. Er hat, wie er sagt, so Last mit dem Magen.»

Toppe kniff die Lippen zusammen und setzte sich. Ruhig berichtete er dann, was Bonhoeffer herausgefunden hatte. Heinrichs war der Einzige, den die Geschichte faszinierte, bei allen anderen war die Stimmung ausgesprochen gedämpft.

«Wir werden wohl in zwei Gruppen arbeiten müssen», überlegte van Appeldorn.

Van Gemmern räusperte sich. «Ich habe ein paar wichtige Details beizutragen.» Er machte eine kleine Pause und rieb sich die Augen hinter der Brille. «Zunächst zu dem Fall Bruikelaer: Ich habe in der Wohnheimküche alles auf mögliche Fingerabdrücke untersucht. Das war ein bisschen zeitaufwendig, aber es hat sich gelohnt. Auf dem Pulverkaffeeglas war ein deutlicher Abdruck, der sich mit den Abdrücken auf dem Stuhl deckt. Dann habe ich den Siphon aufgeschraubt, das Restwasser mitgenommen und überprüft, und ich habe Spuren von Atropin gefunden.»

Toppe nickte zufrieden. «Dann hat er wohl wirklich die Tasse dort abgespült.»

«Sieht ganz so aus», bestätigte van Gemmern. «Zum zweiten Fall, dem Toten aus der Schwanenstraße: Auf der Spritze gibt es einen sehr schönen, klaren Fingerabdruck, und dieser deckt sich mit den Fingerabdrücken auf dem Kaffeeglas und auf dem Stuhl im Fall Bruikelaer.»

Heinrichs schlug mit der Faust auf die Schreibtischplatte: «Donnerwetter!»

«Wie sind Sie nur darauf gekommen, die Fingerabdrücke zu vergleichen?», fragte Toppe.

«Zufallstreffer», antwortete van Gemmern. «Gestern Abend bin ich von Emmerich aus in die Schwanenstraße gefahren. Als wir dort fürs Erste fertig waren, wollte ich im Labor eigentlich nur noch die Proben aus Emmerich auswerten. Aber dann war ich noch so fit, dass ich mit der zweiten Geschichte wenigstens noch anfangen wollte. Wir hatten siebzehn Gläser sichergestellt, und in fünf davon waren noch Weinreste. Es war einfach Glück. Gleich bei der ersten Probe stieß ich auf Atropin und Scopolamin, und zwar in erheblicher Menge. Auf dem dazugehörigen Glas befanden sich die Fingerabdrücke des Toten.»

«Mensch, und da hast du nicht gleich angerufen?», rief Astrid entrüstet.

«Es war drei Uhr morgens. Was sollte das bringen? Ich bin dann nach Hause gefahren, aber es ließ mir keine Ruhe. Ich wollte Gewissheit haben. Deshalb bin ich schließlich wieder ins Labor und habe mir die Spritze näher angesehen.»

«Haben Sie die Sachen zum LKA geschickt?», fragte Breitenegger.

«Selbstverständlich. So gegen Mittag dürften die Ergebnisse vorliegen.»

Toppe zweifelte nicht einen Augenblick daran, dass van Gemmern mit seinen Ergebnissen richtiglag.

Eigentlich musste der ED sich gar nicht um die Auswertung kümmern. Das war Sache des LKA-Labors in Düsseldorf. Aber die Tatsache, dass van Gemmern so arbeitete, verschaffte ihnen immer wieder einen Zeitvorteil. Man musste nicht erst viele Stunden abwarten, bis man den nächsten Schritt tun konnte. Und der Zeitfaktor war oft von großer Wichtigkeit. Van Gemmern war nicht nur zuverlässig und gründlich bei seiner Arbeit am Tatort und im Labor, er verfügte auch über Kombinationsgabe und Phantasie und über eine Qualität, die Toppe für unschätzbar hielt: Intuition. Das allerdings behielt er lieber für sich. Aber er freute sich und war zufrieden, und er sagte es auch.

«Danke», nickte van Gemmern nur, aber er lächelte dabei.

Damit brachte er Toppe für einen Augenblick aus dem Konzept, er konnte sich nicht erinnern, van Gemmern schon einmal so offen lächeln gesehen zu haben.

«Der Typ muss ja ganz schön bescheuert sein?», murmelte Heinrichs aus seinen Gedanken heraus.

«Welcher Typ?», fragte Toppe irritiert.

«Na, der Täter. Dass er überall seine Fingerabdrücke hinterlässt.»

Toppe stand auf, ging zur Fensterbank, lehnte sich dagegen und wühlte in seinem Bart. «Vielleicht ist es ihm einfach egal.»

«Wie hieß der Tote noch mal?», fragte Astrid plötzlich und kramte in ihrer Handtasche.

«Jochen Reuter», antwortete Toppe.

«Echt? Wahnsinn! Hier!» Sie kam aufgeregt zu Toppe herüber und hielt ihm einen Zettel hin. «Das sind die Leute, die in der Bigband sind, in der auch José Bruikelaer gespielt hat. Hier», sie tippte mit dem Finger auf den Zettel.

«Jochen Reuter, Schwanenstraße 27, Bass.» Toppe las es laut.

Van Appeldorn, der die ganze Zeit fast teilnahmslos dagesessen hatte, stand auf und warf einen Blick auf die Liste.

«Mann, das ist doch was», sagte er. «Geht ja schneller, als ich erwartet hatte. Da haben wir ja schon mal ein Bindeglied.»

Toppe kehrte wieder an seinen Schreibtisch zurück und überlegte.

«Also gut», meinte er schließlich, «bilden wir zwei Gruppen. Das scheint vorerst das Beste zu sein. Die eine Gruppe macht bei José Bruikelaer weiter. Gestern haben wir noch nicht besonders viel erfahren. Da müssen wohl noch Gespräche geführt werden mit den Eltern und mit diesem Henk, und ihr wart ja auch noch nicht mit allen

Leuten im Krankenhaus durch. Die Befragung der Mitglieder dieser Bigband betrifft beide Fälle. Vielleicht könntest du das übernehmen, Günther. Tja, und im Fall Jochen Reuter muss das Übliche anlaufen: die Freundin, Bekannte, Familie, Nachbarn.» Er rieb sich die Nase. «Wir werden mindestens noch einen weiteren Mann brauchen», sagte er und warf van Appeldorn einen vorsichtigen Blick zu.

Der riss die Augen auf. «Oh, nein, Helmut, bitte nicht!»

«Doch», antwortete Toppe, «ich denke, wir sollten sehen, dass wir Ackermann bekommen. Er hat schon zweimal mit uns gearbeitet und wenigstens ein bisschen Durchblick.»

Van Appeldorn stöhnte gequält, aber Toppe beschwichtigte ihn schnell.

«Ich schlage vor, du und Walter macht weiter im Fall Bruikelaer. Und um den zweiten Fall könnte ich mich zusammen mit Ackermann und Astrid kümmern.»

Im Gegensatz zu van Appeldorn hatte Toppe keine Probleme mit Josef Ackermann. Gut, Ackermann war eine Nervensäge, laut und immer zu gut gelaunt. Er kam aus Kranenburg, war klein und ein bisschen ungepflegt, verheiratet mit einer imposanten Holländerin, mit der er drei Töchter hatte. Er hüpfte, wenn er aufgeregt war, sprach, wenn irgend möglich, Platt, hatte ständig einen schlüpfrigen Witz auf den Lippen und die peinliche Eigenschaft, sämtliche Details aus seinem Privatleben jedem auf die Nase zu binden. Toppe allerdings wusste auch um Ackermanns Qualitäten: Er konnte unermüdlich und gewissenhaft arbeiten, wenn er detaillierte Anweisungen hatte, und er beklagte sich nie.

«Also gut», lenkte van Appeldorn ein. «Versuchen wir's.»

Breitenegger würde es übernehmen, die Presse zu informieren, den Chef und den Staatsanwalt unterrichten und für Ackermanns Überstellung sorgen.

Van Appeldorn und Heinrichs wollten zunächst mit José Bruikelaers Eltern sprechen, und Toppe machte sich mit Astrid auf den Weg zum Krankenhaus zu Reuters Freundin. Sie verließen zusammen mit van Gemmern, der in sein Labor zurückkehrte, das Büro.

«Bis heut' Abend», rief Astrid ihm nach.

Er drehte sich noch einmal um. «Ja, hoffentlich», antwortete er, und Toppe kam sich auf einmal ziemlich alt vor.

Zehn «Frau Schmitz?» Die Krankenschwester fühlte sich durch Toppes Frage offensichtlich belästigt. «Ach, die! Die ist schon weg, glaube ich.»

«Ist sie nun weg, oder ist sie noch da?», beharrte Toppe.

«Gucken Sie doch selbst nach. Zimmer 112», antwortete sie schnippisch und hastete weiter.

Gisela Schmitz war noch in ihrem Krankenzimmer. Sie saß auf der Bettkante, ihre Jacke über die Schultern gehängt, und wartete auf den Internisten, der noch einmal nach ihr sehen wollte. Über Toppes Besuch zeigte sie sich wenig erfreut, blieb abweisend und beantwortete seine Fragen nur widerwillig.

«Ja, der Jochen hatte am Sonntag eine Fete.»

«Ja, ich war auch da, aber nur von neun bis kurz nach elf.»

«Warum nur so kurz?»

«Ich musste noch nach Düsseldorf zurück.»

Es stellte sich heraus, dass sie in Düsseldorf wohnte und dort bei einem Wohlfahrtsverband arbeitete. Jochen Reuter hatte mal in Kleve, mal bei ihr in Düsseldorf gewohnt.

«Er hatte die meisten Jobs in Düsseldorf und Umgebung, da war meine Bude ganz günstig.»

Sie drehte sich eine Zigarette und zündete sie an. Die

Asche schnippte sie nachlässig in den grauen Plastikpapierkorb neben dem Bett. Seit anderthalb Jahren war sie mit Jochen Reuter befreundet gewesen, «praktisch gleich, nachdem er Profi geworden ist».

«Was hat er denn vorher gemacht?»

«Dies und das, ich weiß nicht. So was interessiert mich nicht.»

«War Jochen Reuter in Schwierigkeiten?»

Sie lachte trocken auf. «Die klassischen Fragen, wie? Hatte er Feinde? Nee, hatte er beides nicht. Nur die normalen Schwierigkeiten und die normalen Feinde.»

«Und was genau meinen Sie damit?», wollte Toppe wissen.

Sie seufzte ungeduldig. «Die normalen Schwierigkeiten, die so 'n Musiker eben hat: Wo krieg ich den nächsten Gig her? Welche Connections muss ich ausbauen? Wovon bezahle ich die Miete und den Sprit fürs Auto?»

«Und was sind normale Feinde?»

Sie verdrehte die Augen. «Mann, genau wie Sie und ich. Die üblichen Leute, mit denen man nicht kann. Nur bei Jochen eben Musiker. Neider, die dir den Erfolg nicht gönnen, die sich an dich dranhängen, um sich ein Stück vom großen Kuchen zu ergeiern, und denen du einen Tritt verpasst, wenn sie dir auf den Geist gehen.»

«Wer waren seine engsten Freunde?»

«Freunde? Keine Ahnung. Er kennt 'ne unheimliche Menge Leute, klar. Aber Freunde? Keine Ahnung.»

Toppe fühlte sich abgestoßen von dieser Frau, und es fiel ihm schwer, das nicht zu zeigen.

«Wer war auf der Fete am Sonntag?»

«Wie?» Sie ging zum Waschbecken, drehte den Kran auf, löschte ihre Zigarettenkippe unter dem laufenden Wasser und ließ sie im Becken liegen.

«Ach so, null Ahnung. So fünfzehn, zwanzig Leute vielleicht. Ich kenn nur 'n paar davon.»

«Wen kennen Sie?»

«Wollen Sie 'ne Liste, oder was?», fragte sie und zog ironisch den linken Mundwinkel hoch.

«Ganz recht, ich möchte eine Liste.» Toppe nahm seinen Notizblock aus der Tasche.

«Puuh.» Sie ging zum Fenster und legte die Stirn an die Scheibe. «Glaub nicht, dass ich das schaffe. Bin noch nicht wieder so gut drauf.»

«Na, dann bemühen Sie sich mal, Frau Schmitz. Wir haben Zeit», sagte Toppe ungerührt. Sie fuhr herum und funkelte ihn an. Aber dann riss sie sich zusammen, kehrte zum Bett zurück und setzte sich wieder hin. «Mir ist das doch scheißegal», murmelte sie.

«Was ist Ihnen scheißegal?»

«Er ist doch tot, oder?» Sie betrachtete ihre abgekauten Fingernägel. «Ich hatte keine Ahnung, dass er fixt. Die ganze Zeit nicht», sagte sie leise.

«Hat er ja auch nicht.» Auch Toppe war leiser geworden.

«Was?» Sie runzelte die Stirn und sah ihn zweifelnd an.

«Nein, hat er nicht. Er ist ermordet worden. Luft in die Vene.»

Er ließ ihr Zeit, das zu verdauen, aber als sie anfing, hektisch an ihren Nägeln zu kauen, beeilte er sich: «Deshalb will ich ja die Liste haben.»

Danach wurde das Gespräch ein bisschen ergiebiger,

und als er sie verließ, hatte Toppe in seinem Notizbuch zwei Seiten mit Namen gefüllt: Leute, die auf der Fete gewesen waren, Reuters nächste Verwandte – seine Mutter und sein Bruder – und andere Leute, zu denen er näheren Kontakt gehabt hatte.

«Ziemlich schräger Vogel», meinte Toppe, als sie die Treppe hinuntergingen.

«Eine ganz schöne Zimtzicke, wenn Sie mich fragen», sagte Astrid schnippisch, und Toppe musste grinsen.

«Lassen Sie uns zum Tatort fahren. Sie waren ja noch nicht da.»

«Okay, Chef», gab Astrid munter zurück.

«Mein Gott, wie das hier riecht!» Sie rümpfte die Nase, schaute sich aber trotzdem sehr genau um. Die Weingläser und das schmutzige Geschirr waren nicht mehr da, das hatte alles der ED mitgenommen.

Toppe interessierte sich hauptsächlich für die Plakate, Konzertankündigungen und Zeitungsausschnitte. «Da werden wir sicher auch einiges über seine Kontakte finden können», sagte er und drückte Astrid die Pappschachtel mit den Papieren in die Hände. «Haben Sie Lust, das alles mal zu durchforsten?»

«Ja, sicher, mach ich gern. Ist doch spannend.» Sie zögerte.

«Was ist?», fragte Toppe.

«Haben Sie eigentlich die Familie benachrichtigt?»

Er starrte auf das Bett, auf dem der Tote gelegen hatte, und schüttelte den Kopf. «Ich habe mich drücken können. Die Mutter ist in Bad Zwischenahn zur Kur. Das habe ich die Kollegen vor Ort erledigen lassen. Aber Sie haben recht, ich muss da nachhaken.»

«Und der Bruder?»

Er zuckte die Achseln. «Nicht aufzufinden. Der ist wohl dick drin in der Drogenszene. Seinen festen Wohnsitz hat er bei der Mutter, aber dort ist er wohl nicht.»

«Scheißspiel.» Astrid ließ den Blick durchs Zimmer wandern. «Und jetzt?»

Toppe gab sich einen Ruck und ging schnell zur Tür. «Kommen Sie. Wir werden jetzt die nächsten Nachbarn befragen.»

Aber sie sollten nicht viel Glück haben. Die Bewohner der kleinen Straße waren eine merkwürdige Zusammensetzung. Auf der einen Seite gab es sehr junge und nicht mehr ganz so junge Freaks, freischaffende Künstler, allein lebende Gymnasiasten, Wohngemeinschaften. Sie fanden alle, Jochen Reuter wäre ein ganz cooler, dufter Typ gewesen. Ein paar waren auch auf der Fete gewesen, aber sie hatten nichts Auffälliges bemerkt.

Auf der anderen Seite lebten hier gutbürgerliche Mittelschichtler, die seit Generationen schon ihr Haus in der Schwanenstraße hatten und mit ‹diesen Leuten› absolut nichts zu tun haben wollten. Allen gemein war, dass sie auf die Polizei mit Vorsicht und Misstrauen reagierten, jeder sicher aus einem anderen Grund. Toppe musste seine ganze Erfahrung, die er in unzähligen Vernehmungen gesammelt hatte, einsetzen, bis er so einigermaßen sicher sein konnte, dass keiner ihm vorsätzlich etwas Wichtiges verschwieg. Astrid bewunderte seine Geduld und seine Hartnäckigkeit.

Als sie fast drei Stunden später endlich auf dem Weg zum Präsidium waren, hatte Toppe ein bohrendes Gefühl im Magen. Er wusste, er musste schnellstens etwas essen, sonst würde er für den Rest des Tages zu nichts mehr zu gebrauchen sein.

«Das Ganze ist doch ein einziges Durcheinander», unterbrach Astrid seine Visionen von monumentalen Schnitzeln, dicken Pommes mit Mayo und gigantischen Krügen Altbier.

«Wir haben zwei verschiedene Morde», fuhr sie fort, «und offensichtlich denselben Täter. Aber ich erkenne da überhaupt keinen Zusammenhang.»

Toppe sagte nichts, er nickte nur.

«Für mich ist das im Moment ein Riesenchaos. Geht Ihnen das nicht auch so?»

«Doch, sicher», antwortete Toppe. «Nur auf die Dauer gewöhnt man sich daran, dass man am Anfang immer vor einem Riesenchaos steht. Man kann dann immer nur einen Schritt nach dem nächsten tun. So sorgfältig wie möglich, nichts übersehen, ganz ruhig. Und meistens lichtet sich das Chaos auch sehr schnell.»

«Wenn Sie das sagen ...» Aber sie klang nicht zufrieden. «Ein Täter. Ich frage mich, wo das verbindende Motiv liegt.»

«Klar», stimmte er zu, «aber im Augenblick ist das nicht die vordringliche Frage. Obwohl einem das natürlich immer im Kopf herumspukt.»

«Ich weiß nicht», meinte sie kleinlaut, «ich hab irgendwie überhaupt keinen Plan.»

«Lassen Sie mal», beruhigte er sie. «Meistens kommt

der entscheidende Hinweis oder der richtige Ansatz ganz plötzlich. Man muss ihn dann nur zu packen wissen.»

Sie lächelte. «Bei Ihnen hört sich das so einfach an.»

Breitenegger wartete schon auf sie. Er hatte seine Aufgaben erledigt: Ackermann würde ab morgen früh zur Verfügung stehen, der Staatsanwalt und die Presse waren für siebzehn Uhr angesagt.

«Dem Chef geht der Arsch auf Grundeis», bemerkte er wenig fein. Er hatte sich offensichtlich geärgert und paffte so hastig an seiner Pfeife, dass sein Kopf völlig eingenebelt war.

«Wieso?», fragte Toppe.

Er saß auf heißen Kohlen. Ab 13 Uhr 30 gab es in der Kantine kein warmes Essen mehr.

«Der hat mir die Ohren vollgetutet von wegen Serientäter und Panik in der Bevölkerung, und wir sollten uns mal ein bisschen ranhalten. Und natürlich wolle er seinem Nachfolger nicht gleich den Start mit einem ungeklärten Fall vermiesen.»

«Wann geht der eigentlich?», fragte Toppe und griff gleichzeitig zum Telefon, um die Nummer der Kantine zu wählen.

«Am 1. Juni kommt der Neue.»

Toppe grunzte nur und ließ sich ein Mittagessen reservieren: Rotkohl mit Bratwurst und Salzkartoffeln. Besser als gar nichts.

Danach wurde er ruhiger. «Und die Bigband-Geschichte?»

Breitenegger legte seine Pfeife im Aschenbecher ab und nahm eine Liste zur Hand.

«Läuft heute Nachmittag an. Also, pass auf. Das sind fast alles ganz junge Leute. Die meisten konnte ich nicht erreichen, weil sie heute Morgen in der Schule sind. Ein paar habe ich einbestellen können: Den Orchesterleiter für 14 Uhr, den Posaunisten für 15 Uhr, den Pianisten für 16 Uhr, und um 17 Uhr kommen zwei Saxophone, das sind die Kinder von der Posaune. Aber guck doch selbst.» Er gab Toppe die Liste rüber.

1. Orchesterleiter: Karl-Heinz Müller – 32 J.
2. Bass: Jochen Reuter – 39 J., Musiker
3. Trompete: Bernhardine Püplichhuisen – 15 J., Schülerin
4. Trompete: Daniela Tappeser – 15 J., Schülerin
5. Trompete: Franz Derksen – 51 J., Handelsvertreter
6. Posaune: Dietrich Püplichhuisen – 16 J., Schüler
7. Posaune: Dr. Klaus Baumgarten – 49 J., Internist
8. Saxophon: José Bruikelaer – 27 J., Krankenschwester
9. Saxophon: Christiane Baumgarten – 16 J., Schülerin
10. Saxophon: Stefan Baumgarten – 16 J., Schüler
11. Saxophon: Markus Versteyl – 22 J., Musikstudent in Bonn
12. Piano: Andreas Thelosen – 39 J., Kantor

«Was ist mit Nummer 11, dem Studenten?», wollte Toppe wissen.

«Der war nicht in seiner Wohnung in Bonn. Ich versuch's gleich weiter», antwortete Breitenegger. «Und der

Handelsvertreter kommt erst morgen Mittag von seiner Tour zurück.»

«Und jetzt kommt erst einmal der Müller, sagst du. Dann wer?»

«Dann um 15 Uhr Dr. Baumgarten, um 16 Uhr Andreas Thelosen und um 17 Uhr die beiden Kinder vom Baumgarten.»

«Prima.» Toppe stand auf und sah auf seine Uhr. «Bis zwei bin ich locker mit dem Essen fertig. Wann ist die unvermeidliche Pressekonferenz?»

«Um fünf.»

«Da kannst du dich ja mal wieder geschickt drücken», bemerkte Toppe säuerlich. Pressekonferenzen waren sein Albtraum.

Elf Karl-Heinz Müller, der Orchesterleiter, hatte nach eigenem Bekunden mit Jochen Reuter nur wenig zu tun gehabt. Er hatte ihn lediglich bei den Proben und Auftritten der Band gesehen.

«Ein ziemlich arroganter Typ war das», meinte er. «Wir waren eigentlich unter seiner Würde. Er hat ganz schön den Profi rausgekehrt und uns deutlich spüren lassen, dass wir froh sein konnten, wenn er sich überhaupt zu uns herabließ. Dabei hatte er musikalisch gar nicht so viel drauf. Na ja, wir waren trotzdem ganz froh, dass er bei uns gespielt hat. Einigermaßen solide Bassisten sind in dieser Gegend dünn gesät.»

Auch Dr. Baumgarten hatte Jochen Reuter kaum gekannt. Er hatte ihn, genau wie Müller, zum letzten Mal am 4. Mai bei der Bandprobe gesehen. «Außer ‹Guten Tag› und ‹Alles klar?› habe ich kein Wort mit ihm gewechselt. Der hatte aber auch kein Interesse daran. Komischer Mensch, übrigens. Bisschen sehr die Nase hoch.»

Der Einzige, der auch mal privat mit Jochen Reuter zu tun gehabt hatte, war der Kantor, Andreas Thelosen. Er machte aus seinem Erscheinen einen ziemlichen Auftritt. Ein nervöser Typ mit unruhigen Augen, eitel. Sich ihn als Kantor einer Kirchengemeinde vorzustellen, fiel schwer.

«Ach, den Jochen kenne ich bestimmt schon seit 25 Jahren. Wir waren sogar irgendwann mal in derselben Klasse am Staatlichen Gymnasium.»

Sie hatten immer mal wieder in der einen oder anderen Band-Formation miteinander Musik gemacht, angefangen von Beatbands in den Sechzigern, über Rockbands in den Siebzigern bis hin zu Free-Jazz-Gruppen Anfang der achtziger Jahre.

«Privaten Kontakt? Ach Gott, ich kenne den, wie man sich in so einer Stadt eben kennt. So richtigen privaten Kontakt, meinen Sie?» Er strich mit allen zehn Fingern sein langes Flachshaar nach hinten. «Nein, so würde ich es nicht nennen. Ich meine, ich wusste, wo er wohnt, welche Gigs er hatte und so, aber sonst? Ich glaube, ich bin noch nicht einmal bei ihm zu Hause gewesen.» Er zündete sich eine Zigarette an und hielt sie zwischen den äußersten Fingerspitzen. Es sah affig aus, eigentlich so, als sei er normalerweise Nichtraucher. «Ich denke, Musik war das verbindende Element zwischen uns. Eigentlich ein prima Kerl. Ganz schön hart, das jetzt.»

Toppe schwirrte der Kopf, als der Kantor gegangen war.

«Komische Szene.» Astrid sprach ihre Gedanken laut aus. «Bringt einen irgendwie ganz schön runter.»

Damit traf sie genau Toppes Gefühl, wenn auch nicht sprachlich.

Dr. Stein, der um kurz vor fünf kam, munterte sie wieder ein wenig auf. Er brannte darauf, die neuesten Ergebnisse zu hören, und gab sich zuversichtlich und gut gelaunt.

Müde und gleichzeitig hellwach ging Toppe in die Pressekonferenz. Er wusste, man konnte der Presse die ganze Geschichte nur sehr vorsichtig servieren. Zwei Morde unmittelbar nacheinander, ein Täter und nicht die leiseste Ahnung, was das Motiv betraf: eine heikle Angelegenheit.

Aber Dr. Stein handhabte die Sache wie immer souverän. Pressekonferenzen waren sein Element.

Toppe blieb eine graue, unscheinbare Randfigur, aber das war ihm ganz recht so. Es waren nur die Journalisten von der Lokalpresse vertreten, deshalb hatten sie den ganzen Zirkus in einer knappen Dreiviertelstunde hinter sich.

«Wie geht es jetzt weiter?», fragte Dr. Stein auf dem Rückweg zum Büro.

«Ich hoffe, dass van Appeldorn und Heinrichs zurück sind, dann könnten wir eine Soko-Besprechung machen.»

«Sehr gut, ich habe nämlich ausnahmsweise einmal Zeit. Und mir scheint doch, das Ganze ist eine etwas größere Sache.»

«Weiß Gott», stimmte Toppe ihm zu.

Heinrichs und van Appeldorn waren eben zurückgekommen und nicht gerade in Hochstimmung. Sie waren zunächst in Nimwegen gewesen, wo die holländischen Kollegen in ihrem Beisein mit José Bruikelaers Eltern gesprochen hatten. Heinrichs und van Appeldorn verstanden recht gut Holländisch, sie waren beide am Niederrhein aufgewachsen. Das Platt der Gegend kam dem Niederländischen sehr nahe, und wenn man hier aufgewachsen war, stellte man als Erwachsener plötzlich erfreut fest, dass man eine Fremdsprache – zumindest passiv – beherrschte, ohne sie jemals wirklich gelernt zu haben.

Toppe allerdings, der aus dem Rheinland kam, verstand für gewöhnlich nicht ein Wort.

«Es war genauso unerfreulich wie beim letzten Mal», erzählte van Appeldorn.

Nur eine Neuigkeit brachten sie mir: Josés Exfreund Henk war seit über einem Jahr in Indonesien. Vorsichtshalber hatten sie die holländischen Kollegen um eine genauere Überprüfung gebeten. Aber gegen Henk Cuypers lag nichts vor, auch nicht gegen José Bruikelaer.

Danach waren sie wieder zum Emmericher Krankenhaus gefahren, immer noch keinen Schritt weiter.

«Ich weiß nicht», murrte Heinrichs. «Irgendwie ist das ganz schön deprimierend. Die erzählen einem alle jede Menge Zeug von der Frau, wie tüchtig die war und wie nett, und was sie alles zusammen gemacht haben. Und wenn man nachhakt, dann ist das alles nur heiße Luft. Richtig kennen tun die sich alle gar nicht.»

«Meinst du nicht, dass das fast überall so ist?», fragte Toppe. «Wenn man sich hauptsächlich beruflich kennt.»

Astrid kam mit einem Tablett Kaffee ins Büro, gleich hinter ihr van Gemmern.

«Gibt's was Neues?», fragte Breitenegger hoffnungsvoll, aber van Gemmern schüttelte den Kopf. «Düsseldorf hat alles bestätigt», sagte er nur und setzte sich.

Das Telefon klingelte, und Breitenegger nahm ab.

«Für dich.» Er hielt Toppe den Hörer hin. Es war Gabi.

«Stör ich?»

«Ein bisschen schon.»

«Okay, dann nur ganz kurz. Sofia hat eben angerufen. Sie und Arend haben ein herrliches Rinderfilet gekauft und kommen gleich rüber. Wir wollen zusammen kochen und essen. Kannst du's bis halb neun schaffen?»

Er hatte Mühe, ihr zu folgen. «Ich weiß noch nicht», antwortete er und sortierte seine Gedanken.

«Ach komm, versuch's, ja?»

«Natürlich versuch ich's. Bis gleich.»

Alle sahen ihn an.

«Tja», begann er, immer noch unkonzentriert. «Was meint ihr?»

«Eine richtig ungemütliche Geschichte», ergriff Heinrichs das Wort. «Samstag der erste Mord, Montag der zweite. Wenn man's weiterspinnt, wäre morgen der nächste fällig.»

«Ach Mensch, hör doch auf», winkte van Appeldorn unwirsch ab, «wir sind doch nicht bei Agatha Christie.»

«Ist euch eigentlich aufgefallen, dass immer am Abend vor der Tat eine Fete stattgefunden hat?», fragte Breitenegger.

«Ja», antwortete Toppe, «darüber hab ich auch schon nachgedacht. Aber bis jetzt sieht es doch so aus, als wären bei den beiden Feten völlig verschiedene Gäste da gewesen. Allerdings haben wir von der Fete bei Reuter noch keine komplette Gästeliste. Das ist das Nächste, das wir überprüfen müssen.»

Er ergriff ein Barthaar am Kinn und rupfte es mit einem kurzen, energischen Ruck aus. Eine Weile drehte er es zwischen Daumen und Mittelfinger und betrachtete es. Dann fuhr er fort: «Es ist doch wirklich merkwürdig. Auf der einen Seite ist es in beiden Fällen eindeutig geplanter Mord, andererseits aber gibt der Täter sich gar keine Mühe, seine Spuren zu verwischen. Beim ersten Mal versucht er das noch so ansatzweise, indem er die Tasse verschwinden lässt und das Gift. Aber auch da hinterlässt er schon Fingerabdrücke. Bei der zweiten Tat versucht er dann überhaupt nicht mehr, irgendeine Spur zu beseitigen. Er lässt sogar den vergifteten Wein stehen. Es sieht für mich wirklich so aus, als wäre es ihm egal, ob er erwischt wird.»

«Oder er ist einfach nur zu doof», warf van Appeldorn ein.

Toppe hatte da so seine Zweifel. «Glaubst du, dann wäre er auf diese Giftgeschichte gekommen und auf das Erhängen und die Luftembolie?»

Heinrichs guckte besorgt. «Eigentlich weist so ein Verhalten, kriminalistisch gesehen, auf ein Sexualmotiv hin. Das mit den nicht verwischten Spuren, meine ich. So etwas ist typisch für Frauen- und Kindermörder.»

«Das ist doch Quark, Walter», entgegnete van Appeldorn ungehalten. «Wir haben wohl eindeutig eine Frau und einen Mann als Opfer. Das einzige verbindende Element ist, dass sie beide in der gleichen Band Musik gemacht haben.»

«Vielleicht ist es ja jemand, der was gegen Musiker hat.» Dr. Stein lachte leise. «Nein, aber im Ernst: Wie wollen Sie jetzt weiter verfahren?»

«Wir werden bei den anderen Band-Mitgliedern weitermachen und herausfinden, ob José Bruikelaer und Jochen Reuter nicht doch noch auf einer anderen Ebene miteinander zu tun hatten.»

«Wie sieht es denn so mit den Alibis der Leute aus, die Sie bis jetzt befragt haben?», wollte Stein wissen.

«Die scheinen alle eins zu haben», antwortete Breitenegger. «Jedenfalls für den Reuter-Mord. Ich werde sie gleich morgen früh überprüfen.»

Astrid stand plötzlich auf und schaltete das Licht an. Sie schauderte. «Mir ist das alles irgendwie unheimlich. Wenn es diesem Täter egal ist, ob er erwischt wird … Vielleicht macht er weiter. Und wir wissen nicht einmal, warum er die Leute umbringt. Gruselig.»

Keiner sagte etwas.

Breitenegger stopfte seine Pfeife neu und zündete sie an. Dr. Stein sah auf seine Uhr.

«Mir geht da die ganze Zeit etwas durch den Kopf», sagte van Appeldorn plötzlich. «Wenn der Typ nicht noch einmal zugeschlagen hätte, ständen wir jetzt ganz schön auf dem Schlauch. Im Fall Bruikelaer haben wir uns so ziemlich totgelaufen. Aber bei Reuter gibt es noch eine Menge Punkte, bei denen man einhaken kann.»

«Du meinst, wir sollten jetzt alle am Fall Reuter arbeiten?» Toppe hatte verstanden, worauf van Appeldorn hinauswollte.

«Ja, jedenfalls so lange, bis wir da ein klares Bild haben. Da es sich ja doch äußerst wahrscheinlich um denselben Täter handelt … Ich würde eigentlich gern jetzt gleich versuchen, die Liste der Fetengäste zu komplettieren.»

«Heute Abend noch?»

«Ja, würde ich meinen. Jetzt sind vielleicht die Chancen am größten, die Leute zu erwischen.»

«Ich bin dabei», sagte Heinrichs aufgeräumt. «Meine Frau ist heute Abend sowieso auf einem Elterntreff.»

Sie entwarfen noch einen groben Plan für den nächsten Tag und trennten sich dann.

Toppe machte für heute Feierabend, aber ein paar Fragen ließen ihn nicht los: Wo war das verbindende Element zwischen den Taten? Was war in dieser Bigband los, dass in deren Reihen zwei Morde passierten?

Erst als er auf den Ring einbog, merkte er, dass sein Wagen widerspruchslos angesprungen war. Er hatte völlig vergessen, die Werkstatt anzurufen.

Als er die Haustür öffnete, umfing ihn sofort gemütliche Wärme.

Arend stand am Herd und briet das Fleisch, zwischendurch nippte er an einem Glas Rotwein, das auf der Anrichte stand. Sofia hackte am Tisch einen großen Bund duftender Kräuter für den Salat, und Gabi zündete gerade die Kerzen am prachtvoll gedeckten Tisch im Esszimmer an.

Das Licht war angenehm, alles war so friedlich, dass er sich vorkam wie ein Eindringling. Arend klopfte ihm auf die Schulter und drückte ihm ein Glas Wein in die Hand. «Na, Sherlock.»

Toppe grinste schief, aber er spürte, wie ein Teil seiner Anspannung langsam von ihm abfiel.

«Schön», sagte er nur, und Gabi lächelte wissend. «Komm, setz dich, die Vorspeise ist schon fertig.»

Es war ein opulentes Mahl, und er genoss jede Minute. Aber trotz allem wurde er das Gefühl nicht ganz los, dass es sich um eine Galgenfrist handelte, eine Henkersmahlzeit gewissermaßen.

Sofia erzählte lebhaft von ihrer bevorstehenden Vernissage in der Galerie Schöning-Dudel.

Sie war eine aparte Frau mit langem schwarzen Haar, das sie meist zu zwei dicken Zöpfen geflochten trug, eine erfolgreiche Malerin, 45 Jahre alt und auf eine selbstverständliche Art unkonventionell.

Sie und Arend lebten seit vielen Jahren zusammen in einem schönen alten Haus in Warbeyen, wo sie ihr Atelier hatte und einen wundervollen Bauerngarten, er seine Bibliothek und seinen Weinkeller.

«Aber ihr beide kommt doch wohl am Samstag? Die Künstlerin wird anwesend sein.» Sofia lachte und nahm Toppe in den Arm.

«Ja, ich hoffe wirklich, es klappt», antwortete er, und er meinte es so. «Ich freue mich schon so lange darauf.»

«Mama!», schallte es plötzlich von oben. Toppe sah auf die Uhr, schon nach elf.

«Christian», stöhnte Gabi und stand auf.

«Wieso schläft der denn noch nicht?», fragte Toppe.

«Ach, er hatte Ärger in der Schule heute … Ich komme gleich!», rief sie nach oben. «Seine Klassenlehrerin ist krank, und die Rektorin hat die Vertretung übernommen. Und da ist es heute zu einer bösen Szene gekommen.»

Toppe runzelte die Stirn. «Was denn für eine Szene?»

«Ach, die hat den Kindern gesagt, sie sollten ihre Mäppchen vom Tisch nehmen, und Christian hat gefragt, warum. Und sie hat geantwortet, weil sie das so wolle. Und da hat er gesagt, das sei aber doch keine Begründung.»

«Womit er völlig recht hat», fand Sofia.

«Natürlich hat er recht, aber der alte Drachen hat ihn dann gezwungen, sich vor die Klasse zu stellen und sich bei ihr zu entschuldigen und zu sagen: Ich war vorlaut und frech.»

«Wie bitte?» Toppe lief hochrot an. «Hast du was unternommen?»

Sie hob die Schultern. «Ich habe heute ein paarmal versucht, bei ihr anzurufen, aber sie war nicht da … Ich geh mal eben hoch.»

«Das erinnert mich doch verdammt an meine Internatszeit», sagte Arend. «Wenn wir was ausgefressen hatten, mussten wir uns vor der ganzen Klasse auf einen Stuhl stellen und sagen: Ich bin die Schande der ganzen Schule, und ich schäme mich dafür.»

Sofia schüttelte den Kopf. «Unglaublich! Nun ja, das ist schon ein paar Jahre her, aber heutzutage!»

Gabi kam zurück ins Zimmer und legte Toppe die Hand auf den Kopf. «Lass gut sein, Helmut. Ich kümmere mich schon darum. Hol mal den Nachtisch.»

Auch das Dessert war köstlich, ein schottischer Trifle, den Sofia mitgebracht hatte.

«Meine Güte, wie viel Alkohol ist denn da drin?» Gabi kicherte. «Zwei Portionen davon, und man ist blau. Gib mir trotzdem noch ein Glas Wein, Arend.»

«Ja, mir auch.» Toppe schob sein leeres Glas über den Tisch. Der Trifle hatte ihn mit einigem wieder versöhnt.

«Ich war noch nie auf einer Vernissage», nahm er den Faden von vorhin wieder auf, «aber ich stelle mir vor, dass da doch ziemlich viel dummes Zeug geredet wird.»

«Da kannst du sicher sein», stimmte Arend ihm zu. «Aber es macht schon Spaß, all diese komischen Leute zu beobachten, die sich dort herumtreiben.»

«Und solche Leute hältst du freiwillig aus, Sofia?», fragte Gabi.

«Ach, ich weiß nicht.» Sofia drehte das Weinglas auf dem Tisch zwischen ihren Fingern hin und her. «Mir macht das nichts aus. Mit zunehmendem Alter sehe ich die Menschen immer mehr wie Bücher.»

«Wie Bücher?», fragte Toppe erstaunt.

«Ja, manche sind langweilig, weil sie dich gerade nicht berühren, oder zu schwierig, weil du zu müde bist oder zu beschäftigt. Aber die meisten Menschen sind wie die Romane von Joyce. Ab und zu gibt es Stellen, die du auf Anhieb kapierst, und das erfüllt dich mit Glück. Meistens aber musst du zurückblättern, vielleicht sogar noch einmal ganz von vorne anfangen. Zu Ende lesen wirst du sie nie, und wenn, dann hast du das so als Pflichtübung hinter dich gebracht und nicht mehr darauf geachtet, ob du was kapierst.»

Arend stupste ihr vorsichtig mit dem Zeigefinger auf die Nase. «Wenn du Bordeaux getrunken hast, wirst du immer so philosophisch.» Er meinte es nett.

Zwölf

Das Klappern des Briefkastens weckte ihn. Er richtete sich halb auf und sah auf die Leuchtziffern des Weckers: zwanzig vor fünf. Das musste die Zeitungsfrau gewesen sein. Er drehte sich auf die linke Seite und versuchte, wieder einzuschlafen, aber es wollte ihm nicht gelingen. Er spürte, wie er zu schwitzen begann, und legte sich auf den Rücken, verschränkte die Arme hinter dem Kopf und starrte ins Dunkel. Gabi atmete flach und ruhig neben ihm. Kühle Morgenluft kam durchs Fenster herein, alles war still, nur die Lämmer auf der Schafwiese seines Schwiegervaters gleich hinter der Terrasse blökten verschlafen.

Schließlich stand er auf und tastete mit den Füßen nach seinen Pantoffeln. Er schlurfte zur Haustür, öffnete sie einen Spalt weit, nahm die Zeitung aus dem Briefkasten, ging in die Küche und schaltete die Kaffeemaschine ein. Gabi hatte sie wie immer vor dem Zubettgehen mit Wasser und Kaffee gefüllt.

Aus dem Küchenfenster blickte ihm sein Spiegelbild entgegen, nackt, hellhäutig und spärlich behaart, ein deutlich zu dicker Bauch. An den Füßen die blau-rot gewürfelten Filzpantoffeln, die ihm seine Schwiegermutter zu Weihnachten geschenkt hatte: eine lächerliche Gestalt. Er fröstelte. Auf dem Weg zum Bad schlug er den Lokalteil der Zeitung auf. Wie er erwartet oder vielleicht befürchtet hatte, gleich auf der ersten Seite als Leitartikel:

DOPPELMORD IN BIGBAND DER KREISMUSIKSCHULE: Pressekonferenz der Polizei ließ viele Fragen offen.

Nicht zufriedenstellen konnte die gestrige Pressekonferenz der Kripo Kleve, in der es um die rätselhaften Morde an zwei Mitgliedern der Bigband der Kreismusikschule ging. Staatsanwalt Dr. Stein war ernsthaft bemüht, die Fragen der anwesenden Journalisten nach Tatumständen und möglichen Tatverdächtigen ausführlich zu beantworten. Dennoch blieb der Eindruck bestehen, dass der Kripo ein griffiges Konzept für die weiteren Ermittlungen noch fehlt.

«Griffiges Konzept», murmelte er, «schön formuliert», und ließ sich ein Bad ein. Zeit genug hatte er noch, und in der Wanne ließ sich gut nachdenken.

Berns hastete ein paar Meter vor ihm die Treppe zum Büro hoch. Er hatte Toppe augenscheinlich nicht bemerkt.

«Herr Berns», rief Toppe ihm nach und gab sich einen Ruck. Irgendwann musste es ja sein.

Berns blieb auf der obersten Stufe stehen und drehte sich langsam um.

«Ach, Herr Toppe. Morgen. Ich hatte Sie gar nicht gesehen.»

Er war ein schlechter Schauspieler.

«Morgen. Ich möchte kurz mit Ihnen allein sprechen.»

Berns runzelte die Stirn. «Bitte», antwortete er und wartete.

«Gehen wir ins Vernehmungszimmer», sagte Toppe und machte sich auf den Weg. Berns folgte ihm mit zwei Schritten Abstand.

Im Vernehmungszimmer herrschte Dämmerlicht. Die schmutzig grünen Vorhänge waren zugezogen, die Luft war staubig und verbraucht. Toppe öffnete die Gardinen und beide Fensterflügel.

«Setzen Sie sich doch», sagte er, als er sich wieder umdrehte.

«Danke», antwortete Berns spitz, «ich stehe lieber.»

«Gut.» Toppe lehnte sich gegen die Fensterbank. «Machen wir's kurz und geradeaus: Ich bin mit Ihrer Art zu arbeiten nicht zufrieden.»

«Wie bitte?» Berns lief so plötzlich dunkelrot an, als habe man eine Lampe angeknipst. «Wollen Sie mir unterstellen, ich hätte gestern blau gemacht, oder was?»

«Ich unterstelle Ihnen nichts, Herr Berns. Und über Ihre Erkrankung rede ich gar nicht», entgegnete Toppe so sachlich, wie es ihm möglich war. «Es geht mir darum, dass Sie es in einer Zeit, in der es hier, weiß Gott, Arbeit für zehn gibt, vorziehen, in einem Vergnügungsausschuss zu sitzen.»

«Was wollen Sie damit sagen?» Berns brüllte.

«Ich dachte, ich hätte mich klar ausgedrückt.» Im gleichen Maß, in dem Berns' Wut stieg, wurde Toppe ruhiger. «Die ganze ED-Arbeit gestern und vorgestern musste van Gemmern so gut wie alleine machen, und das in unserer augenblicklichen Situation.»

«Moment, Moment, jetzt aber mal langsam.» Berns war wieder leiser geworden und trat näher. «Werfen Sie mir etwa vor, dass ich nicht wie ein Irrer Überstunden kloppe?»

«Um Überstunden geht es hier gar nicht.»

«Doch, mir geht es aber darum. Jetzt passen Sie mal auf. Wissen Sie eigentlich, wie alt ich bin, he? Wissen Sie eigentlich, wie viel Jahre ich in diesem Scheißjob schon auf dem Buckel hab', ja, wissen Sie das? Glauben Sie, ich könnte mir noch die Nächte so um die Ohren schlagen wie dieser junge Spund van Gemmern? Und wenn ich's noch könnte», er grinste ölig, «wem wäre damit gedient? Sie kennen die Personalsituation genauso gut wie ich. Wenn wir hier alle so dämlich sind und Stunden runterreißen wie die Geisteskranken, wie sollen denn dann jemals neue Stellen genehmigt werden? Da geben Sie mir mal eine Antwort drauf, Herr Hauptkommissar.»

«Darum geht es doch gar nicht.»

«Doch, darum geht es ganz genau.» Berns wurde wieder lauter. «Und davon mal abgesehen: Wer hat denn das Labor so aufgebaut, dass Ihr Hätschelkind van Gemmern all die erstklassigen Auswertungen selber machen kann, he? Wer denn? Das war ich, Mann! Jahrelang hab ich mir die Finger wund geschrieben und bin von Pontius zu Pilatus gelaufen. Und wo wir gerade bei van Gemmern sind: Phantasie hat der Junge wahrhaftig genug, aber haben Sie den mal bei der Arbeit vor Ort gesehen, am Tatort, ja? Und wenn, können Sie das beurteilen?»

Toppe antwortete nicht, er wartete ergeben.

«Nee, können Sie nämlich nicht. Und ich will Ihnen was sagen: Erfahrung zählt. Erfahrung. Und wo wir gerade dabei sind: Wer ist denn draufgekommen, bei der Bruikelaer im Zimmer Fingerspuren zu nehmen? Van Gemmern? Nee, das war ich! Fingerspuren bei 'nem Selbstmord! Ist Ihnen gar nicht aufgefallen, dass das nicht normal ist, was? Kein Wort hab ich darüber von Ihnen gehört, Toppe. Foto machen, messen, abkleben wegen Mikrospuren, das ist die Routine bei Suizid. Das wissen Sie genau wie ich. Aber ich hab die Fingerspuren trotzdem genommen. Erfahrung eben, und der richtige Riecher, wie ich immer sage, darauf kommt es an.»

Er bekam kaum noch Luft.

«Stimmt», antwortete Toppe.

«Stimmt, stimmt», schnaubte Berns. «Eins sag ich Ihnen. Ich mache meine Arbeit, aber ich mach mich nicht mehr kaputt für diesen Verein. Ich nicht mehr! Da lass mal die jungen Quexe ran, die so nassforsch Karriere machen wollen.»

«Nun mal halblang», unterbrach Toppe seinen Wortschwall, aber Berns wischte alles mit einer einzigen Handbewegung weg. Er war in Rage.

«Und wo wir gerade dabei sind, Herr Toppe: Wo waren Sie denn bei der Obduktion, was? Von wegen Anerkennungszeuge! Nee, da musste wieder die arme Sau von Polizeifotograf ran. Arbeitsmoral, damit wollen Sie mir kommen? Dass ich nicht lache!»

Er drehte sich auf dem Absatz um und ging zur Tür.

Toppe griff sich in den Bart.

«Stopp», rief er, und Berns blieb stehen. «Das Letzte war unnötig, Herr Berns.»

Berns atmete tief durch, seine Energie war verpufft.

«So», sagte Toppe, ging zu dem einzigen Tisch im Raum und setzte sich auf einen der beiden Stühle, «und jetzt setzen Sie sich, und wir reden in Ruhe darüber.»

Widerwillig kam Berns zurück und setzte sich. Das anschließende Gespräch war gar nicht so übel.

Ackermann war eingetroffen, was man an der Atmosphäre im Büro deutlich ablesen konnte. Amüsierte Gereiztheit, dachte Toppe, so lässt es sich wohl am treffendsten beschreiben.

Sie kamen ohne langen Anlauf zur Sache.

Van Appeldorn und Heinrichs hatten es tatsächlich noch geschafft, eine vollständige Liste der Leute, die auf Reuters Fete gewesen waren, zusammenzustellen. Ausführliche Einzelbefragungen hatten sie allerdings nicht mehr durchführen können.

«Und ich habe gestern noch die beiden Kinder von diesem Dr. Baumgarten befragt», sagte Breitenegger, «die beiden Saxophone.» Er wedelte vorwurfsvoll mit seinem Bericht.

«Ja, schon gut, Günther», winkte Heinrichs ab, «heute Abend hast du alle Berichte auf deinem Tisch.»

«Und was ist nun mit den Kindern?», fragte Toppe ungeduldig.

«Ja, nix», brummte Breitenegger. «Sind wirklich noch Kinder. Die haben den Reuter bewundert, weil er halt Profimusiker war und schon so alt, und weil er so richtige Musiker kannte. Aber mehr ist da nicht zu holen gewesen.»

Toppe war unzufrieden. «Mensch, da muss doch irgendwo was begraben sein in dieser Bigband», sagte er mehr zu sich selbst.

«Also bei denen jedenfalls nicht», entgegnete Breitenegger.

«Ich hab auch noch was», mischte sich Astrid ein. «Sie hatten mir doch den Karton mit den Konzertzetteln gegeben und den Zeitungsausschnitten und so.»

«Ja», nickte Toppe, «und?»

«Viel konnte ich nicht damit anfangen, aber ein Freund von mir ist auch Jazzer. Also, kein Profi, aber er hat ziemlich Ahnung. Und mit dem bin ich das alles mal so durchgegangen.»

Toppe runzelte die Stirn, und sie verstand sofort. «Nein, ich hab dem nicht die Ausschnitte gezeigt, oder so. Ich hatte mir vorher alles aufgeschrieben. Ich habe dem nicht erzählt, worum es ging.» Sie wirkte ein bisschen sauer, schluckte es aber schnell herunter. «Also, die ganzen Gruppen, in denen Reuther so gespielt hat, sind eigentlich Secondhand-Profi-Bands. Nicht schlecht, nicht ganz unbekannt, aber sicher auch nicht die erste Sahne. Über Deutschland raus kennt die kein Mensch.» Sie pustete sich eine Haarsträhne aus dem Gesicht. «Aus dem ganzen Wust habe ich eine Liste mit 112 Namen erstellt. Die Leute wohnen im ganzen Bundesgebiet.»

«Oh, mein Gott», stöhnte Heinrichs.

«Wieso? Sind doch schöne Dienstreisen», bemerkte van Appeldorn.

«War einer von denen auf der Fete?», fragte Toppe.

«Geben Sie mir mal die Liste rüber, Astrid.» Van Appeldorn streckte die Hand aus. «Das lässt sich gleich feststellen.»

Das Telefon klingelte. «Ja, Toppe.»

«Guten Tag. Ist dort die Mordkommission?»

«Ja, Hauptkommissar Toppe am Apparat.»

«Bearbeiten Sie die Morde an der Bigband?»

«Ja. Mit wem spreche ich?»

«Püplichhuisen. Heinrich Püplichhuisen, meine Kinder spielen in der Band.»

«Ja?»

«Ich wollte mal hören, was eigentlich los ist. Ich habe ja erst heute Morgen aus der Zeitung … mein Gott … furchtbar … und meine Kinder.»

«Ja, Herr Püplichhuisen?»

«Ich meine, haben Sie den Mörder schon?»

«Nein, bisher noch nicht.»

«Dann stimmt das also, was in der Zeitung steht. Da läuft ein Bekloppter rum und murkst die Leute aus der Bigband ab?»

«Wir können Ihnen leider noch nichts Genaues sagen.»

«Und was sollen wir jetzt tun? Das wollte ich Sie nämlich fragen. Was ist mit meinen Kindern? Die sind doch in Gefahr. Was soll ich denn machen? Soll ich sie zu Hause halten, oder kann ich sie zur Schule schicken?»

Toppe überlegte. «Das Beste wird sein, Sie entschuldigen Ihre Kinder für heute und lassen sie heute Morgen zu uns ins Präsidium kommen, damit wir mit ihnen reden können.»

«Ist gut, Herr Kommissar. Jetzt gleich?»

«Nein.» Toppe sah auf die Uhr. «Passt es Ihnen gegen zehn?»

«Ja, natürlich. Natürlich, Herr Kommissar, wir kommen dann.»

Toppe legte auf und kramte auf seinem Schreibtisch nach der Liste der Bigband-Leute.

«Der Zeitungsartikel tut seine Wirkung. Das war ein Herr Püplichhuisen, der Vater von, wartet mal, ach ja, hier, Nr. 3 und 6 auf unserer Liste, Trompete: Bernhardine Püplichhuisen, 15 Jahre, und Posaune: Dietrich Püplichhuisen, 16 Jahre. Der Mann ist ziemlich in Sorge um seine Kinder, verständlich. Ich habe sie für zehn Uhr einbestellt.»

«Gut», nickte Breitenegger, «und jetzt?»

«Wir überlegen uns, wer welche Aufgaben übernimmt.»

«Unsereins is' jedenfalls zu alle Schandtaten bereit.» Ackermann rieb sich vergnügt die Hände und handelte sich damit einen vernichtenden Blick von van Appeldorn ein.

«Wir haben eine Reihe von Ansatzpunkten», meinte Heinrichs. «Ich habe mir die mal notiert. Da wären die Einzelbefragungen der Gäste von Reuters Fete. Dann die Mutter und der Bruder, die Musiker aus der Bigband und vielleicht auch noch einmal die Nachbarn.»

Toppe ging zum Fenster hinüber. «Und die Musiker aus den anderen Gruppen, in denen Reuter gespielt hat.» Er sah fragend zu van Appeldorn hinüber, der immer noch die Listen verglich. Der fuhr mit dem Kuli an den Namenskolonnen entlang und schüttelte langsam den Kopf. «Nein, ich finde keine Übereinstimmung.»

«Sollen wir denn diese Musiker nicht zunächst einmal hintenan stellen? Wir haben doch hier vor Ort einstweilen genug zu tun», gab Breitenegger zu bedenken.

«Ja.» Toppe war offensichtlich mit seinen Gedanken woanders.

Berns räusperte sich vernehmlich. Er hatte die ganze Zeit neben van Gemmern im Hintergrund gesessen und zugehört.

«Brauchen Sie uns noch?»

Toppe sah ihn irritiert an. «Im Moment eigentlich nicht», antwortete er dann.

«Das ist gut. Wir haben nämlich noch ein paar dringende Sachen für das 4. K. zu erledigen. Komm, Klaus. Sie melden sich, wenn Sie uns brauchen, Herr Toppe?»

Toppe nickte nur und begann: «Ich weiß nicht, wir müssen einfach mehr über diese Bigband rauskriegen. Die ist doch recht bekannt hier in der Gegend, oder?»

«Ja, klar», bestätigte Astrid.

«Dann muss doch eigentlich öfter mal was in der Zeitung gestanden haben. Wir sollten uns aus den Archiven alle Veröffentlichungen der letzten Zeit raussuchen. Vielleicht stoßen wir da auf etwas.»

Van Appeldorn knurrte, aber Toppe beachtete ihn nicht.

«Astrid, würden Sie das übernehmen? Aus den letzten zwölf Monaten alle erschienenen Artikel kopieren, und wenn Fotos dabei sind, Abzüge besorgen?»

«Ja, ist gut, mach ich.»

Es klopfte kurz, und ohne ein ‹Herein› abzuwarten, betrat der Chef das Büro. Er trug ein Exemplar der Tageszeitung unter dem linken Arm, so gefaltet, dass die Schlagzeile ‹DOPPELMORD IN BIGBAND› einem sofort ins Auge fiel.

«Guten Morgen, meine Herren», grüßte er mit jovialem Lächeln. «Ich wollte nur kurz einmal hereinschauen.»

Toppe verdrehte innerlich die Augen. Dr. Bouwmans war eine ‹überaus gepflegte Erscheinung›, wie seine Schwiegermutter es formuliert hätte, dabei wortgewandt, höflich, glatt.

«Wie kommen Sie voran?»

«Nicht schlecht», antwortete Toppe. «Wir erstellen gerade ein Arbeitskonzept.»

«Arbeitskonzept, ausgezeichnet. Sie wissen ja, Sie haben mein vollstes Vertrauen. Mit Ihren Ergebnissen in den letzten Jahren konnten wir durchaus zufrieden sein, Herr Toppe.»

Er nahm seine Goldrandbrille ab und ließ sie zwischen Daumen und Zeigefinger hin- und herpendeln.

Toppe fragte sich, wen Bouwmans wohl mit ‹wir› meinte. ‹Ich und der Innenminister› vielleicht?

«Nun, dieser Doppelmord ist wirklich eine außerordentlich unangenehme Geschichte», fügte Bouwmans bedauernd hinzu. «Aber, wie gesagt, ich habe volles Vertrauen, dass Sie Ihre Ermittlungen zügig zu einem positiven Ergebnis bringen.»

Er setzte die Brille wieder auf und legte seine manikürte Hand auf die Türklinke.

«Man möchte seinem Nachfolger ja gern einen sauberen Schreibtisch hinterlassen, nicht wahr?»

Er lächelte noch einmal freundlich und ging: «Guten Tag, die Herren.»

«… und Damen», knurrte Breitenegger.

Dreizehn

«Doppelmord – eine außerordentlich unangenehme Geschichte», Heinrichs tippte sich mit dem Zeigefinger an die Stirn.

«Aber es kann ja gar nichts passieren», frotzelte van Appeldorn, «wo du doch sein vollstes Vertrauen hast, Helmut.»

«Genau», rief Ackermann und sprang auf. Er riss sich die dicke Hornbrille von der Nase und wedelte wild damit herum. «Servieren Sie uns doch ma' ebkes kurz den Mörder!»

«Setz dich, Ackermann», stöhnte van Appeldorn. «Also, was ist? Wer übernimmt was?»

«Astrid hat ihre Aufgabe», sagte Toppe, «Günther und ich befragen weiter die Bigband. Wie viele sind das jetzt noch?»

Breitenegger zählte. «Fünf. Die zwei Püplichhuisens kommen ja gleich. Bleiben noch Daniela Tappeser, da habe ich noch keinen erreicht. Derksen, der Vertreter, kommt um zwei, hat seine Frau mir versprochen, und dann der Student aus Bonn. Da weiß ich immer noch nichts.»

Es klopfte wieder, und ein Mann trat hastig ein. «Morgen», grüßte er mit düsterer Miene. «Tappeser, mein Name. Ich möchte den Leiter der Mordkommission sprechen.»

Van Appeldorn stand auf und ging um seinen Schreibtisch herum auf den Mann zu. «Guten Morgen. Bitte warten Sie einen Augenblick draußen im Flur.» Er zeigte um die Ecke auf die Stühle, die dort standen, schob den Mann hinaus und schloss sehr bestimmt die Tür hinter ihm.

«Wenn ihr mit der Bigband weitermacht», sagte er, «bleiben also die Familie, die Nachbarn und die Fetengäste für Walter, mich und für Ackermann. Wie wollen wir das aufteilen, zu dritt?»

«Nun ja, die Bigband-Befragung dürfte nicht allzu lange dauern, und Astrid kann das mit dem Archiv sicher auch schnell schaffen. Fangt mit den Fetengästen an. Wir treffen uns dann um drei und sehen, wie weit wir sind. Sag Stein Bescheid, Günther. Der will sicher kommen.»

Breitenegger griff zum Telefon, Astrid machte sich auf den Weg zum Archiv, und van Appeldorn und Heinrichs beugten sich über ihre Listen, um die Reihenfolge der Befragungen festzulegen. Ackermann versuchte, einen Blick über ihre Schultern zu werfen.

Es eilt, dachte Toppe, es eilt sogar sehr, und wir treten hier dämlich auf der Stelle.

Wieder wurde die Tür geöffnet. Der Mann stürzte herein. «Jetzt reicht's mir aber. Wer ist der Chef hier?»

«Ich», antwortete Toppe und nickte van Appeldorn, Heinrichs und Ackermann zu, die gerade das Büro verließen. «Wie war Ihr Name?»

«Tappeser», grollte der Mann. «Und ich verlange sofortigen Polizeischutz für meine Tochter!»

Der Mann ließ sich nur ungern beruhigen, versprach

aber schließlich, um halb zwölf mit seiner Tochter ins Präsidium zu kommen.

Bis zum Nachmittag befragten Breitenegger und Toppe ohne Pause Musiker aus der Bigband.

Toppes Fragen gingen immer mehr in die Richtung: Was ist faul in dieser Band? Gab es irgendwelche besonderen Vorfälle in den letzten Monaten?

Aber er konnte keine Anhaltspunkte finden. Die Eltern der Jugendlichen waren beunruhigt, und Toppe sah keine Möglichkeit, ihnen ihre Sorge zu nehmen. Er war selbst unruhig und unzufrieden. Seine ganze Hoffnung konzentrierte sich jetzt auf Markus Versteyl, den Studenten aus Bonn, den sie immer noch nicht erreicht hatten. Breitenegger fand dank seiner gewohnten stoischen Hartnäckigkeit heraus, dass Versteyl gestern in zwei Seminaren gewesen war und morgen früh um zehn Uhr bei einer Konzertprobe im Audimax der Uni erwartet wurde.

«Dann fahre ich morgen nach Bonn», sagte Toppe. Er starrte eine ganze Weile aus dem Fenster und schlug mit den Fingerknöcheln so fest gegen die Scheibe, dass das Glas leise schepperte. «Gottverdammich!»

Breitenegger sah ihn über den Brillenrand hinweg an. «Geh was essen, Helmut.»

Er ging hinunter in die Kantine, aß drei Stücke Erdbeertorte mit doppelter Portion Sahne, trank zwei Tassen Kaffee, aber seine Stimmung besserte sich nicht.

Breitenegger legte gerade den Telefonhörer auf, als er zurückkam. «Reuters Mutter ist jetzt wieder zu Hause. Ich habe gerade mit ihr gesprochen. Und der Bruder ist auch bei ihr aufgetaucht, sagt sie. Es ginge ihm nicht gut. Man sollte hinfahren, meine ich.»

Die Ergebnisse, die van Appeldorn, Heinrichs und Ackermann zur Besprechung um drei mitbrachten, waren mager.

«Das sind alles ziemlich komische Typen, aber keiner ist bis jetzt besonders verdächtig», fasste Heinrichs zusammen.

Astrid legte Toppe einen kleinen Stapel Kopien und ein paar Fotos auf den Tisch. Sie hatte 278 Zeitungen durchforstet.

«37 muss ich gleich noch, dann bin ich durch.»

«278 in den paar Stunden!», staunte Breitenegger. «Wie haben Sie das denn gemacht?»

«Ich habe einfach den Chefredakteur gefragt, ob mir jemand helfen kann. Ist ein Freund von meinem Vater. Der hat mir zwei Volontärinnen geschickt, und die waren sehr eifrig.»

Breitenegger lachte, aber Toppe fragte: «Und gründlich waren die auch?»

«Wieso eigentlich 310 Zeitungen», wollte Heinrichs wissen, «das müssten doch eigentlich 620 sein.»

«Hast du das denn nicht mitgekriegt», antwortete Breitenegger verwundert, «das Archiv von dem anderen Blatt ist doch voriges Jahr ausgebrannt.»

Toppe gab sich einen Ruck. Er musste endlich die Mutter und den Bruder aufsuchen. «Dann wollen wir mal weitermachen. Ihr habt ja alle noch genug zu tun.» Schon an der Tür, drehte er sich noch einmal zu van Appeldorn um und fragte: «Sag mal, wo wohnt diese Frau Reuter eigentlich?»

Van Appeldorn zuckte nur die Schultern.

Breitenegger suchte in seinen Papieren. «Beethovenstraße 28», brummte er, ohne die Pfeife aus dem Mund zu nehmen.

Bei van Appeldorn fiel der Groschen endlich. «Okay, ich begleite dich. Kommt ihr alleine klar?», drehte er sich noch zu Heinrichs und Ackermann um.

«Null Problemo.» Ackermann kicherte.

«Na los, steig ein.» Van Appeldorn hielt ihm von innen die Beifahrertür auf.

«Und wo ist nun die Beethovenstraße?», fragte Toppe.

Die Beethovenstraße bestand aus vier kurzen Straßen, die in einem Karree angelegt waren, das von einer größeren Straße in zwei kleine Karrees unterteilt wurde. In der Mitte des einen Rechtecks lag ein großer Spielplatz, im anderen befand sich eine katholische, von Nonnen geleitete Einrichtung, die noch bis vor ein paar Jahren als ‹Heim für schwererziehbare Mädchen› bekannt gewesen war.

Die Hausnummer 28 befand sich auf der Spielplatzseite etwa in Höhe der Tischtennisplatte aus Beton. Die Häuser waren fast völlig identisch, zweigeschossige Vierfamilienbauten aus den frühen dreißiger Jahren, roter Backstein, alte weiße Holzfenster, davor kleine Vorgärten, die durch niedrige Mauern vom Bürgersteig getrennt waren. Die Eingänge wirkten düster, denn die alten Kastanien beidseits der Straße schluckten viel Licht.

Reuters Wohnung lag im Erdgeschoss. Toppe stieg die

zwei Stufen zur Tür hoch und klingelte. Eine Frau öffnete ihnen.

«Guten Tag, Hauptkommissar Toppe, Kripo Kleve. Frau Reuter?», sagte er mechanisch.

Sie war ungefähr sechzig Jahre alt, untersetzt, hatte graumeliertes, wassergewelltes Haar und ernste Augen.

«Ja», nickte sie und wischte ihre roten Hände an der geblümten Kittelschürze ab.

«Kommen Sie doch herein.» Sie ließ sie an sich vorbei in den Flur treten. «Sie müssen entschuldigen, ich bin gerade am Waschen», erklärte sie und strich sich mit beiden Händen ordnend durchs Haar. In der Küche an der rechten Seite hörte man eine Waschmaschine laufen. Es roch nach Lauge, Zigarettenrauch und stickigem Moder.

«Kommen Sie doch.» Sie ging voran und öffnete die Tür zum Wohnzimmer am Ende des Flurs.

Es war ein kleiner Raum, vollgestopft mit viel zu wuchtigen Möbeln. Gegenüber von der Tür waren zwei kleine Fenster, die kaum Licht hereinließen. An der linken Wand stand ein großer Schrank aus heller Eiche, rechts eine messingfarbene Couchecke, davor ein sechseckiger Kacheltisch und ein schwerer Sessel. Zwischen Sofa und Sessel stand ein kleiner eichener Beistelltisch mit einer fast ein Meter hohen Madonna. Die Wände waren gepflastert mit kleineren Ölgemälden: Jagdmotive, Landschaften – Frühling, Sommer, Herbst und Winter. Es war beinahe unerträglich warm, und es war laut.

«Klaus, machste mal den Fernseher aus?»

Der Sohn saß auf dem Sofa, die nackten Füße auf dem Kacheltisch, und rauchte. Er war hager, hatte ein schmales

Gesicht, dünne Lippen und eine Hakennase. Sein Haar war kurz geschnitten. Er trug teure, neue Jeans und ein weißes Boss-T-Shirt.

Auf dem rechten Handrücken sah Toppe eine Tätowierung – drei kleine blaue Punkte –, an den Armen eine ganze Reihe vernarbter Stellen.

Der Mann sah sie aus schmalen Augen kurz an, nahm dann die Fernbedienung, die neben ihm auf dem Sofa lag, und drehte den Ton ab. Das Bild flimmerte weiter.

«Setzen Sie sich doch», forderte die Mutter sie auf und warf ihrem Sohn einen scharfen Blick zu.

Betont langsam nahm Klaus die Beine vom Tisch und rappelte sich zu einer Sitzposition hoch.

Van Appeldorn setzte sich in den Sessel, dem Sohn gegenüber, und sah ihn aufmerksam an.

«Sie wissen ja sicher, warum wir kommen, Frau Reuter», begann Toppe.

Sie nickte. «Ja, ich …»

«Hatte Ihr Sohn Feinde?», unterbrach Klaus sie und grinste breit. Toppe ignorierte ihn.

«Wir haben Ihren Sohn am Montagabend in seiner Wohnung gefunden. Er ist offensichtlich Opfer eines Gewaltverbrechens geworden. Als wir ihn fanden, steckte eine Spritze in seiner Armvene.»

Die Augen der Mutter wurden kugelrund. «Nein», stammelte sie und schlug die Hände vors Gesicht.

«Ach Gott, der Arme», sagte Klaus.

Toppe biss sich auf die Lippen. Er sah, dass van Appeldorn langsam zu kochen begann und unruhig mit den Fingern auf die Sessellehne trommelte.

«Aber … aber der Junge hat doch nie was mit Drogen zu tun gehabt.» Frau Reuter schüttelte den Kopf.

«Tja, wie man sich doch irren kann.» Klaus grinste zynisch.

Van Appeldorn lächelte böse. «Halt den Ball flach, Junge. Ich kann mir jederzeit einen Durchsuchungsbeschluss für dein Zimmer besorgen. Du kommst sowieso gleich mit, damit wir deine Fingerabdrücke nehmen können. Dann wollen wir mal sehen, ob du immer noch eine so große Klappe hast.»

Klaus verbeugte sich. «Jawohl, Massa!»

Frau Reuter fing an zu reden, als hätte sie die Szene gar nicht wahrgenommen.

«Wissen Sie, als mein Mann mich damals verlassen hat, da war Jochen erst acht. Von meiner Familie hab ich keine Unterstützung gekriegt, und bei den Nachbarn war man ja auch untendurch. Das war ja damals noch ganz anders wie heute. Stehen Sie mal alleine da mit zwei Kindern! Und ich hatte ja auch nichts gelernt. Was hatten wir denn für eine Jugend! Krumm hab ich mich arbeiten müssen, damit wir über die Runden kamen. Jeden Tag beim Bauern aufs Feld von fünf Uhr morgens bis es dunkel wurde. Und im Winter in die Gärtnerei. Tag für Tag, bei Wind und Wetter. Die Gicht habe ich ja nicht von ungefähr.»

«Und wo waren Ihre Kinder, wenn Sie gearbeitet haben?», fragte Toppe.

«Der Große hat eben auf den Kleinen aufpassen müssen. Jochen ging ja schon zur Schule. Ja, leicht hatte der es nicht, die Schule und den Bruder immer. Der musste schon früh der Große sein. Hat sich auch immer um Klaus gekümmert.»

«Ja, ja», bemerkte Klaus, «der hat sich immer um den kleinen Klausi gekümmert, der Gute.»

«Stimmt doch», fuhr ihn seine Mutter an, «später doch auch immer noch.»

«Ja, aber sicher. Der engagierte Sozialarbeiter, immer ein offenes Herz für die Schwachen.»

«Wieso Sozialarbeiter?», unterbrach ihn van Appeldorn.

«Mein großer Bruder war Sozialarbeiter im HPH bei den Schockels.»

«HPH?», fragte Toppe.

«Heilpädagogisches Heim im Landeskrankenhaus», erläuterte van Appeldorn. «Und wann war das?»

«Keine Ahnung», erwiderte Klaus desinteressiert, und Toppe schaute die Mutter an.

«Warten Sie mal.» Sie überlegte. «In den Siebzigern, so bis 1978 ungefähr.»

«Und warum hat er in dem Beruf nicht weitergearbeitet?», wollte Toppe wissen.

«Er war schon immer künstlerisch begabt. Eigentlich hat es ihn immer mehr zur Musik hingezogen.»

«Quatsch», unterbrach Klaus sie, «der Job war dem einfach nicht gut genug. Wollte lieber der große Star auf der Bühne sein. Und seit der sich für 'n Profi hält, ist der doch total abgewichst. Da hat der sich einen Scheißdreck darum gekümmert, wie es mir geht.»

«Dir!», schnaubte die Mutter. «Hast du dich denn jemals darum gekümmert, wie es mir geht?»

Toppe und van Appeldorn wechselten einen Blick.

«Wovon leben Sie eigentlich?», fragte Toppe den Sohn.

Der kniff die Augen zusammen und betrachtete die Glut seiner Zigarette. «Tja, heute mit diesen ganzen Aus- und Übersiedlern kriegt man ja keinen Job mehr.»

«Und wo nimmst du die Kohle für deinen Stoff her?» Van Appeldorn hatte sich nur noch mühsam unter Kontrolle.

«Bist du von der Mordkommission oder von der Drogenfahndung?», entgegnete Klaus lässig. «Was soll das hier eigentlich alles?» Er lehnte sich zurück und schloss die Augen.

Toppe sah van Appeldorn beschwichtigend an und wandte sich noch einmal der Mutter zu. «Erzählen Sie doch einmal von Jochens beruflichem Werdegang.»

«Der war immer fleißig, mein Jochen. Ist immer regelmäßig zur Schule gegangen. Klaus war ja immer schon ein schwieriges Kind. Jochen hat sogar sein Abitur gemacht. Ganz alleine. Ich konnte ihm dabei ja nicht helfen. Dann die Ausbildung zu Ende und gearbeitet. Und später ist er dann Musiker geworden und hat da auch seinen Erfolg gehabt.»

Sie brach ab und wartete auf Toppes nächste Frage.

Toppe atmete tief durch. Ihm war klar, dass er hier nicht viel mehr über Jochen Reuter herausbekommen würde.

«Wann haben Sie ihn zuletzt gesehen?», fragte er noch.

«Bevor ich zur Kur gefahren bin. Vor drei Wochen, da war er noch kurz hier», antwortete sie.

«Und wann haben Sie ihn zuletzt gesehen?»

Klaus öffnete kurz die Augen. «Keine Ahnung, ist bestimmt ein Jahr her.»

Van Appeldorn stand auf. «Kennen Sie José Bruikelaer?»

«Wen?», fragte die Mutter. «Nein, war das seine Freundin? Um seine Mädchen hab ich mich nicht gekümmert. Ich hab genug mit meinen eigenen Sorgen.»

Klaus winkte ab. «Nie gehört.»

Toppe verabschiedete sich.

Van Appeldorn drehte sich noch einmal um. «Wir sehen uns morgen früh um neun im Büro, Herr Reuter!»

Frau Reuter begleitete sie zur Tür.

«Mann!», motzte van Appeldorn und knallte die Autotür zu.

Toppe nickte. Er fühlte sich, als habe ihm jemand die Luft rausgelassen.

«Und was der Reuter ihnen damit angetan hat, dass er sich hat ermorden lassen! Unverschämtheit!», schnaubte van Appeldorn und fuhr mit quietschenden Reifen an.

«Bei der HPH-Sache müssen wir nachhaken», beschloss Toppe.

Heinrichs und Ackermann hatten bis auf zwei Leute alle Gäste von Reuters Fete befragt, und Astrid hatte die restlichen Zeitungen durchgesehen. Auf Toppes Schreibtisch lagen die Artikel und Fotos, säuberlich nach dem Erscheinungsdatum geordnet.

«Kann ich gehen?», fragte Astrid. «Ich muss mir noch eine Wohnung ansehen.»

Toppe nickte nur. Er war müde und deprimiert.

«Wir müssen endlich unsere Berichte schreiben», sagte Breitenegger.

Damit waren sie in den nächsten Stunden ausgelastet.

Gegen halb zehn fuhr Ackermann zur nächsten Imbissstube und holte Pommes frites, Frikadellen, Fleischrollen und Schnitzel. Sie aßen schweigend, jeder für sich an seinem Schreibtisch in Gedanken versunken.

Selbst Ackermann hielt den Mund. Er suchte in Gedanken nach besonders schönen Formulierungen für seinen Bericht über die Befragung einer jungen Frau.

Toppe zog die Schreibtischlampe näher zu sich heran und begann, die Artikel zu lesen, die über die Bigband erschienen waren.

Es waren wohlwollende Berichte über Auftritte in der Stadthalle und bei der deutsch-niederländischen Kulturbörse, über eine Fahrt nach Worcester, der neuen Partnerstadt, und mehrere Konzerte im Forstgarten. Bis auf den Orchesterleiter waren die Künstler nicht namentlich genannt. Toppe fand nichts Auffälliges in den Artikeln und griff zu den Fotos. Das erste war aufgenommen worden nach einem Konzert der Bigband in der Stadthalle. Im Hintergrund sah man die Musiker mit ihren Instrumenten, im Vordergrund überreichte ein Mann dem Orchesterleiter einen Blumenstrauß. Beide lächelten in die Kamera. Toppe erkannte den Mann wieder. Er war ein städtischer Angestellter gewesen, der bei offiziellen Musikereignissen den Maître de Plaisir zu machen pflegte. Im letzten Jahr hatte er sich erhängt.

Die Gesichter der Musiker waren nur verschwommene Punkte.

Auf dem nächsten Foto konnte man sie besser erkennen. Toppe holte seine Lupe aus der Schublade.

«Aha, doch bei die Sherlock Holmes auf die Schule gegangen», flachste van Appeldorn, aber Toppe sah nicht auf.

Dieses Foto war in Worcester aufgenommen worden, und in der Bildunterschrift waren alle Namen aufgeführt. Er suchte und fand Jochen Reuter, der gelangweilt aussah, José Bruikelaer und die anderen, die er kannte, lächelten fotogen. Ein Bandmitglied kannte er nicht. Die Bildunterschrift wies den jungen Mann als M. Versteyl aus. Toppe nickte, der Student aus Bonn.

Am rechten Bildrand standen eine Frau und ein Mann in einem langen, ausgebeulten Parka. Die Bildunterschrift gab keine Hinweise. Links vorn standen der ‹Mayor of Worcester› und der Kreistagsabgeordnete O. Hetzel.

Das dritte Foto stammte von einem Auftritt im Konvikt Gaesdonk.

Heinrichs klatschte plötzlich in die Hände. «Jungs, es ist nach Mitternacht, und es ist immer noch nichts passiert», dröhnte er in die Stille. Toppe blinzelte verstört.

«Wieso?», fragte Ackermann.

«Ja, Mensch, wenn der in Serie mordet, denkt doch mal nach! Samstag, Montag – und was käme dann? Richtig: Mittwoch. Aber jetzt ist schon Donnerstag. Das beruhigt mich doch sehr.» Er streckte sich.

«Vielleicht ist die Leiche bloß noch nicht gefunden worden», gab Breitenegger zu bedenken.

«Hör auf», sagte Toppe.

Gegen zwei Uhr morgens kehrten sie alle heim und wurden mit offenen Armen empfangen. Nur van Appeldorn kroch in ein kaltes Bett. Marion schlief im Kinderzimmer. Sie redeten seit Tagen kein Wort miteinander.

Vierzehn Breitenegger wedelte mit der Zeitung, als Toppe am nächsten Morgen ins Büro kam.

«EINE STADT IN PANIK – DER MUSIKER-MÖRDER GEHT UM», lautete die Schlagzeile.

«Na, das kann ja heiter werden», knurrte Toppe.

«Ist es schon», meinte Breitenegger gelassen. «Der Chef war schon da, und ich hatte schon vier Anrufe aus der Bevölkerung.»

Wie zur Bestätigung klingelte jetzt das Telefon, und Breitenegger nahm ab.

Van Appeldorn saß still an seinem Schreibtisch. Er war blass.

Astrid goss aus einer Kaffeetasse Wasser auf den Lavendel auf der Fensterbank.

Heinrichs blätterte in seinen Berichten.

Ackermann stolperte ins Zimmer. Er trug die Bildzeitung wie ein Banner vor sich her. «Wir sind die Sensation, Jungs», rief er und strahlte.

«Ja, leider.» Toppe zog sich seinen Stuhl heran.

«Setz dich, Ackermann», murmelte van Appeldorn müde und dann: «Was hast du jetzt vor, Helmut?»

«Ich will gleich los nach Bonn, diesen Markus Versteyl befragen. Wie viele habt ihr noch auf eurer Liste?»

«Zwei», antwortete van Appeldorn. «Wenn bei denen

allerdings genauso wenig herauskommt wie bei den anderen, stehen wir ganz schön auf dem Schlauch.»

«Ach wat!» Ackermann ließ sich nicht beunruhigen. «Dann knöpfen wer uns die Nachbarn von Reuter ma' so richtig vor, und danach gehn wer alle schön auf Dienstreise. Is' doch auch wat.»

Toppe bedachte ihn mit einem langen Blick, und Ackermann sah verlegen auf seine Schuhspitzen.

«Tja, ich fahr dann los.» Toppe stand auf. «Haben Sie Lust, mich zu begleiten, Astrid?»

Darauf hatte sie offensichtlich gewartet, denn sie war schon vor ihm an der Tür.

Astrid bot an, mit ihrem Wagen zu fahren, was Toppe zögernd annahm. Einerseits war er froh, denn bei seinem Auto konnte man nicht wissen, ob es noch bis Bonn durchhielt. Andererseits war ihm immer ein bisschen unwohl, wenn er sich von einem anderen über längere Strecken chauffieren lassen musste. Aber Astrid fuhr ruhig und sicher.

Toppe machte es sich bequem, sie hatten gute zwei Stunden Fahrt vor sich.

«Gut, dass wir heute fahren», meinte Astrid, «morgen ist bestimmt der Teufel los.»

«Wieso?»

«Pfingstverkehr.»

«Ach ja, Pfingsten. Das hatte ich inzwischen ganz vergessen.»

«Ich leider nicht. Ich wollte eigentlich mit meinem Freund wegfahren. Aber da wird ja wohl nichts draus.»

«Nein, sieht nicht danach aus.» Toppe zog seine Eckstein aus der Hemdtasche. «Wollen Sie auch eine?»

«Gern.» Sie lächelte, sah aber weiter nach vorn.

Er zögerte, aber dann zündete er zwei Zigaretten an und reichte ihr eine hinüber.

«Danke. Sagen Sie, wie lange machen Sie diesen Job eigentlich schon?»

«Bei der Kripo? Eine ganze Weile, fast zwölf Jahre.»

«Und es hat Ihnen nie was ausgemacht, dass Sie zwischendurch vergessen, ob Pfingsten ist oder Weihnachten?»

«Na ja, es ist ja nicht immer so», gab er vage zurück.

«Aber doch ziemlich oft», beharrte Astrid.

«Ich glaube, man gewöhnt sich einfach daran.»

«Aber da bleibt doch einiges auf der Strecke, oder? Hobbys und Familie und so, meine ich.»

«Schon.» Er dachte nach. «Ich glaube, man reduziert seine Interessen zwangsläufig auf die, die einem wirklich wichtig sind. Aber es stimmt schon, es ist sicher ein Beruf, der einen ganz schön fordert. Vielleicht ist das für mich auch das Reizvolle daran, ich weiß nicht.» Er grübelte. Ob das in anderen Berufen anders war?

«Was ist mit Ihnen», fragte er, «warum wollen Sie denn zur Kripo?»

«Ich schätze, es ist ähnlich. Ich wollte einen Beruf, wo man nicht tagein, tagaus den gleichen öden Quatsch macht.» Sie lachte ein wenig unsicher. «Ziemlich romantisch, was?»

Er feixte. «Na ja, mittlerweile haben Sie ja selbst gesehen, wie viel langweiliger Routinekram auch dazugehört ...»

«Sicher, trotzdem ist dieser Beruf vielseitig: Man muss nicht nur präzise arbeiten, über ein gutes Gedächtnis und logisches Denken verfügen, sondern auch noch eine gehörige Portion Kreativität und Phantasie mitbringen.» Sie unterbrach sich selbst und lachte. «Wie auf einer Werbeveranstaltung der Polizei.»

«Ja, wenn ich Sie höre, dann müsste ich mich jeden Tag wieder für die Kripo entscheiden. Hat's denn bei Ihnen keinen anderen Beruf gegeben, der Sie interessiert hat?»

«Doch, schon. Nach dem Abi hab ich eine Goldschmiedelehre angefangen. Ich war immer ganz gut in Kunst. Aber irgendwie war das dann doch nichts. Ich weiß nicht genau.»

«Und Ihre Eltern?»

«Meine Eltern? Die ‹von Steendijks› und Fabrikbesitzer und so, meinen Sie das? Ach was, die sind gar nicht so. Die hätten es schon lieber gesehen, wenn ich studiert hätte, aber im Grunde lassen die mich machen. Die sind eigentlich ganz okay.»

Toppe drückte seine Zigarette aus.

«Wann haben Sie denn Ihre letzte Prüfung?»

«Die schriftlichen habe ich alle hinter mir. In vierzehn Tagen kommen die mündlichen und dann … tja.»

«Mit Stellen sieht es im Moment nicht gerade rosig aus.»

«Nein, und erst recht nicht für Frauen, ich weiß schon. Mir ist klar, was da alles so im Argen liegt, auch, oder vielleicht gerade, bei der Polizei. Erlebe ich ja auch täglich vor Ort im Kleinen. Aber das muss ja alles nicht so bleiben», fügte sie trotzig hinzu. «Und ich bin auch gerade der ‹Bundesarbeitsgemeinschaft kritischer Polizisten› beigetreten.»

«Hm.»

«Finden Sie das nicht gut?»

«Doch, sicher. Ich habe bloß keine Ahnung, was die eigentlich konkret machen. Würden Sie mir mal was von denen zeigen?»

«Ja, klar, gerade so Leute wie Sie, Hauptkommissare und so, die könnten wir gut gebrauchen.»

Toppe lächelte schief. ‹So Leute wie er› hatten zu viele Illusionen verloren und zu viele Federn gelassen, waren zu froh über jedes Schäfchen, das sie im Trockenen hatten, um noch einmal an vorderster Front zu kämpfen, oder? Er hatte lange nicht mehr darüber nachgedacht.

«Wollen Sie das Gespräch mit Markus Versteyl führen?», wechselte er das Thema.

«Ich?» Sie errötete, aber es war keine Furcht. «Ja, gern, wenn Sie meinen, ich kann das.»

Sie machte ihre Sache nicht schlecht. Die eine oder andere Frage hätte Toppe sich vielleicht erspart, nachdem ziemlich schnell klar war, dass Markus Versteyl nichts mit José Bruikelaer und Jochen Reuter zu tun gehabt hatte, aber Astrid war gründlich.

Markus Versteyl war kaum noch in Kleve. Er kam lediglich zu den Auftritten der Bigband herüber, nicht einmal an den regelmäßigen Proben nahm er teil. Ja, nach Worcester war er mitgefahren, war ja in den Semesterferien gewesen. Astrid fragte nach seinen Alibis für die beiden Tatzeiten. Versteyl blieb sachlich. Er hatte einen festen Job in einer kleinen Jazzkneipe in Bonn, wo er am Samstag- und Montagabend ab 19 Uhr gespielt hatte. Zwei Musiker aus dem Uni-Orchester bestätigten das. Einen eigenen Wagen hatte er nicht.

«Trotzdem», meinte Astrid, als sie zum Auto zurückgingen, «er könnte sich einen Wagen geliehen haben und dann hätte er es immer noch schaffen können, wieder um sieben in Bonn zu sein.»

«Möglich», sagte Toppe, «aber ist das wahrscheinlich?»

Astrid sah ihn fragend an.

Er hob die Schultern. «Ich meine, haben Sie das Gefühl, dass er irgendetwas mit den Morden zu tun hat?»

Sie runzelte die Stirn. «Nein, vom Gefühl her würde ich sagen, er hat überhaupt nichts damit zu tun. Er schien wirklich nicht einmal von den Morden zu wissen … aber Gefühl …»

«Ja, genau, Gefühl», sagte Toppe bestimmt.

Sie wollte die Fahrertür aufschließen, hielt dann aber inne.

«Ich habe Hunger», sagte sie.

«Sie? Sie haben Hunger?», fragte Toppe verblüfft.

«Ja, ganz ordinären Hunger.» Sie lachte. «Da drüben ist eine Pizzeria. Wollen wir was essen gehen?»

Toppe kämpfte mit sich. «Ich habe irgendwie das Gefühl, wir sollten so schnell wie möglich zurück …, aber, gut … wenn's schnell geht.»

Sie steckte den Schlüssel in die Tasche zurück und überquerte vor ihm die Straße.

Er war unzufrieden und spürte eine merkwürdige Unruhe im Bauch.

Es wurde eine schweigsame, schnelle Mahlzeit.

Um zehn vor drei waren sie wieder in Kleve.

Im Büro war die Hölle los. Toppe brauchte einen Moment, bis er sich zurechtfand. Breitenegger saß an seinem Schreibtisch, den Telefonhörer unters Kinn geklemmt, sprach und schrieb gleichzeitig. Ihm gegenüber saß mit spitzem Mund der Chef. Sein Gesicht war ein einziger Vorwurf.

Fünf oder sechs Leute, mitten unter ihnen Heinrichs, standen herum und redeten aufgeregt und laut miteinander. Ackermann saß verloren auf einem Stuhl.

Toppe drängte sich durch zu Breitenegger, der gerade den Hörer auflegte und seine Pfeife zur Hand nahm.

«Was ist denn hier los?», fragte Toppe ihn, aber der Chef fiel ihm gleich ins Wort: «Das sehen Sie doch wohl selbst. Also, Herr Toppe …»

«Einen Augenblick», unterbrach Breitenegger ihn. «Wir haben wieder einen Toten», raunte er. «Norbert ist rausgefahren. Emmericher Straße 284, gleich gegenüber von Famila.»

Toppe drehte sich auf dem Absatz um, fasste Astrid am Oberarm und zog sie hinter sich her aus dem Büro.

Vor der Tür blieb er stehen und wischte sich mit dem Handrücken den Schweiß von der Stirn.

«Ich hab's geahnt», sagte er dumpf und stapfte die Treppe hinunter.

Fünfzehn

Diesmal fuhr Toppe selbst.

Er brauchte das Haus nicht lange zu suchen. Vor dem Eingang, halb auf der Straße, standen van Appeldorns Wagen, zwei Polizeiautos und jede Menge Schaulustige. Immer noch strömten vom Supermarkt her Menschen über die Straße. Ein einsamer Streifenpolizist versuchte, den Verkehr auf der Durchgangsstraße nach Emmerich im Fluss zu halten.

Toppe stellte sein Auto schräg auf dem Fahrradweg ab und eilte auf den Eingang zu.

Es war ein hübsches Haus, ein renovierter Bauernhof, der jetzt zwei Familien Platz bot.

Van Appeldorn kam ihm in der Halle entgegen und hob beschwichtigend die Hände, als er Toppes Gesicht sah.

«Reg dich ab, Helmut. Diesmal ist es kein Mord. Ganz einfach Tod durch Herzversagen.»

Toppe stieß hörbar die Luft aus. «Gott sei Dank. Wer hat den Tod festgestellt?»

«Der Notarzt. Er ist gerade weg.»

Toppe ging auf die offene Tür zu, die zum Wohnzimmer führte. «Und warum hat der die Kripo gerufen?»

«Es lag keine Vorerkrankung vor, und da wollte er sichergehen. Aber ich habe nichts gefunden, was auf eine Gewalttat hinweist, und diesmal habe ich verdammt genau hingeguckt. Aber sieh selbst.»

«Wer hat den Toten gefunden?», fragte Toppe automatisch.

«Seine Exfrau, die wohnt oben.»

Draußen hielt wieder ein Auto.

«Wird der Leichenwagen sein», meinte van Appeldorn.

Toppe trat ins Wohnzimmer und sah sich um, Astrid folgte ihm.

In der rechten Zimmerecke saß in einem Ohrensessel der Tote mit zurückgelegtem Kopf. Toppe ging einen Schritt näher heran und kniff die Augen zusammen. Er erstarrte, dann drehte er sich abrupt um.

«Warte noch, Norbert», sagte er mit steifen Lippen. «Ich bin sofort wieder da. Und lass den Toten hier. Verändere nichts.»

Er stürmte zurück ins Büro, drängte die Leute zur Seite, hastete an seinen Schreibtisch und nahm ein Foto von dem Stapel, den er gestern Abend durchgesehen hatte. Dann stand er eine Weile still und starrte auf das Foto in seiner Hand.

«Was ist los, Helmut?», fragte Breitenegger alarmiert.

«Der Teufel», antwortete Toppe. «Der ED soll rauskommen zur Emmericher Straße.»

Dann lief er hinaus.

Van Appeldorn und Astrid warteten in der Halle auf ihn. Ein Zinksarg versperrte die Tür zum Wohnzimmer. Toppe räusperte sich nervös.

«Der Tote ist O. Hetzel.»

Van Appeldorn sah ihn fast mitleidig an.

«Na und?», bemerkte er schließlich. «Das weiß ich. Otto Hetzel.»

Toppe hielt ihm das Foto unter die Nase. «Otto Hetzel war mit der Bigband in Worcester.»

«Das kann doch nicht wahr sein!» Van Appeldorn drehte sich um und schob den Zinksarg zur Seite. Toppe folgte ihm.

So langsam hatte er sich wieder unter Kontrolle.

Es war ein gemütliches Zimmer mit einem offenen Kamin aus Natursteinen, hohen Bücherregalen an den Wänden, verblichenen Perserteppichen auf Holzdielen, zwei alten Ledersofas und dem Ohrensessel in der Ecke. Der Tote hatte beide Hände auf die Sessellehnen gelegt, und nur sein panischer Gesichtsausdruck störte die friedliche Atmosphäre.

«Herzversagen», murmelte Toppe.

Neben dem Ohrensessel stand ein kleiner antiker Tisch. Darauf eine Flasche Sherry, zwei Gläser – in beiden war noch ein Rest – und eine Schachtel Negerküsse, die überhaupt nicht ins Bild passte.

Toppe sah van Appeldorn an und öffnete den Mund.

«Ja, ist gut, ich rufe den Staatsanwalt an», meinte van Appeldorn und verschwand.

Berns kam allein. «Was ist los?»

«Der Tote soll an Herzversagen gestorben sein, sagt der Notarzt. Der Mann hatte aber mit der Bigband zu tun.»

Berns warf Toppe einen zweifelnden Blick zu. «Sie glauben doch nicht etwa, dass wir schon wieder einen

Mord haben?» Aber dann sah er sich doch im Zimmer um.

«Tja, dann wollen wir mal gucken, ob wir was finden.»

Van Appeldorn tippte Toppe auf die Schulter. «Von Stein aus geht alles klar. Wie geht's jetzt weiter?»

Toppe gab sich einen Ruck. Wenn der Staatsanwalt die Obduktion angeordnet hatte, musste einer von ihnen als Anerkennungszeuge dabei sein. Toppe hasste es, aber diesmal würde er sich überwinden, er wollte dabei sein.

«Okay, ich fahre mit», sagte er. «Ihr fahrt zurück zum Präsidium und seht zu, dass ihr den Laden wieder in den Griff kriegt.»

«Dass du dich mal traust!» Bonhoeffer klopfte ihm anerkennend auf die Schulter und ging dann voraus.

Dr. Stein wartete schon an der Tür. «Was ist denn bloß los bei euch in den letzten Tagen? Man kommt ja zu nichts anderem mehr», schimpfte er gutwillig.

«Wem sagen Sie das?»

Sie unterhielten sich leise im Hintergrund, während Bonhoeffer arbeitete.

Toppe versuchte, sich vorzustellen, er säße in einem sonnigen Café und es duftete nach Erdbeertorte und heißem Kakao.

Es dauerte nicht lange. Bonhoeffer kam zu ihnen hinüber, die Handschuhe noch an den Händen. Toppe schauderte.

«Tja.»

«Was?», fragte Toppe.

«Merkwürdig ist das schon. Ich finde am Herzen überhaupt keine Infarktzeichen, keinen Thrombus in der Koronararterie, keinen ischämischen Bezirk im Herzmuskel, keinen Embolus in der Lungenarterie, keinen Herzklappenfehler. Und das Herz ist auch in keiner Weise vorgeschädigt, soweit ich das makroskopisch beurteilen kann. Aber eine sonstige Todesursache finde ich auch nicht. Im Mageninhalt war Alkohol in einem komischen Eiweiß-Zucker-Gemisch.»

«Negerkuss», schlug Toppe vor.

«Könnte sein», antwortete Bonhoeffer.

«Der dritte Mord», sagte Toppe.

«Ach was, Herr Toppe», protestierte Stein, «sehen Sie da nicht Gespenster?»

«Nun warte erst mal ab», beschwichtigte ihn auch Bonhoeffer. «Ich setze mich jetzt an die Analysen und rufe dich später an.»

«Wetten?» Toppe ging hinaus, ohne sich zu verabschieden.

«Auf 'm Sherryglas un' auf 'm Negerkusskarton sind dieselben Fingerspuren wie auf 'm Stuhl bei der Bruikelaer un' auf 'er Spritze beim Reuter», kam Ackermann mit schriller Stimme allen anderen zuvor, als Toppe zurückkehrte.

Der nickte nur. «Bonhoeffer findet keinen Hinweis auf normales Herzversagen.»

«Na, dann prost», bemerkte Breitenegger trocken. Er hatte es geschafft, alle Leute aus dem Büro zu verbannen. Jeder nicht wichtige Anruf wurde von jetzt ab von der Zentrale abgeblockt. Zufrieden stopfte er seine Pfeife.

«Vorschlag von mir», sagte er. «Kleine Pause für uns alle. Es ist jetzt halb sechs. Wenn wir uns um halb acht wieder hier treffen, haben wir vielleicht alle einen klareren Kopf. Was meinst du, Helmut?»

Toppe setzte sich erst gar nicht. «Gute Idee. Also dann, um halb acht.»

Heinrichs telefonierte mit seiner Frau – es lohnte sich nicht, für die kurze Zeit nach Hause zu fahren – und ging dann mit Ackermann und Astrid, denen die Aufregung in den Knochen steckte, ins Steakhaus um die Ecke.

Breitenegger fuhr nach Hause und unternahm mit seiner Frau und seinem Dackel einen Spaziergang, bei dem alle drei einmütig schwiegen.

Toppe spielte mit seinen Söhnen eine Runde Fußball auf der Schafwiese und aß dann mit Gabi und den Kindern vor der ‹Sendung mit der Maus› ein paar Brote.

Van Appeldorn wusste nicht so recht, was er tun sollte, entschied sich dann aber, wenigstens in die Wohnung zu fahren, um zu duschen.

Als er ins Schlafzimmer kam, stand Marion nackt vor dem Schrank und nahm ein Handtuch heraus.

«'tschuldigung», murmelte er und wollte wieder hinausgehen, aber dann war er mit einem Schritt bei ihr, fasste sie um die Taille und fuhr mit seiner Hand über ihre rechte Brust.

Sie packte sein Haar, zog seinen Kopf nach hinten und küsste ihn hart und gierig, drängte ihn zurück, bis er mit den Kniekehlen gegen das Bett stieß und hintenüberfiel.

«Marion!» So benahm sie sich sonst nicht.

Sie öffnete den Reißverschluss seiner Hose und zog sie mit einem Ruck herunter.

«Halt den Mund», zischte sie und setzte sich auf ihn.

Ihre Wildheit machte ihn verrückt, sodass er heftiger war, als er eigentlich sein wollte. Sie schrie, als sie kam.

«Es tut mir leid.» Er streichelte sie. «Das war bestimmt nicht so gut jetzt. Meinst du, das schadet nichts?»

«Was?», murmelte sie mit geschlossenen Augen.

«Dem Kind?»

«Quatsch!» Sie küsste ihn auf die Brust. «Was hältst du davon, wenn wir eine Münze werfen?»

Er wusste sofort, was sie meinte. Er hatte auch schon an so etwas gedacht.

«Bist du sicher?», fragte er.

«Ja, es ist am gerechtesten so, oder?»

Er stützte sich auf den Ellenbogen und sah sie an. «Aber das gilt dann auch, ohne Wenn und Aber?»

«Ja, bist du dazu bereit?»

Er seufzte tief. «Ich sehe keine andere Möglichkeit.»

«Wollen wir es jetzt gleich tun?» Sie war aufgeregt, stand auf, ging hinaus und suchte in ihrer Handtasche nach einer Münze. Mit einem Zweimarkstück kam sie zurück.

«Wer wirft?»

Er versuchte, das Flattern in seinem Magen zu unterdrücken.

«Was nimmst du denn? Kopf oder Zahl?»

«Kopf», sagte sie. «Wenn Kopf kommt, bleibe ich zu Hause und kümmere mich um das Kind, wenn Zahl kommt, nimmst du den Erziehungsurlaub.»

«Okay, wirf du.»

Sie schluckte und sah ihn an. Dann warf sie das Geldstück hoch in die Luft. Es drehte sich ein paarmal, stieß gegen die Decke und landete zwischen den Kopfkissen.

«Kopf», sagte van Appeldorn heiser.

Sie umarmte ihn. Er hielt sie fest. Sie weinte nicht.

Sechzehn

«Das verbindende Element ist die Fahrt nach Worcester», beharrte Heinrichs.

«Das mag ja sein, aber vielleicht hatte Otto Hetzel auch noch in anderen Bereichen mit Reuter und Bruikelaer zu tun.» Van Appeldorn zündete sich eine neue Zigarette an der Glut der letzten an.

Breitenegger telefonierte leise im Hintergrund.

Astrid und Ackermann hatten ihre Stühle unter dem Fenster bis ganz an die Wand geschoben. Wenn alle gleichzeitig im Büro waren, wusste man sich kaum zu bewegen. Trotzdem marschierte Toppe mit gesenktem Kopf zwischen seinem Schreibtisch und dem Fenster hin und her. Ab und an fuhr er sich durch den Bart.

«Aber Reuter und Bruikelaer hatten außer über die Bigband nichts miteinander zu tun, soweit wir das bis jetzt ermitteln konnten», unterbrach er van Appeldorn. «Und Otto Hetzel hat ja nicht in der Bigband gespielt. Aber er war mit in Worcester. Diese Fahrt ist im Moment unser einziger Anhaltspunkt. Wir müssen uns auf jeden Fall ausführlich damit beschäftigen», sagte er bestimmt.

«Das heißt, wir müssen die ganze Bigband noch einmal befragen.» Heinrichs zeigte wenig Begeisterung.

Breitenegger legte den Hörer auf und klopfte seine Pfeife im Aschenbecher aus.

«Zum Toten», begann er: «Otto Hetzel, Jahrgang 50, Studienrat an den berufsbildenden Schulen am Weißen Tor, Fachbereich Sozialpädagogik. Außerdem Kreistagsabgeordneter der Grünen. Seit zweieinhalb Jahren geschieden, drei Kinder.»

«Mehr hast du nicht?» Toppe setzte sich.

«Nein, leider nicht. Ein unbescholtener Bürger. Aber vielleicht hilft der Fachbereich Sozialpädagogik weiter.»

«Hast du eigentlich schon mit seiner früheren Frau gesprochen, Helmut?», fragte van Appeldorn.

Toppe nickte. «Ja, ich bin ganz kurz zu ihr hochgegangen, weil ich mich ein bisschen gewundert habe, dass sie sich nicht blicken ließ, als wir noch im Haus waren und als die Leiche abtransportiert wurde. Sie sagte, sie wolle nicht, dass die Kinder das alles sehen. Die waren tatsächlich sehr verstört. Die Frau übrigens auch. Sie will ins Präsidium kommen, sobald die Kinder im Bett sind und sie jemanden gefunden hat, der bei ihnen bleibt. Wohl so gegen neun, meinte sie.»

Van Appeldorn verkniff sich eine Bemerkung. Wenn Toppe die Frau gleich befragt hätte, wären sie jetzt vielleicht schon ein Stück weiter. Aber das war typisch Toppe, immer rücksichtsvoll, zu rücksichtsvoll für seine Begriffe.

«Un' wat machen wir bis dahin?», fragte Ackermann. «Wer können doch nich' die ganze Zeit Löcher inne Luft starren.»

Toppe gab ihm im Stillen recht.

Er war froh, dass das Telefon klingelte. Es war Bonhoeffer.

«Also, pass auf, Helmut, der Herzmuskel befindet sich

in kontrahiertem Zustand, der Natriumgehalt ist erhöht, der Kaliumgehalt deutlich vermindert und, ach was, kurz und gut: Es handelt sich um eine Digoxinvergiftung.»

«Und was heißt das?»

«Der Mann hat eine hohe Dosis Digitalis zu sich genommen, und das hat schließlich zum Herzstillstand geführt.»

«Hat er das geschluckt?»

«Ja, zusammen mit diesem Eiweiß-Zucker-Gemisch und einer geringen Menge Alkohol.»

«Negerküsse und Sherry.»

«Kann schon sein, aber ich habe kein Atropin und kein Scopolamin gefunden.»

«Das ändert nichts. Die Fingerspuren am Tatort sind dieselben wie bei den beiden anderen Fällen.»

«Der Tote könnte das Medikament in suizidaler Absicht genommen haben. Das kommt bei Digitalis häufiger vor. Es gibt keine Anzeichen von Gewaltanwendung bei der Leiche.»

«Wann ist der Tod eingetreten?»

«So zwischen dreizehn und vierzehn Uhr.»

«Und wann hat er das Gift genommen?»

«Das ist schwer genau einzugrenzen. Zwischen neun und zwölf, näher kann ich mich nicht festlegen.»

«Wieder dieser Atropin-Cocktail?», wollte Heinrichs wissen, als Toppe aufgelegt hatte.

«Nein, Digitalis. War vielleicht im Sherry oder in den Negerküssen.»

Astrid schlug die Augen gen Decke. «Ich wünschte wirklich, Sie würden nicht immer ‹Negerküsse› sagen.»

Toppe zog verständnislos die Brauen zusammen.

«Schokoküsse», korrigierte sie sanft.

«Schokoküsse», wiederholte Toppe, noch immer verwirrt.

«Von wegen der Diskriminierung, Mann», erklärte van Appeldorn ironisch. «Ich bin Ihnen dankbar, dass wir nicht ‹Nelson-Mandela-Solidaritätsgebäck› sagen sollen. Den Vorschlag habe ich nämlich neulich auch irgendwo gelesen.»

Toppe rief beim ED an.

«Berns?»

«Toppe hier. Könnt ihr euch wohl mal die Schokoküsse genauer ansehen? Bonhoeffer sagt, der Mann ist an einer Digitalisvergiftung gestorben. Digoxin.»

«Schokoküsse?»

«Ja, die Negerküsse.»

«Ach so, van Gemmern ist gerade dabei. Der Sherry ist übrigens in Ordnung. Kein Atropin oder so.»

«Gut.»

«Mich würde ja brennend interessieren, warum dieser Typ seine Methode geändert hat», sagte Heinrichs.

«Vielleich' is' se ihm zu langweilig geworden», flachste Ackermann.

«So anders ist die Methode doch gar nicht», fand Toppe. «Genau wie bei den beiden anderen: gut vorbereitet, sauber, unblutig, intelligent.»

«Völlig ruhig und kaltblütig und wieder mit Fingerspuren», ergänzte van Appeldorn.

«Ich kann mir nicht helfen», warf Heinrichs ein, «aber

glaubt mir, der Typ ist ein Krimifan. Das sind lauter ausgefallene Methoden, die der irgendwo gelesen hat und jetzt selbst ausprobiert, und zwar ganz sorglos, fast wie ein Spiel.»

«Vielleicht ist es einfach ein Verrückter, der sich seine Opfer ganz zufällig aussucht», schlug Astrid schaudernd vor.

«Nein», wehrte Toppe ab, «so, wie es aussieht, haben die Opfer ihn alle gekannt. Keine Gewaltanwendung. Und es gibt ja tatsächlich eine Verbindung zwischen den Opfern, wenn wir auch noch nicht genau wissen, wie alles zusammenhängt.» Er nahm das Foto zur Hand.

«Ich möchte wissen, wer diese beiden Leute hier sind. Und wer sonst noch mitgefahren ist. Herr Ackermann, würden Sie im Labor ein paar Kopien von dem Foto machen lassen?»

«Klar, Chef, mach ich, klar.»

«Dann wollen wir mal loslegen.» Van Appeldorn suchte die Bigbandliste heraus.

Sie teilten sich ein: Toppe und Breitenegger wollten mit Frau Hetzel sprechen. Die eine Hälfte der Bigband übernahmen Heinrichs und Ackermann, van Appeldorn und Astrid wollten zunächst den Orchesterleiter befragen und danach die andere Hälfte der Musiker.

«Und morgen müssen wir noch einmal mit Reuters Freundin und Bruikelaers Kollegen sprechen, ob die etwas von dieser Worcester-Reise wissen», sagte Toppe noch.

Karin Hetzel war vierzig Jahre alt und arbeitete als freie Fotojournalistin. Seit fast vier Jahren war sie alleinerziehend. Leise und ruhig gab sie ihre Personalien an. Sie war hübsch, mittelgroß und schlank mit dunklen, kurzen Locken. Ihr eigentlich etwas kantiges Gesicht wirkte freundlich durch die warmen, dunklen Augen und den großen Mund.

Sie hatte geweint, und als Toppe sie fragte, wann sie den Toten gefunden habe, zog sie wieder ein Taschentuch aus der Jackentasche und presste es gegen die Augen. Toppe war ein bisschen verwundert. Sie trauerte wirklich. Er dachte an Jochen Reuters Mutter und die Freundin.

«Es tut mir leid», sagte sie, «ich komme mir immer noch vor wie in einem bösen Traum.»

Aber dann fasste sie sich ein wenig. «Ich bin um halb zwei runtergegangen, weil ich ihn fragen wollte, ob er Sebastian zum Schwimmen fahren konnte. Ich hatte um drei einen Termin. Und als ich ins Wohnzimmer kam, saß er tot im Sessel.»

Sie schluckte.

«Hatten Sie einen Schlüssel zur Wohnung, oder war die Tür offen?»

«Die Tür war angelehnt, wir schließen unsere Wohnungen nie ab. Aber ich habe auch einen Schlüssel.»

«Hatte Ihr früherer Mann morgens Unterricht gehabt?»

«Nein, donnerstags hat er frei in diesem Halbjahr.»

«Er war also vormittags zu Hause?»

«Das weiß ich nicht. Aber ich glaube, ja. Als ich um halb elf vom Einkaufen kam, war sein Wagen da.»

«Hatte Ihr Mann morgens Besuch?»

«Ich habe niemanden gesehen, aber es kann schon sein. Ich achte nicht darauf.» Sie zögerte. «Herr Toppe? Woran ist mein Mann gestorben?»

«An einer Digitalisvergiftung. Wir sind ziemlich sicher, dass er ermordet worden ist.»

«Von wem?»

«Ja, das ist unser Problem. Wir wissen es nicht.»

Sie sah durch Toppe hindurch und schüttelte langsam den Kopf.

«Wer sollte Otto umbringen wollen …?»

«Wir haben gehofft, Sie könnten uns weiterhelfen.»

«Ich kann mir das überhaupt nicht vorstellen. Gerade Otto. Der hat doch für jeden sein letztes Hemd gegeben. Das war's doch gerade.»

«War was gerade?»

«Ach, das gehört wohl nicht hierher, aber das war's, woran unsere Ehe letztendlich zerbrochen ist.»

«Würden Sie mir Ihren Mann beschreiben?»

Sie sah lange auf ihre Hände, die sie um das Taschentuch gefaltet hatte.

«Wissen Sie», fing sie leise an, «ich habe ihn einmal einen ‹Gefühlskommunisten› genannt: immer auf der Seite der Getretenen. Für alle da, rund um die Uhr. Er konnte nie ‹nein› sagen. Er merkte es nicht einmal, wenn die Leute ihn schamlos ausnutzten. Und wenn ich ihn darauf hinwies, zuckte er nur die Schultern. Wir hatten so gut wie kein Familienleben. Am Anfang ist mir das gar nicht so aufgefallen, aber ständig wohnte irgendein Schmarotzer bei uns. Einer hat sogar mal für dreihundert Mark von unserem Apparat aus telefoniert. Und als ich das Geld von ihm haben wollte, da war er noch empört und fand das unsozial. Und Otto hat solche Leute noch unterstützt und verteidigt. Die Typen haben geklaut wie die Raben, die Kinder bedroht, und Otto fand das alles immer verzeihlich. Wochenlang hatten wir oft kein Auto, weil sich das irgendwer dringend ausleihen musste. Wenn jemand in einer sogenannten Notlage war, genügte ein Anruf, und Otto sprang. Selbst bei Sebastians Geburt war er nicht dabei, weil er mal wieder woanders den Samariter spielte. Es ging einfach nicht. Die Scheidung war die einzige Lösung. Schon allein, um die Kinder zu schützen. Und um endlich ausreichend Geld zu haben, uns über die Runden zu bringen. Denn als das Geld plötzlich ‹Unterhaltszahlung› hieß, da war regelmäßig genug da. Da fühlte er sich dann auch mal für uns verantwortlich und nicht nur für all die armen, von der bösen Welt so schmählich Gebeutelten.»

«Sie haben …», aber Toppe unterbrach sich selbst.

«Ja, natürlich habe ich ihn noch liebgehabt. So was kann man doch nicht einfach abstellen. Er war ja auch liebenswert, nur eben keiner, mit dem man zusammenleben konnte. Nicht einmal überleben.»

«Wie alt sind Ihre Kinder?»

«Katharina ist dreizehn, Lisa ist zehn und Sebastian gerade sechs.»

«Hatten die Kinder noch regelmäßig Kontakt zu ihrem Vater?»

«Ja, natürlich. Wir haben uns, so gut es ging, gemeinsam um sie gekümmert. Wir haben auch ein gemeinsames Sorgerecht. Es sind die einzigen Kinder, die ich kenne, die nicht unter der Scheidung gelitten haben. Vermutlich, weil Otto vorher sowieso nie da war, und wenn, war er immer mit einem anderen Menschen beschäftigt.»

«Aber Sie hatten jetzt getrennte Haushalte?»

«Ja, sicher, sonst wäre das ja alles völlig absurd gewesen. Nein, wir sind schon getrennte Wege gegangen.»

«Aß Ihr Mann gerne Negerküsse?»

Sie stutzte. «Wie kommen Sie denn darauf?»

«Es standen welche auf dem Tisch neben dem Sessel.»

«Ja? Er war verrückt nach Schokoküssen. Schon immer.»

«War das bekannt?»

«Ja, natürlich. Jeder, der ihn kannte, wusste das. Er bekam oft welche geschenkt. So als ‹Dankeschön› von seinen ‹Schützlingen›. War das Gift in den Schokoküssen?»

«Das wissen wir noch nicht sicher. Ihr Mann war im März in Worcester?»

«Ja, für eine Woche. Er ist Vorsitzender dieser Städtepartnerschafts-Initiative.»

«Wer ist denn da alles mitgefahren?»

«Die Bigband der Kreismusikschule. Aber sonst? Ich weiß nicht … Meinen Sie …», sie sah ihn aus weiten Augen an, «meinen Sie, dies hat was mit den beiden Morden an den Bigband-Musikern zu tun?»

«Ja. Hat Ihr Mann Ihnen von der Reise erzählt?»

«Wenig.» Sie wirkte verstört. «Ich war auch nicht so sehr interessiert.»

«Ist irgendetwas Besonderes vorgefallen auf dieser Reise?»

«Was meinen Sie? Ich wüsste nicht.»

Toppe stand auf. «Möchten Sie auch einen Kaffee?»

«Ja, bitte. Darf ich rauchen?»

«Natürlich.» Er schob ihr den Aschenbecher hin und wollte hinausgehen zum Kaffeeautomaten.

«Lass nur, ich gehe schon.» Breitenegger war die ganze Zeit so still gewesen, dass sie seine Anwesenheit vergessen hatten. Toppe zündete sich auch eine Zigarette an.

«Sehen Sie sich mal dieses Foto an. Das ist auf der Worcester-Fahrt aufgenommen worden.»

Sie betrachtete das Foto. «Ja, das habe ich damals in der Zeitung gesehen.»

«Wer ist die Frau rechts?»

«Das? Das ist Grete Müller, die Frau vom Bandleader. Und neben ihr, den kenn ich auch nur allzu gut: Carl Küsters, auch einer von Ottos Schützlingen. Das war übrigens der mit den dreihundert Mark Telefonkosten.»

«Und was hat der mit der Bigband zu tun?»

«Nichts, soweit ich weiß. Keine Ahnung, warum der mitgefahren ist. Vielleicht von der Partei aus, der ist auch bei den Grünen.»

Breitenegger kam mit dem Kaffee, und sie nahm einen großen Schluck. «Aber die Todesursache war Herzversagen, nicht wahr?»

«Ja.»

«Halten Sie es für möglich, dass Ihr Mann das Gift freiwillig genommen hat?», schaltete sich Breitenegger ein.

«Sie meinen Selbstmord? Nein, ganz bestimmt nicht.»

«Und Sie haben an ihm keine Veränderung festgestellt in den letzten Tagen? Stand er unter besonderem Druck?», beharrte Breitenegger.

«Nein», antwortete sie nur.

Toppe sagte nichts.

Karin Hetzel wurde unruhig.

«Haben Sie noch Fragen an mich? Ich mache mir Sorgen um die Kinder. Meine Mutter ist zwar bei ihnen, aber trotzdem.»

«Ja, natürlich.» Toppe stand auf und gab ihr die Hand. «Im Moment habe ich keine Fragen mehr. Und wenn Ihnen noch etwas einfällt, dann melden Sie sich bei mir.»

Sie ging leise hinaus.

«Eine sehr nette Frau», sagte Breitenegger.

«Ja, das finde ich auch.» Toppe blickte nachdenklich ins Leere.

«Dann wollen wir mal sehen, dass wir diesen Carl Küsters auftreiben.»

«Wen?», fragte Breitenegger. Toppe erzählte es ihm.

Siebzehn Grete Müller hatte Angst.

«Aber wenn das alles mit der Englandreise zusammenhängt, dann kann … mein Gott.»

Sie saßen in Müllers Esszimmer, der Bandleader, seine Frau, van Appeldorn und Astrid.

«Wie gut kannten Sie Otto Hetzel?» Van Appeldorn ignorierte ihre Aufregung.

Müller strich seiner Frau beruhigend über den Arm. «Wir haben ihn erst auf dieser Fahrt kennengelernt», antwortete er.

«Und er war so unheimlich nett», fügte seine Frau weinerlich hinzu. «Ich kann das überhaupt nicht glauben. Die waren alle nett, die José, der Jochen auch auf seine Art. Wer tut so was, und warum bloß?»

Van Appeldorn ging nicht darauf ein. Er legte ihnen das Foto auf den Tisch.

«Das Foto kennen Sie vielleicht, es war damals in der Zeitung. Wer ist dieser Mann?»

«Ach, Küsters.» Grete Müller klang verächtlich, und van Appeldorn hob fragend die Augenbrauen.

«Carl Küsters. Er war mit als Vertreter der Grünen», sagte Müller.

«Und wer ist sonst noch mitgefahren?»

«Keiner. Die Bigband, Otto Hetzel, Küsters, meine

Frau und ich. Und dann natürlich der Busfahrer, ein Herr Nienhuis.»

«Sie sind also mit dem Bus gefahren. Was ist auf der Reise vorgefallen?»

«Nichts!» Müllers Erstaunen war echt. «Was soll denn vorgefallen sein?»

«Gab es Streitigkeiten unter den Leuten, irgendeinen besonderen Vorfall?»

«Nein, davon weiß ich nichts. Wir haben uns ja auch nur zu den Auftritten getroffen und bei den Proben. Ansonsten waren wir in unseren Gastfamilien.»

«Waren Sie einzeln untergebracht?»

«Nein, die meisten von uns zu zweit.»

«Wer mit wem?»

«Das weiß ich nicht mehr. Da müssen Sie die Leute schon selbst fragen.»

«Mit wem hat Otto Hetzel zusammengewohnt?»

«Hetzel? War der nicht allein beim Bürgermeister untergebracht?», fragte er seine Frau. Sie nickte und stand auf. Sie war extrem dünn, mit flusigen, aschblonden Haaren und hektischen, unkontrollierten Bewegungen. «Wollen Sie auch etwas trinken?»

«Nein danke.» Van Appeldorn blickte nur kurz auf, zog seinen Notizblock aus der Tasche und schrieb etwas auf.

«Ich auch nicht, danke», sagte Astrid höflich, und Müller schüttelte nur den Kopf.

Sie ging hinüber zum Vertiko und goss sich einen Weinbrand ein.

«Und Jochen Reuter, hat der auch allein gewohnt?»

«Nein.» Müllers Antwort kam sicher und schnell. «Der war mit Küsters zusammen.»

«José Bruikelaer?»

Müller hob bedauernd die Schultern, aber seine Frau sprang ein. «Die war zusammen mit der Kleinen vom Baumgarten. Weißt du das denn nicht mehr? Bei diesem alten Pfadfinder, den Forresters. Die haben sich doch die ganze Zeit über den kaputtgelacht.»

«Ja, stimmt, jetzt, wo du's sagst.»

«Christiane Baumgarten?», hakte van Appeldorn nach.

«Ja.»

«Ist Ihnen etwas aufgefallen am Verhältnis der Leute untereinander? Man sitzt doch schließlich gute zwanzig Stunden zusammen im Bus.»

«Gott, was soll mir aufgefallen sein?» Müller klang ratlos. «Es war ganz normal, wie das so ist mit einer Gruppe von Jugendlichen. Wer sitzt neben wem? Wie sind die Gastfamilien? Welche Kassette soll der Busfahrer einlegen? Darf im Bus geraucht werden oder nicht? Das Übliche eben.»

«Ach komm», widersprach seine Frau, «da hat's doch 'ne Menge Krach gegeben.» Sie schien noch im Nachhinein ungehalten. «Dieser Küsters ist nämlich ein ganz militanter Nichtraucher. Der hat die ganze Fahrt über rumgepöbelt. Ausgerechnet der muss sich über Gestank aufregen!»

«Wieso?»

«Der ist geradezu abstoßend ungepflegt und riecht entsprechend.»

«Wissen Sie, wo ich diesen Herrn Küsters finden kann?»

«Nein», antwortete Müller schlicht.

«Er hat jedenfalls keine Arbeit», bemerkte seine Frau spitz. «Darüber hat er sich lang und breit ausgelassen.»

«Sie haben sich näher mit ihm unterhalten?»

«Pfui, Gott bewahre! Aber manchmal konnte ich ihm nicht rechtzeitig entkommen.»

«Gut, hat es noch andere Probleme gegeben?»

Sie überlegten eine Weile, aber offensichtlich war keinem von beiden etwas im Gedächtnis geblieben, das erwähnenswert schien.

«Hatten Jochen Reuter und José Bruikelaer engeren Kontakt?»

«Nicht, dass ich wüsste», antwortete Müller. «Der Jochen war mehr so ein Einzelgänger.»

«Einzelgänger!», fiel ihm seine Frau ins Wort. «Ganz schön arrogant war der. Für den waren das doch alles Kinder. Ich hab ja nie kapiert, warum der in der Bigband war. Er hat keinen Hehl daraus gemacht, dass die ihm alle eine Nummer zu klein waren. Aber José, die war einfach richtig nett. Die konnte den Reuter auch nicht besonders leiden.»

«Woher willst du das wissen?», fuhr ihr Mann sie an.

«So was merkt man doch.»

Breitenegger hatte den Zentralcomputer in Berlin befragt: ‹Carl Maria Küsters, geboren am 7. Februar 1957 in Kleve, zuletzt gemeldet bei Hanns Martin Küsters, Am Sender 7›.

«Na, dann will ich mal sehen, dass ich ihn auftreibe.» Toppe sah auf seine Uhr, halb zehn – seit dem letzten Mord waren neun Stunden vergangen.

Hanns Martin Küsters gehörte ohne Zweifel der gehobenen Einkommensklasse an. Das Haus, vor dem Toppe stand, war ein großer, weißer Bungalow. In der Einfahrt ein makellos polierter grauer Benz, auf dem Rasen vor der Haustür eine abstrakte Metallskulptur. Es gab keine Klingel, nur einen schweren Klopfer an der glatten, kupfernen Haustür. Toppe klopfte. Drinnen schlug ein Hund an.

«Ruhig, Prinzess», rief der Mann, der ihm jetzt die Tür öffnete. Er war recht klein, hatte schütteres, weißes Haar, das er von hinten über die Stirnglatze gekämmt hatte, einen kurzen, eisgrauen Bart und trug eine silberne, schmale Metallbrille. Fragend sah er den späten Besucher an.

Toppe stellte sich vor. «Ich möchte Herrn Carl Küsters sprechen.»

Der Mann hielt ihm die Tür auf. «Ich bin sein Vater. Kommen Sie doch herein.» Er ging voraus durch die mit Schiefer ausgelegte Halle zum Wohnzimmer.

Ein Collie kam ihm schwanzwedelnd entgegen. «Platz, Prinzess», sagte Küsters, aber den Hund interessierte die Anweisung nicht.

Das Wohnzimmer war mindestens siebzig Quadratmeter groß und ausgesprochen geschmackvoll eingerichtet. Trotzdem hatte es eine kühle und unpersönliche Atmosphäre. Die teuren, skandinavischen Möbel stammten aus den frühen sechziger Jahren und waren damals avantgardistisch gewesen. Die Sessel glichen Regiestühlen, waren aus Teakholz und schwarzem Wildleder, der offene Kamin trug eine glatte, schnörkellose Kupferhaube, an den Wänden hingen blasse, abstrakte Ölgemälde. Der hintere Teil des Raumes wurde ausgefüllt durch einen großen, ovalen Glastisch mit acht schmalen Teakstühlen. Auch hier war der Boden aus Schiefer. Es gab keine Teppiche, keine Gardinen, nicht einmal Topfpflanzen, nur zwei moderne Granit-und-Stahl-Objekte vor den breiten Fenstertüren.

«Nehmen Sie Platz.» Küsters setzte sich.

Toppe versuchte linkisch, seine fast zwei Zentner in dem tiefen Sessel unterzubringen.

«Mein Sohn hat das Haus verlassen», sagte der Mann ruhig. «Warum möchten Sie ihn sprechen?»

«Wir haben einige Fragen an ihn im Zusammenhang mit einem Mordfall. Heißt das, Ihr Sohn ist ausgezogen?»

«Ja, vor etwa einem Jahr.»

«Und wie ist seine neue Adresse?»

«Er hat keine.» Die knappen Antworten standen in einem merkwürdigen Gegensatz zu den eigentlich freundlich und offen blickenden Augen des Mannes.

«Wissen Sie, wo wir ihn finden können?»

«Nein.»

«Vielleicht bei seiner Arbeitsstelle?»

«Mein Sohn hat keinen Beruf.»

«Würden Sie mir die Namen einiger seiner Freunde nennen?»

Fast erwartete Toppe die Antwort ‹mein Sohn hat keine Freunde›, aber der Mann lachte trocken auf. «Vielleicht versuchen Sie es einmal bei Otto Hetzel.»

«Herr Küsters, Otto Hetzel ist heute Mittag ermordet worden.»

«Wie bitte? Du lieber Gott.»

«Hatte Ihr Sohn engeren Kontakt zu Herrn Hetzel?»

«Es tut mir leid, ich weiß nicht, wie eng der Kontakt im letzten Jahr war.»

«Und vorher?»

«Da könnte man das wohl einen engeren Kontakt nennen.»

«Sie können mir also nicht weiterhelfen?»

«Nein», antwortete er bitter. «Ich habe lange nicht mehr mit meinem Sohn gesprochen. Vielleicht fragen Sie einmal bei den Leuten von der grünen Partei nach. Die wissen sicher mehr über ihn als ich. Tja», er stand auf.

Toppe erhob sich schnell.

«Wenn Ihr Sohn sich bei Ihnen meldet, richten Sie ihm bitte aus, dass wir mit ihm sprechen wollen.»

«Aber natürlich. Platz, Prinzess!»

Der Hund fegte Toppe zwischen die Beine.

Rudernd suchte Toppe Halt und verfing sich in einem der Sesselbeine. Krachend kippte der Sessel nach hinten. Toppe stöhnte auf, er hatte sich den Fuß verknackst.

«Entschuldigung.» Küsters stellte den Sessel wieder auf.

Toppe biss die Zähne zusammen und marschierte zur Haustür.

«Wie war noch Ihr Name?»

«Toppe.»

«Auf Wiedersehen, Herr Toppe.»

Leise fluchend humpelte er zu seinem Auto. Es hatte plötzlich angefangen zu regnen, und die Luft war voll von dem satten Geruch, der eintrat, wenn die ersten dicken

Regentropfen auf staubigen, warmen Asphalt fielen. Aber er konnte ihn nicht genießen.

Auf dem linken Bein stehend schloss er die Autotür auf und ließ sich auf den Sitz fallen. Er zog den rechten Schuh aus, legte den Fuß auf den Beifahrersitz und betastete ihn vorsichtig. Der Außenknöchel war bereits angeschwollen. Das konnte ja heiter werden. Schnell zog er den Schuh wieder an – wenn er noch länger wartete, würde er nie wieder reinkommen –, startete den Wagen und warf einen letzten Blick auf die Kupfertür, die jetzt wieder geschlossen war. Der Mann hatte sich so angehört, als sei sein Sohn bereits gestorben.

Ob er ihn rausgeworfen hatte?

Astrid machte einen wohltuenden Aufstand um seinen Fuß. Sie besorgte von irgendwoher ein nasses Handtuch, das sie ihm als kühlenden Umschlag um den Knöchel wickelte, und überredete ihn, das Bein hochzulegen.

So versorgt, las er van Gemmerns Bericht. Das Gift war tatsächlich in den Negerküssen gewesen. Die Packung hatte zwölf Negerküsse (van Gemmern schrieb ‹Schokoküsse›) enthalten, vier fehlten, alle übrigen acht waren mit Digitalis präpariert. Das Gift war offensichtlich mit einer feinen Kanüle hineingespritzt worden. Über die genaue Menge in den einzelnen Schokoküssen hatte van Gemmern nichts geschrieben. Das mussten die detaillierten Untersuchungen in Düsseldorf ergeben.

Sie tauschten ihre Ergebnisse aus.

«Ja, wo dieser Küsters steckt, habe ich auch nicht rausfinden können», sagte van Appeldorn, als Toppe seinen Bericht beendet hatte. «Das weiß anscheinend kein Mensch. Auch sonst geben die Informationen über ihn nicht viel her: penetrant, ungepflegt mit strengem Geruch, militanter Nichtraucher.»

Irgendwo in Toppe schlug eine Glocke an, aber er konnte den Klang nicht festhalten.

Heinrichs meldete sich zu Wort: «Christiane Baumgarten sagte auch, er wäre ihnen ganz schön auf die Nerven gegangen mit seinen Stänkereien wegen dem Rauchen. Tja, und sonst konnte sich keiner auch nur an das Geringste erinnern, was für uns von Wichtigkeit wäre. Ich meine, fast jeder hat uns von einem kleinen, persönlichen Streit erzählt, aber das ist alles ohne Belang.»

«Auch dat, wat der Dr. Baumgarten gesagt hat?», fragte Ackermann. «Is' dat auch ohne Belang?»

«Also, ich sehe da nichts», sagte Heinrichs stur.

«Wieso, was war denn?», fragte Toppe.

«Ach, da hat es wohl einen sehr lauten Krach gegeben zwischen dem Müller und Jochen Reuter. Es ging um einen Anteil, den der Reuter nicht bezahlen wollte. Aber es tut mir leid, ich sehe da beim besten Willen kein Mordmotiv.»

Breitenegger gähnte herzhaft. «Ich habe das Foto nach Düsseldorf gefaxt. Die Kollegen dort wollen morgen früh mit Reuters Freundin sprechen, über die Fahrt nach Worcester und Otto Hetzel.»

«Gut.» Toppe nahm vorsichtig seinen lädierten Fuß vom Schreibtisch, er kam sich in dieser Position zu albern vor. «Willst du nicht nach Hause gehen, Günther? Du siehst etwas mitgenommen aus. Wir anderen müssen ja leider noch unsere Berichte schreiben.»

Breitenegger brummte etwas Ablehnendes.

«Doch, geh ruhig. Du musst morgen früh fit sein. Was meinst du, was hier los sein wird, wenn die Zeitungen erst raus sind.»

«Wir werden um eine längere Pressekonferenz nicht herumkommen.» Breitenegger reckte sich und grinste. Er kannte Toppes Abneigung gegen die Presse nur zu gut. «Und diesmal bestimmt überregional», fügte er gut gelaunt hinzu.

«Du scheinst dich ja richtig drauf zu freuen», stellte Toppe fest und rieb sich ächzend seinen schmerzenden Knöchel.

Achtzehn

Breitenegger ging nicht nach Hause.

«Wenn ich fit sein muss, dann bin ich auch fit.»

Und während die anderen widerwillig ihre Berichte schrieben, telefonierte er mit dem Staatsanwalt, der immer gern auf dem aktuellen Stand sein wollte.

Astrid hatte den einzigen Bericht, den van Appeldorn ihr zugeteilt hatte, längst fertig. Sie fühlte sich zerschlagen und klebrig, sehnte sich nach einer Dusche und ihrem Bett. Erst heute Morgen die Fahrt nach Bonn, dann gleich die neue Aufregung über den dritten Toten und die vielen Befragungen heute Abend. Es fiel ihr nicht leicht, so schnell auf den neuen Fall umzuschalten, geschweige denn, konnte sie die drei Fälle kombinieren. In ihrem Kopf herrschte ein wüstes Durcheinander von Einzelheiten.

Es war stickig und viel zu warm. Das Fenster war fest geschlossen, aber Astrid traute sich nicht, aufzustehen und frische Luft reinzulassen. Der Raum war einfach zu klein für die sechs Leute, die jetzt dort arbeiten mussten. Sie unterdrückte ein Gähnen und rieb sich den Nacken. Wie hielten die anderen das bloß durch? Wenn man sie jetzt so sah, käme man nicht darauf, unter welchem Druck sie standen. War das nun die vielgerühmte Routine oder einfach Abstumpfung?

Nur Ackermann saß verkrampft da und porkelte mit

dem Kuli in der Nase. Man konnte sehen, wie angestrengt er nachdachte. Vermutlich suchte er wieder nach guten Formulierungen. Er hatte aber auch wirklich keinen leichten Stand in dieser Truppe. Sie selbst ja eigentlich auch nicht. Sie war doch auch ein Neuling unter diesen alten Hasen. Aber sie hatte den Bonus, eine Frau zu sein. Komisch, aber hier war es tatsächlich ein Bonus. Na ja, noch nahm sie ja auch keinem Mann den Job weg, und zu sagen hatte sie auch noch nichts.

Van Appeldorn saß Ackermann gegenüber. Er schrieb flüssig, mit unbewegtem Gesicht. Aber er hatte sowieso wenig Mienenspiel. Breitenegger las irgendwas, dabei rauchte er wie immer seine Pfeife. Eine richtige Vaterfigur, dachte sie. Dick und nie aus der Ruhe zu bringen. Er saß fest auf seinem Stuhl, und wenn die Wogen zu hoch schlugen, konnte er immer alle wieder auf den Boden zurückholen.

Heinrichs zeichnete etwas auf ein großes Blatt. Er hatte den Kopf schräg gelegt und machte ein pfiffiges Gesicht. Bei ihm hatte sie immer das Gefühl, dass er seine Arbeit als eine Art Spiel ansah. Wie damals ihr Physiklehrer. Der konnte sich auch immer freuen wie ein Kind über seine gelungenen Versuche und mit den Füßen stampfen, wenn etwas misslang. Heinrichs war auch dick, richtig fett eigentlich, aber nicht so ein Berg wie Breitenegger, irgendwie beweglicher, mehr wie ein dicker Gummiball. Na ja, bei vier Kindern. Die Frau würde sie gern mal kennenlernen. «Wat, bloß vier?», hatte Ackermann neulich frech gefragt, und Astrid grinste im Stillen, als sie an Heinrichs Antwort dachte: «Bin ich Artist?»

Toppe sah grau und eingefallen aus. Vielleicht lag es an den Schmerzen. Er hatte den Fuß wieder hochgelegt. Er tat nichts, schrieb nicht, las nicht, sondern starrte nur finster vor sich hin. Er wühlte nicht einmal in seinem Bart.

Lasst dicke Männer um mich sein, dachte sie und lächelte leise. Trotz seines Übergewichts war Toppe nicht unattraktiv. Sein Aussehen war eigentlich ganz unwichtig. Van Appeldorn sah ja objektiv ziemlich gut aus: groß, schlank, mit dunklen Locken. Trotzdem konnte sie nichts an ihm finden. Er war so kühl und kontrolliert, oft zynisch, jedenfalls keiner, mit dem man sich so richtig fetzen konnte und das Gegenteil eben auch nicht. Eigentlich war der doch genau der richtige Typ für den Leiter einer Mordkommission, oder?

Sie unterdrückte das nächste Gähnen. Sollte sie jetzt doch mal fragen, ob sie nach Hause gehen konnte?

Toppe sah plötzlich auf, und ihre Blicke begegneten sich. «Kennen Sie einen bei den Grünen, Astrid?»

Sie hatte keine Probleme damit, sofort auf die Wirklichkeit umzuschalten. «Ja, ein paar Leute kenn ich wohl. Der Vorsitzende heißt Jupp Lievertz.»

«Und wie komme ich an den ran?»

«Der ist Lehrer am Sebus-Gymnasium. Ich hatte den früher mal in Bio.»

Toppe schrieb sich den Namen auf. Morgen früh würde er sein Glück versuchen.

Astrid kam um den Schreibtisch herum und wickelte behutsam das Handtuch von seinem Fuß. Toppe biss die Zähne zusammen.

«Meine Güte!» Sie erschrak. «Das sieht wirklich böse aus.»

Toppe warf einen vorsichtigen Blick auf seinen Fuß, der Knöchel war zu einem unförmigen, bläulichen Gebilde angeschwollen.

«Sie sollten zum Arzt gehen. Das könnte ein Bänderriss sein.»

«Pass auf, Helmut, dann kriegst du womöglich noch einen Adimed-Schuh», bemerkte van Appeldorn, ohne von seinen Papieren aufzublicken.

Ackermann lachte gackernd. Auch er war bei dem Schuhfall im letzten Jahr dabei gewesen.

Toppe war überhaupt nicht nach Witzen zumute. Wann sollte er wohl zum Arzt gehen? Das war völlig unmöglich.

«Besorgen Sie sich wenigstens eine Gehstütze», schlug Astrid vor.

Er schüttelte missbilligend den Kopf: «Ich lauf doch nicht mit 'ner Krücke rum.»

«Ich sehe schon die Schlagzeile.» Van Appeldorn malte sie mit einer ausholenden Handbewegung in die Luft: KOMMISSAR T. BEIM DIENST AN DER MENSCHHEIT ZUM KRÜPPEL GEWORDEN.»

«Oder auch», sprang Heinrichs ein, «NUR NOCH KRÜCKEN BEI DER POLIZEI?»

Es klopfte. Automatisch sah Toppe auf die Uhr, gleich Mitternacht.

Es war Hubert Flintrop von der Schutzpolizei. Toppe konnte ihn nicht leiden, und das beruhte eindeutig auf Gegenseitigkeit. Flintrop war anmaßend und frech mit einem Hang zu Schlüpfrigkeiten. Er überschritt des

Öfteren seine Kompetenzen und hatte sich damit schon mehrfach Beschwerden eingehandelt. Er betrachtete die Kripo als eine Art natürlichen Feind nach dem Motto: Wir machen die Drecksarbeit, und die feinen Herren sitzen auf ihrem dicken Hintern und drehen Däumchen.

Als er jetzt reinkam, übersah er Toppe geflissentlich und sagte in van Appeldorns Richtung: «Morgen. Wollt' ma' kucken, wie't so läuft.»

«Morgen, Hubert. Wie soll's schon laufen. Man tut, was man kann.» Van Appeldorn schob seinen Stuhl zurück und legte beide Beine auf den Schreibtisch.

Flintrop lehnte sich lässig an die Wand und musterte Astrid in ihrem Minirock mit einem klebrigen Blick von unten nach oben. Sie ignorierte ihn und nutzte die Unterbrechung, um endlich das Fenster zu öffnen.

Flintrops Blick blieb auf ihrem Po hängen. «Von solchen Arbeitsbedingungen träumt unsereins bloß», bemerkte er anzüglich. «Habt ihr übrigens 'ne Idee, wat wir den Leuten sagen sollen?»

«Welchen Leuten?», fragte Toppe.

«Ja, wat glauben Sie denn, wat bei uns los is'! Ihr kriegt ja nichts davon mit hier oben. Aber Mann!»

Er ging rüber zu van Appeldorn, stützte beide Hände auf den Schreibtisch und beugte sich vertraulich vor.

«Et es äwel ok nas en Chicago, wa?»

Van Appeldorn lachte. «Jo, se hemme ons moj te pakke.»

«Wij sech ge dat! Wat ment ge, wat dat Telefon bemmelt. Jan en alleman es an't anruupe. Ängst! Dor köj de Pemperenällekes beij kriege.»

«Dat glöv ek unbesien.» Van Appeldorn hörte sich ganz besonders verständnisvoll an.

Toppe kochte innerlich. Er verstand mal wieder kein Wort.

«Ek well ow wat segge», fuhr Flintrop fort. «Wej make ons kapott en gej düt bloot Fliere fleute. Sit ens tu, dat ge gauw den Mörder krecht, sonst geft dat enen Volksaufstand.»

«Gauw hät de Näkk gebrooke», knurrte Heinrichs.

Toppe reichte es gründlich. «Es wäre mir lieb, wenn ihr eure sprachpraktischen Übungen ein andermal fortsetzen könntet!»

Flintrop richtete sich auf und sah Toppe ernst an. «Entschuldigung, Herr Toppe, aber es ist wirklich so, dass wir nicht wissen, wie wir die Bürger beruhigen sollen.»

«So schlimm wird's schon nicht sein. Die Bürger beruhigen!», Breitenegger verdrehte die Augen.

«Na, dann können wir ja mal für ein paar Stunden die Plätze tauschen, Herr Breitenegger. Nun denn», Flintrop drehte sich unschlüssig zur Tür, «ich hab et wenigstens gesagt.»

«Und was hat er jetzt gesagt?», fragte Toppe.

Heinrichs erzählte es ihm.

«Verstehen Sie wirklich kein Platt?», fragte Astrid erstaunt.

«Nicht eine Silbe», antwortete Toppe. Er ging zum Fenster hinüber und starrte in die Dunkelheit.

Drei Tote in sechs Tagen. Alles ausgefallene Methoden. Der Mörder war zweifellos intelligent, und doch gab er sich keine Mühe, seine Spuren zu verwischen. War es wirklich ein Verrückter, wie Astrid befürchtete? Und wo, zum Teufel, lag das verbindende Motiv? Die Opfer waren so verschieden, wie man es sich nur denken konnte: José Bruikelaer, die nette, tüchtige Krankenschwester mit den oberflächlichen Beziehungen, Jochen Reuter, der arrogante Möchtegern-Profi, mit einer Familie belastet, Otto Hetzel, der Liebenswerte mit dem Helfersyndrom. Ob er mal mit einem Psychologen sprechen sollte? Schaden konnte es nichts. Und so, wie es aussah, mussten sie nach jedem Strohhalm greifen.

«Norbert, wie hieß noch der Psychologe in Bedburg, mit dem wir voriges Jahr zu tun hatten?»

«Wer? Ach so, Reimann. Klaus Reimann. Warum?»

«Ich denke gerade, vielleicht kann der ja aus den Einzelheiten, die wir kennen, ein Bild vom Täter entwerfen. Wir müssen einfach irgendwie weiterkommen.»

Van Appeldorn sah ihn mitleidig an. «Wie soll uns denn ein Psychologe weiterbringen? Ein Psychologe!», schnaubte er.

«Wieso? Ich fand den damals eigentlich ganz vernünftig. Und außerdem, du hörst doch selbst, was in der Öffentlichkeit los ist, und das kann nur schlimmer werden.»

«Die Idee ist gar nicht schlecht», sagte Heinrichs. «Vielleicht kann so ein Psychologe uns ja sagen, ob wir mit noch einem Mord rechnen müssen.»

«Quatsch!», schnappte van Appeldorn. «Außerdem, was hätten wir davon, wenn wir's wüssten? Wir würden uns doch nur selbst verrückt machen.»

«Gib mir mal das Telefonbuch rüber, Günther», Toppe ließ sich nicht beirren.

«Du willst den jetzt anrufen! Es ist nach Mitternacht!» Van Appeldorn hielt ihn für übergeschnappt.

«Und? Können wir darauf Rücksicht nehmen?»

Reimann fand Toppes Anliegen überhaupt nicht ungewöhnlich. Er wusste gleich, worum es ging. In der ganzen Stadt gab es in den letzten Tagen kein anderes Thema als die mysteriösen Morde, und nicht nur Reimann hatte sich schon seine Gedanken gemacht, in welchem Zusammenhang sie stehen konnten.

Sie verabredeten sich für den nächsten Abend beim Italiener. Toppe wollte dem Ganzen einen privaten Anstrich geben. Als offizielle Vorladung und Aussage würde er das dem Chef wohl kaum verkaufen können.

Sie verteilten die Aufgaben für den nächsten Tag:

Heinrichs würde nach Emmerich fahren und mit Bruikelaers Kollegen über die Englandreise reden, ihnen das Foto zeigen und herausfinden, ob jemand von den Leuten auf dem Foto José Bruikelaer besucht hatte oder gar am letzten Samstag gesehen worden war.

Breitenegger würde mit den Kollegen in Düsseldorf in Kontakt bleiben, die Jochen Reuters Freundin befragten.

Toppe und Astrid wollten sich auf die Suche nach Carl M. Küsters begeben und zunächst mit dem Parteivorsitzenden der Grünen sprechen.

Van Appeldorn würde sich weiter auf Jochen Reuter konzentrieren, zum HPH und zur Fachschule für Sozialpädagogik fahren.

Und Ackermann schließlich erhielt den Auftrag, zu Otto Hetzels Nachbarn zu gehen und herauszufinden, ob sie heute Morgen Beobachtungen gemacht hatten, die weiterhelfen würden.

Toppe konnte nicht einschlafen. Wann immer er sich bewegte, zog es dumpf in seinem Fuß. Schließlich wurden die Schmerzen so unerträglich, dass er sich von Gabi zwei Tabletten geben ließ. Gegen fünf Uhr fiel er in einen leichten Dämmerschlaf, aber die ganze Zeit spukte etwas in seinem Kopf herum, das er nicht packen konnte. Es war etwas, das Norbert gesagt hatte. Irgendetwas, das ihm gestern Abend schon quergekommen war. Was war es nur?

Mit einem Ruck setzte er sich auf.

Plötzlich hörte er Barbara van Gimborns Stimme so deutlich, als säße die Frau direkt neben ihm: «Aber José hatte schon ab und an mal Besuch. Einer von denen roch ziemlich streng. Der ist ihr wohl ganz schön auf die Nerven gegangen. Aber gesehen habe ich den nie.»

«Was ist denn? Kannst du nicht schlafen?» Gabi war aufgewacht.

Er legte sich wieder hin. «Ach, mir geht die ganze Zeit was im Kopf herum.»

Sie knipste die Nachttischlampe an. «Soll ich dir ein Bier holen? Vielleicht macht dich das müde. Du brauchst doch wenigstens ein paar Stunden Schlaf.»

Sie wartete nicht auf seine Antwort, sondern huschte hinaus. Er hörte sie in der Küche mit Gläsern klappern, verschränkte die Arme hinter dem Kopf und blickte ins Leere.

«Einer von denen roch ziemlich streng.» Carl Küsters

hatte also möglicherweise José Bruikelaer besucht. Das hieß es und mehr nicht. Und er war José Bruikelaer auf die Nerven gegangen, aber das schien ja ein typischer Charakterzug von diesem Küsters zu sein.

Gabi kam mit einer Flasche Bier und zwei Gläsern zurück.

«Mach dich doch nicht verrückt», sagte sie leise und reichte ihm ein Glas.

Er setzte sich auf. «Du bist gut! Kannst du dir vorstellen, was los ist?»

«Ja, sicher, ich höre kaum noch was anderes. Die Mordserie ist das Thema in der Praxis, und selbst die Kinder in der Schule reden über nichts anderes mehr. Christian und Oliver sind natürlich wortführend, quasi Fachmänner. Und du bist der Star.»

«Der Star», schnaubte er, «schöner Star! Ich habe noch nicht mal eine vernünftige Idee. Dabei war der Täter doch noch so nett und hat überall seine Visitenkarte hinterlassen.»

Neunzehn Der Druck auf seiner Blase ließ sich beim besten Willen nicht mehr ignorieren. Eine Weile lag er mit geschlossenen Augen und kämpfte sich durch die Watte in seinem Kopf.

Die Badezimmertür schlug krachend gegen die Wand, und Oliver brüllte: «Blödmann, ej!» Sieben Uhr. Er schwang sich aus dem Bett und ließ sich gleich wieder mit lautem Stöhnen in die Kissen fallen. Er hatte seinen Fuß vergessen.

Gabi klopfte gegen die Schlafzimmertür. «Frühstück», rief sie und war schon weitergeeilt.

«Ich komme schon», krächzte Toppe und hüpfte wie eine lahme Dohle zum Klo.

«Noch nicht besser?» Gabi schaute ihn mitleidig an und schob ihm den Stuhl zurecht, als er endlich zum Frühstück erschien.

«Was hat Papa denn?», krähte Oliver. «Bist du krank?»

«Ich hab mir bloß den Fuß verstaucht.»

«Zeig mal.» Oliver rutschte unter den Tisch. «Och, du hast ja Socken an. Tut es weh?», fragte er und lugte treuherzig unterm Tisch hervor.

Toppe lächelte. «Nicht so schlimm. Komm, setz dich wieder.»

«Eisspray», kommentierte Christian fachmännisch. Er war schließlich Fußballer.

«Wenn das mal reicht.» Gabi schüttete Kaffee ein. «Willst du nicht doch lieber zum Arzt gehen?»

Er schüttelte nur den Kopf. «Habt ihr heute keine Schule?», wechselte er das Thema.

«Pfingstferien!» Christian belegte sein Brot mit einer Scheibe Käse und bestrich es dann mit einer dicken Schicht Erdbeermarmelade.

«Aber du musst heute in die Praxis, oder?»

Gabi nickte. «Aber dann hab ich frei bis Donnerstag. Fünf schöne, lange Tage.»

Toppe erinnerte sich wieder. Vor ein paar Wochen hatten sie überlegt, doch wenigstens für drei Tage an die See zu fahren, nach Ameland oder Texel. Er hatte überhaupt nicht mehr daran gedacht. Prüfend betrachtete er seine Frau, aber sie schien nicht böse zu sein. Er fühlte sich schuldig, was natürlich Unsinn war, denn er hatte keinen Einfluss auf seine Arbeitszeiten. Trotzdem war es nicht richtig, dass ihm für die Familie – besonders für Gabi – oft überhaupt keine Zeit blieb.

Nicht einmal Zeit, an sie zu denken. Anfangs war Gabi oft mürrisch gewesen, aber mit den Jahren hatte das immer mehr abgenommen. War das nun ein gutes oder ein schlechtes Zeichen?

«Du bist gar nicht sauer», stellte er fest.

Sie lächelte mit den Augen. «Was sollte das auch bringen? Sag, soll ich dich zum Präsidium fahren?»

«Ich kann auch ein Taxi nehmen.»

«Blödsinn! Wenn du dich ein bisschen beeilst, schaffe ich das noch. Christian, lauf mal zu Oma rüber und frag, ob sie irgendeine Salbe gegen Verstauchungen hat.»

Christian sah sie empört an. «Wieso eigentlich immer ich?»

«Komm, diskutier nicht rum, zisch los.» Sie knuffte ihn freundschaftlich in die Seite. Christian sah sie wütend an und schob sich langsam den Rest seines Brotes in den Mund. Das war nicht ganz einfach, denn es war noch über die Hälfte der Schnitte. Gabi übersah es, und Christian gab schließlich auf und zischte los.

«Wird auch immer fauler, die alte Schweinebacke», meinte Oliver, «und so was will Mittelstürmer sein, pff!»

Toppe grinste. Er hätte noch Stunden hier am Tisch sitzen und seine Familie genießen können, aber jetzt betrat seine Schwiegermutter die Szene. Sie sah gewagt aus im türkisfarbenen Jogginganzug und mit güldenen Pantoletten an den nackten Füßen. Er schickte ein stummes Dankgebet zum Himmel, dass er sie nicht jeden Morgen sehen musste. Sie hatte einen Hängehintern und nicht nur das.

«Ja, Junge, was machst du bloß für Sachen! Komm, zeig mal her.»

Sie rauschte auf ihn zu, griff nach seinem Bein, und in wenigen Sekunden hatte sie seinen Fuß auf einen Stuhl gepackt und den Strumpf ausgezogen. Christian legte eine Tube Salbe und eine elastische Binde auf Toppes Frühstücksbrett.

«Mensch, ist der dick!» Er gab einen anerkennenden Pfiff von sich.

«Helmut, Jung, Gott, o Gott.» Die Schwiegermutter war in ihrem Element. «Damit musst du aber sofort zum Röntgen!»

«Hab keine Zeit. Aua, lass los!»

Toppe sah sie wütend an, aber sie drehte ungerührt noch einmal fachmännisch den Fuß hin und her. «Damit ist nicht zu spaßen. Das kann mal ganz ebkes gebrochen sein, und dann hast du nachher die Maläste davon.»

Gabi kam schnell um den Tisch herum. «Ich wickle den Fuß gleich. Lass nur, Mutti.»

«Bitte, wie du willst. Man meint's ja nur gut.»

«Weiß ich doch», lenkte Toppe ein. «Danke für die Salbe.»

«Oh, gern geschehen. So was hat man doch immer im Haus. Kommt ihr gleich rüber, Schatz?», wandte sie sich im Hinausgehen an Oliver.

Gabi wickelte die Binde stramm um sein Fußgelenk und befestigte das Ende mit zwei Metallhäkchen.

«Weißt du, wie man diese Klammern hier nennt?» Sie musste grinsen.

«Ja», stieß Toppe zwischen zusammengebissenen Zähnen hervor, «Schwiegermütter.»

Er schaffte es gerade noch, vom Eingang des Präsidiums bis zu Astrids Auto zu hüpfen. Humpeln war nicht mehr möglich. Er tat sich ziemlich leid.

Astrid stellte den Wagen auf dem Lehrerparkplatz des Sebus-Gymnasiums ab. Toppe kamen ungute Erinnerungen an letztes Jahr, als er hier in der Aula einen Mörder mitten aus einer Theateraufführung heraus hatte verhaften müssen.

Astrid bot ihm wortlos ihren Arm an. Er zögerte, ergriff ihn dann aber. Indem er sich fest darauf stützte, schaffte er es, langsam über den Parkplatz zu humpeln. Als sie um die Ecke bogen, standen sie unvermittelt vor einem hohen Bauzaun, der den Eingang versperrte. ‹BITTE BENUTZEN SIE DEN EINGANG AN DER BEETHOVENSTRASSE› stand auf einem kleinen Schild. Sie sahen sich schweigend an.

«Wir fahren mit dem Auto hin», entschied Astrid, und sie machten sich auf den weiten Weg zurück zum Wagen.

Der Direktor ließ Jupp Lievertz aus dem Unterricht holen. Er fand es offensichtlich aufregend, die Kripo in seiner Schule zu haben, und stellte ihnen sein «Sprechzimmer» zur Verfügung.

Jupp Lievertz entsprach Toppes Klischeebild eines Grünen so genau, dass er ein Schmunzeln nicht unterdrücken konnte.

Lievertz war Ende dreißig, hatte schütteres, zerzaustes Haar, einen krausen Bart, mild blickende Augen und einen müden, schlaksigen Gang. Er trug ausgebeulte Cordhosen, ein helles T-Shirt, das bis über die halben Oberschenkel reichte, und an den nackten Füßen braune Gesundheitssandalen.

«Hallo», grüßte er und schlakste zu ihnen herein. «Ach, Astrid», er erkannte sie sofort, «heute im Dienst?»

Er schüttelte beiden die Hände und ließ sich in einem der blauen Lehnstühle nieder. «Was gibt's denn?»

«Eigentlich hätten wir gern von Ihnen ein paar Auskünfte über jemanden, den wir im Zusammenhang mit einem Mordfall suchen», erklärte Toppe.

«Wir können ihn nicht finden», versuchte Astrid, das Satzungetüm zu entschärfen.

Lievertz zwinkerte vergnügt mit den Augen. «Den Mörder?»

«Nein», entgegnete Toppe, «aber jemanden, der uns vielleicht wichtige Informationen geben kann: Carl Maria Küsters.»

«Ach, du Himmel!» Lievertz verdrehte die Augen. «Wieso könnt ihr den denn nicht finden? Ich hab ihn gestern noch im Buchladen getroffen.»

«Um welche Zeit?», fragte Toppe.

«Och, so gegen fünf muss das gewesen sein.»

«Wissen Sie, wo er wohnt?»

«Keine Ahnung. Mann, das ist eine üble Geschichte mit dem Otto Hetzel, was?» Er schüttelte bedauernd den Kopf.

«Kannten Sie Hetzel?»

«Ja, schon über die Partei. Und was wollen Sie von Carl M.?»

Toppe antwortete nicht. Lievertz hob die Hände und verbeugte sich belustigt: «Ach so, klar, können Sie mir natürlich nicht sagen. 'tschuldigung.»

«Was ist denn das für einer, dieser Küsters?», wollte Astrid wissen.

«Oh, Gott, ja.» Lievertz lachte. «Das ist einer! Ich weiß gar nicht, wie ich den eigentlich kennengelernt habe. Irgendwie war der einfach immer da.» Er bremste sich. «Ich bin zwar nicht unbedingt ein Fan von Carl M., aber irgendwie fänd ich das auch nicht so gut, wenn ich jetzt einfach so über ihn loslege.»

«Ja, das verstehe ich gut. Aber Sie würden uns wirklich helfen. Ich möchte mir gern ein Bild von ihm machen können», erwiderte Toppe ruhig.

Der Lehrer sah ihn ernst an. «Ist es wirklich so wichtig für Sie?»

«Ja.»

«Okay.»

Lievertz beschrieb Carl M. Küsters als einen linkischen, unangenehmen Menschen. Einmal gebrauchte er sogar das Wort Parasit. Küsters war seit der Gründung der Offenen Grünen Fraktion in Kleve mit dabei und hatte ständig versucht, sich in den Vordergrund zu spielen. «Dauernd reißt er wichtige Aufgaben an sich, nur erledigen tut er nichts. Aber labern kann der gut.»

Wenn man Lievertz glauben konnte, musste Küsters bei jeder Bürgerinitiative und sonstigen alternativen Gruppierung der letzten Jahre dabei gewesen sein.

«Amnesty, Greenpeace, Donsbrügger Mühle, Atomwolke, die AKW-Sache, Pro Bahn, Netzgruppe, Golfplatz Hohe Luft und was sonst noch alles. Und überall dasselbe Lied: Entweder, wenn er selbst der Initiator war, lief sich die Geschichte sowieso tot, oder aber man schmiss ihn nach einer Weile raus. Bei uns ist da auch mal ein Parteiausschlussverfahren gelaufen mit Gericht und allem Pipapo.»

Auch was seine berufliche Karriere anging, hatte Küsters keine «glänzende» Vergangenheit. Lievertz wusste nicht genau, was Küsters nun eigentlich gemacht hatte, aber auf jeden Fall hatte er mehrere Ausbildungen abgebrochen.

«Aber komischerweise fällt der immer auf die Füße», sagte Lievertz. «Die Eltern haben aber auch ganz gut Knete, und ein bisschen Vitamin B ist oft hilfreich. Der hat sogar neulich einen Job beim Bundesvorstand gehabt. Aber auch da ist er nach ein paar Wochen rausgeflogen, weil er seinen Pflichten nicht nachgekommen ist. Die kriegen auch noch Geld von ihm.»

«Wieso auch noch?», fragte Astrid.

«Ha!» Lievertz lachte wieder. «Ich glaub, es gibt in ganz Kleve kaum einen, den der Carl M. nicht angepumpt hat. Ich kriege noch an die achthundert Mark.»

«Versteh ich nicht», wunderte sich Astrid, «wenn der doch so ein …» Sie stockte.

«Schmarotzer», half Lievertz bereitwillig aus.

«Ja», fuhr Astrid fort, «warum leihst du zum Beispiel ihm dann Geld?»

«Na ja, man kommt ja erst mit der Zeit dahinter. Außerdem, der hat so eine Art … man kommt sich wie ein Schwein vor, wenn man ihm nicht hilft.»

«Warum ist Carl Küsters mit der Bigband der Kreismusikschule nach Worcester gefahren?», wollte Toppe wissen.

«Ach ja, das war auch so 'ne Sache. Wir hatten ihn in den Schulausschuss gesetzt, weil er so scharf drauf war, aber da hat er nur Scheiß gebaut. Er war einfach untragbar. Wir mussten ihn rausnehmen. Stattdessen haben wir ihn zu dieser Städtepartnerschaft geschickt. Da war er dann auch sofort wieder in der vordersten Reihe dabei. Der hat sowieso so 'n Englandtick. Aber seit der Fahrt habe ich nichts mehr davon gehört, fällt mir gerade auf.»

«Gut», Toppe stützte sich mit beiden Händen auf den Tisch und stand vorsichtig auf. «Wo können wir ihn denn wohl finden?»

«Ich habe echt keine Ahnung», bedauerte Lievertz, «der wohnt mal hier, mal da.»

«Mit wem ist er denn befreundet, bei wem können wir weiterfragen?» Toppe blieb beharrlich.

«Befreundet? Ich glaube kaum, dass er viele Freunde hat.»

Er überlegte trotzdem. «Vielleicht fragen Sie die Anne Martini. Mit der hat er vor zwei Jahren in Goch einen Laden gehabt. Ist übrigens pleitegegangen.»

«Und wo finde ich Frau Martini?»

«Die wird in ihrem neuen Laden sein.»

«Ja, ich weiß schon», unterbrach Astrid, «der kleine Spielzeugladen unten in der Stadt.»

Toppe setzte sich langsam in Gang.

«Was haben Sie denn angestellt?», rief Lievertz.

«Fuß umgeschlagen.»

«Tja», Lievertz sah auf Toppes Füße. «Kaufen Sie sich mal ein Paar vernünftige Schuhe, dann passiert das nicht so leicht. Ich hatte früher auch öfter Ärger damit.»

Er klopfte Toppe freundlich auf den Rücken und hielt ihm die Tür auf. «So, ich muss jetzt schnell los, sonst geht's in meiner Klasse drunter und drüber», verabschiedete er sich. «Viel Glück beim Mörderfang», rief er noch über die Schulter zurück.

«Chef! Herr Toppe!», brüllte Ackermann.

Er kam quer über den Parkplatz am Präsidium gerannt, dass seine Haare und sein langer Bart nur so flatterten, und fuchtelte wild mit zwei Gehstützen. Keuchend blieb er vor Toppe stehen. Seine dicke Brille war ihm bis auf die Nasenspitze gerutscht. Er strahlte Toppe kurzsichtig an. «Hier», japste er und drückte Toppe die Gehstützen in die Hand, «meine alten Krücken.»

Toppe kämpfte einen stillen Kampf.

«Nu' machen Se doch nich' so 'n Bohei, Mensch», schimpfte Ackermann. «Wat meinen Se denn, wat ich mir alles von de Rubberduckies anhören musste, als ich die Dinger gebraucht hab. Na und?, hab ich mir gesagt. Die können dir doch die Hacken violen, haben ja auch nicht deine Schmerzen, hab ich mir gesagt. Und nu' los, Chef.»

Toppe schluckte. «Und wie kommt man mit diesen Dingern die Treppe hoch?»

Ackermann strahlte über sein ganzes nettes Schratgesicht. «Kein Problem, Chef. Kommen Se, ich zeig et Ihnen.»

Zwanzig

Schwerfällig kämpfte Toppe sich die Stufen hoch. Astrid und Ackermann waren beide mal neben, mal hinter ihm, um ihn notfalls aufzufangen oder zu stützen.

Wie bei einem einjährigen Kind, das gerade laufen lernt, ganz unauffällig im Auge behalten, dachte er mürrisch, aber er konnte nicht leugnen, dass die Gehstützen eine wirkliche Erleichterung waren.

«Na, endlich wirst du gescheit», war Breiteneggers einziger Kommentar zu den Krücken. Er war allein im Büro. «Die Düsseldorfer Schiene können wir getrost abhaken, Helmut. Diese Freundin vom Reuter weiß von gar nichts.»

Toppe nickte nur. «Und was hat sich sonst getan?»

Ackermann zog einen zerknautschten Zettel aus der Hosentasche. «Die Nachbarn von Otto Hetzel», sagte er und strich das Papier glatt. «Viel sind dat nich'. Rechts und links nur ein Haus und gegenüber Famila. Angeblich hat keiner wat gesehen oder gehört. Obwohl einer, Berghaus heißt der, sagt, er wär gar nicht da gewesen, bloß seine Frau. Die is' aber grad bei ihrer Schwester in Wachtendonk. Kommt erst morgen Abend wieder. Ich soll dann noch mal reinkommen.»

Er wartete, aber keiner sagte etwas.

«Soll ich jetzt nach Wachtendonk fahren?», fragte er schließlich.

Toppe rupfte sich ein Haar aus dem Bart. «Ach was, warten wir bis morgen Abend. Wahrscheinlich hat die Frau ja auch nichts gesehen. Wann ist die Pressekonferenz, Günther?»

«Um zwei.»

Halb zwölf. «Dann schaffen wir's noch, diese Frau Martini zu befragen.»

Es war ein zwar winziger, aber sehr hübscher Laden mit ausgesuchtem Holzspielzeug und schönen Stofftieren. Die Wände waren mit gewebten Teppichen in warmen Naturtönen dekoriert.

Als Astrid die Tür öffnete, erklang leise ein gläsernes Windspiel über dem Eingang. Es roch nach Bienenwachs und warmem Holz und ganz schwach nach frischem Rotkohl. Toppe kannte diesen Geruch. In seiner alten Wohnung hatten sie auch einen Sisalteppich gehabt.

Aus einem Vorhang am Ende des Raumes trat leise eine Frau.

«Hallo.»

«Hallo», antwortete Toppe.

Sie war Anfang dreißig, recht klein und unscheinbar, mit dunkelblondem, kurzem Haar, das sich im Nacken leicht kräuselte. Ihr ungeschminktes, rosiges Gesicht zeigte einen leicht verdrossenen Ausdruck.

Toppe sagte seinen Spruch auf.

Sie war nur mäßig überrascht. «Und was kann ich für Sie tun?»

«Wir möchten von Ihnen einige Informationen über Carl Maria Küsters.»

Anne Martini zog für einen Augenblick die Mundwinkel nach unten. Es war schwer zu sagen, ob diese Miene Bitterkeit oder Verachtung ausdrückte.

Sie blieb lange reserviert, und das Gespräch war zäh und zog sich über fast zwei Stunden hin, auch weil sie immer wieder von Kundschaft unterbrochen wurden.

Sie kannte Küsters seit «Ewigkeiten» und hatte 1987 in Goch einen Laden mit ihm aufgemacht, wo sie Möbel und Gebrauchsgegenstände aus den fünfziger und sechziger Jahren hatten verkaufen wollen. «Das Konzept stand», erzählte sie, «und am Anfang lief der Laden ganz gut.»

«Hatte Herr Küsters denn das nötige Startkapital?», fragte Toppe.

«Der nicht, aber seine Eltern.»

Schon nach ein paar Wochen aber hatte Küsters angefangen, andere Dinge ins Sortiment aufzunehmen, «Dritte Welt»-Artikel und Bücher über Esoterik, Geschlechterkonflikt und was sonst noch gerade den Zeitgeist bewegte.

«Irgendwie fing der völlig an zu spinnen, wollte noch eine Sitzecke einrichten, wo man Tee trinken und quatschen konnte. Das hatte alles mit unserem ursprünglichen Konzept überhaupt nichts mehr zu tun. Und wie der mit den Kunden umging! Wenn die nicht seine Weltsicht teilten, fing er endlose Diskussionen an oder schmiss sie fast raus. Ich konnte ihm nie klarmachen, dass wir schließlich was verkaufen wollten und davon leben mussten. Ich zumindest», ärgerte sie sich. «Wir haben uns schließlich bloß noch gefetzt.»

«Und sonst», fragte Astrid irgendwann, «hat er Sie auch angemacht?»

Toppe sträubten sich alle Haare, aber Anne Martini fand die Frage völlig normal.

«Ach, der versucht doch, jede erreichbare Frau anzubaggern. Aber der ist so verklemmt, dass einem schon im Ansatz alles vergeht. Und wenn er sich wenigstens bloß mal waschen würde.»

Nicht einmal ein halbes Jahr war der Laden gelaufen.

«Wir waren dermaßen in den roten Zahlen, dass ich gesagt hab, ich steige aus. Ich zahle übrigens heute noch daran ab.» Sie lachte böse. «Und das Allerbeste: Der hat mich auch noch ständig angepumpt!»

Anfangs hatte sie sich offensichtlich von seinen Theorien, wie man einen Laden führen sollte «und wie die Welt überhaupt funktioniert – hörte sich ja auch prima an», einwickeln lassen. «Aber später hab ich dann kapiert, dass das alles nur dummes Geschwätz ist, und dass so ein Geschäft einfach immer nach den gleichen Prinzipien funktioniert, ob man das nun wahrhaben will oder nicht.»

Küsters hatte dann, als sie aus dem Geschäft ausstieg, versucht, ein Gerichtsverfahren gegen sie anzustrengen. «Aber das hat mich auch nicht mehr umgehauen. Schließlich hat er mir jeden Tag erzählt, gegen wen er alles Prozesse führt: gegen das Sozialamt, gegen das Arbeitsamt und gegen die Stadtverwaltung. Der ist einfach nur ein aufgeblasener Spinner.»

«Wissen Sie, wo Herr Küsters wohnt?»

«Keine Ahnung. Er war aber vorgestern noch hier und wollte mich anpumpen.»

«Echt?» Astrid schüttelte ungläubig den Kopf, aber Anne Martini zuckte nur müde die Achseln. «Das macht der öfter, wenn er mal wieder knapp bei Kasse ist. Ich hab ihm gesagt, er soll doch sein Auto verkaufen, dann hätte er genug Geld. Da ist er mir fast ins Gesicht gesprungen.»

«Er war mit seinem eigenen Auto hier?», fragte Toppe.

Sie nickte.

«Was ist das für ein Wagen?»

«Eine Kastenente. Haben seine Eltern ihm damals gekauft – brandneu –, als wir den Laden aufgemacht haben.»

«Wissen Sie das Kennzeichen?»

«Nein, aber das Auto ist ziemlich auffällig, leuchtend gelb, und so viele Kastenenten fahren hier ja nicht rum.»

Toppe war völlig geschafft, als sie den Laden verließen. Astrid hielt ihm die Beifahrertür auf. «Was für 'n Typ», murmelte sie gedankenverloren.

Es war schon fünf nach zwei, als sie endlich im Präsidium waren, und Toppe hatte das Gefühl, sein Magen hinge ihm bis auf die Schuhspitzen.

«Wollen Sie dabei sein?», fragte er, während er die Treppe hochächzte.

«Da können Sie sich drauf verlassen», antwortete Astrid und öffnete die Tür, die Toppe in diesem Gebäude am allerwenigsten schätzte.

Und alle waren da. Am Kopftisch der Chef, kamerawirksam mit silbernem Federhalter in der Hand, seine Papiere durchblätternd. Neben ihm Dr. Stein, locker, ungerührt und neugierig. Dann die üblichen Schreiberlinge der Lokalblätter, aber auch der ‹Express› war vertreten, und Toppes spezieller Freund, Wagner von der ‹Bild›, machte sich in der ersten Reihe breit. Eine ganze Horde von Fotografen drängte sich neben der Tür zusammen, und Toppe entdeckte zu seinem Erstaunen Karin Hetzel mitten unter ihnen.

Der WDR tauchte die ganze Szenerie mit seinen großen Scheinwerfern in grelles Licht, Aktuelle Stunde, Schaufenster Düsseldorf. Ein Kameramann stand mitten im Raum.

Toppe arbeitete sich zu seinem Platz neben dem Chef vor. Er musste dies hier hinter sich bringen, ob es ihm nun passte oder nicht. Das Gemurmel war verstummt, als er zur Tür reingekommen war, also setzte er sein professionellstes Gesicht auf und hoffte, die Kamera möge noch nicht eingeschaltet sein, als er ungeschickt und schwerfällig durch die Arena hinkte.

Astrid war an der Tür geblieben. Gleich neben ihr stand Ackermann, tippte grüßend mit dem Finger an die Schläfe und nickte ihm zu.

Stein wartete, bis Toppe sich gesetzt hatte, sprach dann ein paar unverbindliche, begrüßende Worte und fasste souverän und knapp die Ergebnisse der bisherigen Ermittlungen zusammen.

Toppe sah die ganze Zeit nur Wagners konzentriertes Gesicht. Und prompt, kaum hatte Stein seine Ausführungen auch nur halbwegs beendet, schoss Wagner seine erste Frage ab: «Stimmen die Gerüchte, dass es sich bei dem geisteskranken Mörder um einen Patienten aus der Landesklinik Bedburg handelt?»

Toppe zündete sich eine zerknautschte Eckstein an. Das Gemurmel wurde wieder lauter.

Stein hob die Hand: «Ich bitte doch alle anwesenden Damen und Herren ausdrücklich darum, den Fall dem Sachstand gemäß der Öffentlichkeit mitzuteilen», sagte er mit mildem Lächeln. Dann erklärte er noch einmal geduldig den Sachstand und wischte so den «geisteskranken Mörder» vom Tisch.

«Gehen Sie eigentlich davon aus», meldete sich der Vertreter vom ‹Express› zu Wort, «dass ein Fall von dieser Größenordnung überhaupt auf dieser provinziellen Ebene geklärt werden kann?»

«Ja», fiel Wagner ein, «was meint denn die Landesregierung dazu?»

Der Chef räusperte sich und hob beide Hände. «Unsere Sonderkommission ist personell bereits über das normale Maß hinaus ausgestattet» – Toppe warf einen langen Blick auf Ackermann –, «und wir sind davon überzeugt, dass dieses Team die Sache ‹voll im Griff› hat, wenn ich das einmal so locker ausdrücken darf», scherzte der Chef und strich sich mit der linken Hand das Haar zurück. «Und ich möchte hinzufügen, dass wir in Herrn Hauptkommissar Toppe», er legte Toppe die Hand auf die Schulter, «einen erfahrenen und zuverlässigen Leiter dieser Sonderkommission gefunden haben. Er kann auf eine landesweit überdurchschnittlich hohe Aufklärungsquote zurückblicken.»

Toppe wusste kaum sein Gesicht zu kontrollieren.

Ein Vertreter der Lokalpresse meldete sich brav zu Wort: «Trifft es zu, dass Sie, Herr Dr. Bouwmans, in den nächsten Wochen Ihr Amt niederlegen?»

«Das trifft durchaus zu», antwortete der Chef irritiert.

«Bringen Sie denn in diesem Fall noch den für eine solche Aufgabe nötigen Elan auf?»

Ein Raunen ging durch den Raum. Toppe untersuchte seine Fingernägel.

Der Chef gab sich abgeklärt. «Natürlich stelle ich meine Position zur Verfügung, aber bestimmt nicht wegen dieses Falles. Und Sie können versichert sein, dass ich bis zum letzten Augenblick meiner Amtszeit Herrn Toppe und seinem Team unterstützend zur Seite stehen werde.»

Was für eine Farce, dachte Toppe, was für eine Zeitvergeudung.

Dies alles war an Schwachsinnigkeit kaum noch zu überbieten. Er fing an, sich zu langweilen. Die Spannung in seinem Magen ließ nach, und sein Blick wanderte durch den Raum. Er blieb bei Karin Hetzel hängen, die verdrossen die Stirn runzelte.

«Und wie hießen noch mal die Mordopfer, Herr Toppe?», fragte jetzt zusammenhanglos einer der Reporter, dem man gerade das Wort erteilt hatte.

Etwas dämlich, dachte Toppe, aber zumindest bodenständig, und er antwortete knapp.

«Gibt es für Sie konkrete Zusammenhänge zwischen den drei Toten?»

Jetzt geht's los, dachte Toppe. «Ja», antwortete er.

«Sie halten es also für möglich, dass es sich um ein und denselben Täter handelt?»

«Ja.»

«Haben Sie einen Verdächtigen, Herr Toppe?»

Er seufzte kurz. «Sie werden verstehen, dass ich zu diesem Zeitpunkt keine konkreten Angaben machen kann, um die Ermittlungen nicht zu gefährden.»

Die Reporter blieben erstaunlich ungerührt.

«Stimmt es, dass Otto Hetzel vergiftet wurde?»

«Ja.»

«Mit welchem Gift?»

«Digitalis», erwiderte Toppe – sicherer Boden.

«Besteht eine akute Gefahr für die anderen Mitglieder der Bigband?»

Toppe streckte ganz langsam seinen verletzten Fuß aus, aber Stein war schon zur Stelle: «Ich kann Ihnen persönlich zusichern, dass alles Menschenmögliche getan wird, um weitere Morde zu verhindern.»

Die Meute nahm es gelassen hin und schrieb. Man tat seinen Job.

Aber Wagner war noch da. «Fühlen Sie sich, Herr Toppe, nicht aufgrund Ihrer Behinderung überfordert, weiterhin die Bearbeitung des Falles zu leiten?»

«Ich bin Kriminalkommissar und keine Marathonläufer, Herr Wagner.»

«Was Herr Toppe sagen will», fiel ihm der Chef ins Wort, «der Kriminalbeamte, der hinter den bösen Mördern herläuft, gehört einfach in den Bereich der Fiktion.»

Keiner lachte.

Zum ersten Mal meldete sich der Redakteur des WDR zu Wort: «Ist es nicht eine Tatsache, dass Jochen Reuter in der Drogenszene anzusiedeln ist? Sehen Sie in diesem Kreis einen Tatverdächtigen?»

Bevor irgendjemand antworten konnte, setzte Wagner noch einen drauf: «Genau. Deutet das nicht vielleicht auf einen Zusammenhang mit der Drogenmafia hin? José Bruikelaer war ja schließlich Holländerin.»

Stein lächelte friedlich. «Es ist mir bisher nicht bekannt gewesen, dass eine Korrelation zwischen der niederländischen Staatsangehörigkeit und der Zugehörigkeit zur ‹Drogenmafia› besteht. Wenn jener Herr dort allerdings über weiterführende Informationen verfügt, wäre ich, respektive die Staatsanwaltschaft, natürlich äußerst dankbar, weitergehend informiert zu werden. Aber ich denke, die Frage des Herrn vom WDR verdient eine Antwort …»

Diesmal lachten alle, und Toppe wechselte einen Blick mit Karin Hetzel.

«Nach unserem bisherigen Erkenntnisstand besteht keine für die Mordfälle relevante Beziehung zur Drogenszene», sagte er.

Wagner lümmelte sich breitbeinig auf dem Stuhl. «Trifft es zu, dass José Bruikelaer vergewaltigt wurde?»

«Bei allen drei Opfern liegt kein Sexualdelikt vor», antwortete Stein trocken.

Aber noch bevor sich Toppe darüber freuen konnte, kam die nächste Frage von einem Lokalreporter: «Was hatte Otto Hetzel mit der Bigband zu tun?»

Toppe richtete sich ein wenig auf. «Otto Hetzel hatte etwas mit der Bigband zu tun», sagte er. «In welchem Zusammenhang möchte ich zum augenblicklichen Zeitpunkt nicht sagen.»

Wieder hörte man ein Raunen, und Stein sah auf seine Armbanduhr.

«Gibt es noch weitere Fragen?»

Er wartete nicht einmal drei Sekunden.

«Ich sehe, das ist nicht der Fall. Dann bedanke ich mich für Ihre Aufmerksamkeit. Guten Tag, meine Damen und Herren.»

Einundzwanzig

«I'm an Englishman in New York», tönte Sting aus dem Autoradio.

Van Appeldorn sang laut mit.

Im Heilpädagogischen Heim hatte er erfahren, dass Jochen Reuter dort mehr als vier Jahre, bis Anfang 1983, gearbeitet hatte. Nur mit Bedauern hatte man ihn gehen lassen, denn er wurde als guter und beliebter Mitarbeiter geschätzt.

Schwungvoll bog van Appeldorn in die Zufahrt zu den «Berufsbildenden Schulen des Kreises Kleve» ein.

Er würde mit einer anderen interessanten Information zum Präsidium zurückkehren. «Busparkplatz» las er und stutzte, ließ sich aber nicht beirren, sondern fuhr weiter geradeaus, bis ihn ein Schild nach links zum «Besucherparkplatz» wies. Der Parkplatz war voll. Er fuhr direkt bis vor den Eingang, stellte den Wagen schräg, halb auf dem Rasen, ab und betrat rasch das Gebäude.

Auf der rechten Seite der Halle war ein verglaster Raum, aus dem jetzt sofort ein Mann gestürzt kam, wohl der Hausmeister.

«Also bitte», polterte er los, «da können Sie Ihren Wagen auf gar keinen Fall stehen lassen.»

Van Appeldorn entschied sich für die Kinofassung: «Kriminalpolizei», gab er ruhig zurück und zog lässig seinen Dienstausweis aus der Hosentasche. «Ich muss in einer äußerst dringenden Angelegenheit mit Ihrem Chef sprechen.»

«Ach so», der Mann starrte auf den Ausweis, «das ist natürlich etwas anderes, Herr Kommissar. Zum Chef? Da folgen Sie bitte nur immer den gelben Handläufen. Sie können es gar nicht verfehlen.»

Van Appeldorn ging zur Treppe.

«Tach», nickte er einem kleinen Mann zu, der an der Ecke lehnte, dann sprang er – wenn schon Kino, dann auch richtig – mit einem Satz über die Absperrung.

«Mooment mal, mein Herr!» Napoleon hatte seinen Auftritt, aber van Appeldorn gelang es schließlich doch noch, zum Allerheiligsten des Chefs vorzudringen.

Der Direktor war ein kooperativer Mann und ließ sofort, nachdem er in einigen Akten geblättert hatte, Jochen Reuters früheren Klassenlehrer holen.

«Herr Tollens ist einer meiner fähigsten Kollegen. Wissen Sie, das ist noch einer vom guten alten Schlag, einer, der sich als Erzieher versteht.»

Nach dieser Äußerung sah van Appeldorn dem Gespräch mit eher gemischten Gefühlen entgegen.

Manfred Tollens war Ende fünfzig. Er hatte ein auffallend zerfurchtes Gesicht und intelligente, fragende Augen.

«Ihr Chef sagte mir, Sie seien der Klassenlehrer von Jochen Reuter gewesen.»

Tollens konnte sich sofort erinnern. Jochen Reuter sei ein recht guter Schüler gewesen. Mit ihm hatte es keine Probleme gegeben. Er bedauerte Reuters Tod, und van Appeldorn hatte den Eindruck, dass er es auch so meinte.

«Und Ihr Chef berichtete mir, dass Sie Carl Küsters ebenfalls unterrichtet haben.»

In Tollens' Augen blitzte es kurz fragend auf. «Das stimmt, aber das war einige Jahre nach Jochen Reuter. Und die Karriere von Herrn Küsters bei uns war auch ziemlich kurz.»

«Man hat mir schon im HPH erzählt, dass Küsters dort aus seinem Praktikum rausgeflogen ist.»

«Das ist richtig. Danach hat er auch keine andere Praktikumsstelle mehr angenommen, sondern ganz das Handtuch geworfen.»

«Wie lange war Küsters Ihr Schüler?»

«Fast anderthalb Jahre.»

«Und daran können Sie sich so schnell und sicher erinnern? Oder hatten Sie später noch Kontakt zu ihm?»

«Nein, aber Küsters ist keiner, den man so leicht vergisst. Er war ein ziemlich schwieriger junger Mensch.»

«Inwiefern?»

«Nun, das ist nicht leicht in Worte zu fassen. Er war nicht unintelligent, hat sehr viel gelesen, scheute keine Diskussion. Nur … wie soll ich mich ausdrücken … er hat nicht verstanden, dass es sich bei den Dingen, die er las, sozusagen um Denkmodelle handelte. Er hat diese Denkmodelle in einer merkwürdigen Art und Weise zu seinem eigenen geistigen Eigentum gemacht. Wenn man so will, Halbwissen absolut gesetzt. Sein Verhalten war da sehr rigide. Er war meist nicht in der Lage, über vernünftige Argumente anderer nachzudenken.» Er unterbrach sich selbst mit einem leisen Lachen. «Er war zum Beispiel ein glühender Verfechter der Antipsychiatrie. Das

Problem bestand nur darin, dass er sich mit dem Krankheitsmodell der bisher praktizierten Psychiatrie nicht auseinandergesetzt hatte.»

«Interessant.» Van Appeldorn fiel nichts Besseres ein.

«Ja, nicht wahr? Damals allerdings fand ich es weniger interessant als vielmehr unangenehm. Herr Küsters konnte nämlich mit jeder Form von Kritik an seinen Denkmodellen sehr schlecht umgehen. Er reagierte da sehr empfindlich, oft allergisch.»

«Ja, Ähnliches hat man mir auch im HPH berichtet.»

Tollens erwiderte nichts.

«Und zu Herrn Reuter fällt Ihnen nichts Auffälliges mehr ein?»

«Auffälliges? Ich weiß nicht, was für Sie auffällig ist. Meine Maßstäbe sind da vermutlich anders als die Ihren. Zudem stumpft man an einer solchen Schule mit den Jahren ein wenig ab, nehme ich an. Das Spektrum ist sehr breit gestreut. Jochen Reuter, langes Haar, Pferdeschwanz, enge Lederhosen, ein bisschen eitel. Die jungen Damen in der Klasse fanden ihn interessant, weil er sich kühl und gelassen gab, fast ein wenig arrogant, denke ich. Aber im Grunde war er ein netter Kerl. Ein Schüler, der sich Gedanken machte. Vielleicht hatte er hin und wieder mit Drogen zu tun, aber sicher nicht mit harten. Von seiner familiären Situation her war er es gewöhnt, Verantwortung zu übernehmen, und deshalb war er wohl auch bei uns immer sehr zuverlässig.»

«Und das wissen Sie alles noch so genau nach über zehn Jahren?»

«Ach, ich versuche immer, den Schüler in seiner Person

zu erfassen. Das ist oft schwierig, weil unsere Schüler ja nur für eine relativ kurze Zeit bei uns sind, aber man sollte sich doch bemühen.»

«Otto Hetzel war ja auch …»

«O ja, das ist ein schlimmer Verlust, der mich auch persönlich schmerzt. Herr Hetzel war ein wirklicher Lehrer, wenn Sie wissen, was ich damit meine. Er hat sich mit allen Mitteln, auch persönlicher Art, für seine Schüler eingesetzt. Übrigens hat er sich auch sehr intensiv um Carl Küsters gekümmert.»

«War er auch Reuters Lehrer?»

«Ja, ich bin ziemlich sicher, dass er ihn zumindest zeitweise unterrichtet hat. Doch, doch, er war Reuters Deutschlehrer.»

Toppe sah, als er schon auf dem Weg zur Tür war, dass der Redakteur vom WDR auf ihn zusteuerte, aber er brauchte sich nicht zu sorgen: Der Chef stürzte an ihm vorbei, dass es ihm fast die rechte Krücke wegriss. «Aber natürlich bin ich bereit, dem WDR ein weiterführendes Interview zu geben.»

Ackermann wartete auf dem Flur. «Soll ich wat zu futtern besorgen, Chef? Brötchen un' Kaffee un' so?»

«Ja, das wäre prima, Herr Ackermann.»

Im Büro saßen Breitenegger und van Appeldorn, tranken Kaffee, rauchten und warteten auf ihn.

Astrid lief zum Fenster und öffnete es, kaum dass sie den Raum betreten hatte. «Mensch, das ist ja nicht zum Aushalten!»

«Wieso? Sie rauchen doch selber auch ganz kräftig», gab van Appeldorn zurück.

«Aber ich lasse wenigstens noch Sauerstoff rein.»

«Sauerstoff in hohen Dosen ist toxisch», brummte Breitenegger. «Und, wie war's?»

«Wie immer.» Toppe ärgerte sich, dass er sich auf seinen Stuhl setzen musste, anstatt, wie er es am liebsten tat, am Fenster zu stehen, bequem gegen die Fensterbank gelehnt. «Und du, Günther, warum machst du so ein finsteres Gesicht?»

«Ach, ich denke nur über das nach, was Norbert eben erzählt hat.»

Van Appeldorn berichtete von der Berufsschule, von seinem Besuch im HPH und von Küsters' kurzer Praktikantenlaufbahn dort. Reuter und Küsters hatten sich damals, wie man ihm erzählt hatte, ganz gut gekannt. Küsters war mit den Patienten eigentlich gut klargekommen. Er selbst aber hatte seine Aufgabe weniger in der Betreuung der Patienten als vielmehr in der Erstellung neuer Konzeptionen gesehen. So hatte er ein Alphabetisierungskonzept entwickelt und durchgesetzt, dass er den Kurs durchführen konnte. Dabei blieb es dann aber auch. Trotz häufiger Anmahnung war der Kursus nicht angelaufen, und Küsters hatte immer neue Ausreden gefunden. Reuter hatte ihn dennoch unterstützt und sich immer wieder für ihn eingesetzt. Trotzdem hatte es schließlich irgendwann gereicht, und man hatte ihn rausgeworfen. Er hatte danach Klage gegen das HPH erhoben, aber zu einem Verfahren war es nicht gekommen.

«Ach was?», meinte Toppe.

«Wie, ach was?», fragte van Appeldorn verwirrt.

Toppe schilderte seine Gespräche mit Jupp Lievertz und Anne Martini und berichtete von Küsters' offensichtlicher Liebe zu Prozessen.

«Ach was?», sagte auch Breitenegger. «So langsam möchte ich den Burschen doch mal kennenlernen.»

Obwohl alle für einen kurzen Augenblick den gleichen Gedanken hatten, sprach ihn keiner aus. Das war einfach zu simpel, zu trivial.

«Wenn der so klug ist und so viel redet», fuhr Breitenegger fort, «dann kann er uns vielleicht ja auch erzählen, ob in Worcester was passiert ist.»

«Ja, Worcester.» Toppe sammelte seine Gedanken ein. «Immer noch der einzige Punkt, an dem alle drei Fälle sich treffen. Ich meine, Hetzel und Reuter hatten durch die Schule mal miteinander zu tun, Reuter und Bruikelaer über die Bigband. Aber wir haben keine Berührungspunkte zwischen Hetzel und Bruikelaer.»

«Vielleicht bringt Walter was mit», hoffte Breitenegger. «Er lässt sich ja gehörig Zeit.»

Aber Toppe hörte nicht hin. «Also, noch einmal diese Worcester-Fahrt. Wir müssen versuchen, einen minutiösen Zeitplan zu erstellen: Wer mit wem wie lange wo und wie zusammen war, lückenlos.»

Keiner war begeistert.

«Wenn jeder von uns Befragungen durchführt, dürfte es einigermaßen schnell gehen.»

«Dann lass uns aber gleich telefonieren und die Termine abstimmen.» Breitenegger war etwas eingefallen. «Heute haben die Pfingstferien begonnen. Da wird manch einer von den Musikern weggefahren sein. Bei diesem Wetter!»

Er warf einen langen, resignierten Blick aus dem Fenster.

Toppe hatte den ganzen Tag keine Zeit gehabt nachzudenken. Er fühlte sich unwohl, wie immer, wenn er einen Haufen unverdauter Ereignisse und Informationen mit sich herumtrug. Und jetzt also das Gespräch mit dem Psychologen.

Übergangslos aus seinen Gesprächen mit den Bandleuten heraus. Auf seinem Schreibtisch stapelten sich Zettel mit Zeiten, Ergebnissen und Verbindungslinien zwischen Leuten. Wenn er Zeit hatte, konnte er daraus so etwas wie ein Soziogramm machen: Wer mit wem? Wer hatte wie viele Kontakte? Wer war ein Außenseiter? Interessante Geschichte. Aber auf den ersten Blick war nichts Aufschlussreiches dabei. Nun denn, sie waren noch nicht fertig. Der Pianist war in Moers auf dem Free-Jazz-Festival. Sonst hatten sie Glück gehabt: Die meisten hatten Dienstag wieder Schule und waren nicht weggefahren.

Reimann wartete schon an einem Zweiertisch auf ihn, gleich am Fuß der Treppe, die hinunter ins Restaurant führte.

«Was haben Sie denn mit Ihrem Bein gemacht?»

«Verstaucht, aber die Geschichte ist so dumm, dass ich sie gar nicht erzählen mag.»

Heute war er ganz froh, dass die Bänke in großem Abstand zu den Tischen festmontiert waren, sodass man zu einer eher ungemütlichen Esshaltung gezwungen war.

Auf diese Weise konnte er sein Bein bequem unterbringen. Kaum hatte er die Gehstützen neben sich an die Wand gelehnt, kam schon der Kellner mit den Speisekarten. Toppe schlug die Karte auf, blickte dann aber wieder hoch und lächelte verlegen.

Auch Reimann blickte von seiner Karte auf.

«Wissen Sie, Herr Toppe», begann er, «als Sie mich gestern angerufen haben, fühlte ich mich ein bisschen in meiner Eitelkeit gekitzelt. Ich habe mich gefreut, dass Sie sich mit mir beraten wollten.» Er lächelte. «Deswegen habe ich so spontan zugesagt. Auf der anderen Seite weiß ich heute gar nicht so genau ...»

Toppe nickte, auch er fühlte sich unsicher.

«Wie sind Sie eigentlich auf mich gekommen?»

Toppe legte die Karte beiseite. «Als wir wegen Suerick in der Klinik waren, ist mir angenehm aufgefallen, wie Sie sich für ihn eingesetzt haben. Es ist mir nicht ganz leichtgefallen, dieses Gespräch mit Ihnen zu vereinbaren. Das übliche Vorgehen ist das bei uns nicht, sich mit einem Psychologen zu beratschlagen. Ich weiß auch nicht, ob bei unserem Gespräch etwas herauskommt ... Es ist einfach so, in dieser Mordserie gibt es ein Täterverhalten, das nicht nur in besonderer Weise auffallend ist, sondern auch merkwürdig widersprüchlich und ohne Sinn zu sein scheint. Es wäre wirklich schön, wenn Sie mir, als jemand von außen, der sich in der Materie auskennt, Impulse gäben. Ich möchte mir ein vernünftiges Bild machen können.»

Toppe unterbrach sich. Wieso rede ich eigentlich so gestelzt?, dachte er.

«Im Grunde genommen haben Sie recht, es ist schon ungewöhnlich, dass ich Sie um dieses Gespräch bitte.»

Reimann nickte und klappte die Karte zu. «Am besten bestellen wir erst einmal. Der gegrillte Fisch ist hier wirklich ganz ausgezeichnet.»

Toppe zündete sich eine Zigarette an. Er war schon öfter hier gewesen und fand die Atmosphäre angenehm. Sie saßen in dem erhöhten Teil des Restaurants, und er blickte hinunter auf den langen Tisch in der Mitte, der eben noch reserviert gewesen war. Jetzt saßen dort sechs Frauen unterschiedlichen Alters. Sie schienen sich hier zu Hause zu fühlen, sprachen den Kellner mit Vornamen an, bestellten ‹wie immer›, lachten und schnatterten ungeniert laut. Was für ein Club mochte das sein? Bestimmt kein Kegelclub, auch kein Handarbeitskränzchen, für Spielgruppenmütter waren die meisten zu alt. Einzelne Satzfetzen flogen zu ihm hoch: «Wenn die Anna das auf die Dauer nur leisten kann.» – «Wie ist die Aktion der IPPNW gelaufen?» Was, um Himmels willen, war das nun wieder?

Der Kellner brachte die Vorspeisen, und Toppe wandte sich Reimann zu. «Ich glaube, ich fange einfach an zu erzählen, was mir bei diesen drei Mordfällen so merkwürdig vorkommt.»

Reimann löffelte seine Schnecken, hörte dabei aber aufmerksam zu.

«Also, der erste Fall: die Krankenschwester José Bruikelaer. Zunächst sieht es wie Selbstmord aus, Tod durch Erhängen, aber dann stellt sich heraus, dass die Frau vorher vergiftet wurde. Mit einem sehr ungewöhnlichen

Gift, das auch der russische Geheimdienst benutzt hat. Das heißt, José Bruikelaer schlief, als der Täter sie aufgehängt hat. Das heißt ferner, der Täter muss sehr kräftig sein, also mit großer Wahrscheinlichkeit ein Mann. Er hat das Gift mitgebracht und wohl auch den Strick. Er hat also den Mord geplant. Offensichtlich auch diese Tarnung als Selbstmord, denn er stößt einen Stuhl um, damit sieht es aus, als sei sie von dort heruntergesprungen. Dann aber verlässt er den rationalen Boden: Er hinterlässt Fingerspuren auf dem Stuhl.»

Reimann hob die Augenbrauen. «Wie? Der wischt die nicht einmal ab?»

Toppe schüttelte den Kopf. «Verrückt dabei ist, dass er andererseits das Zimmer so penibel ordentlich verlässt, wie es vorher war. Das Gift hat er in einen Kaffee gemischt. Es sieht so aus, als habe José Bruikelaer ihren Mörder gekannt und mit ihm zusammen Kaffee getrunken, den er wohl selbst in der Küche aufgebrüht hat. Nach der Tat spült er die Tassen sorgfältig in der Küche ab und räumt sie in den Schrank. Auch dort gibt es Fingerspuren.» Toppe aß ein paar Bissen. «Tja, das wäre der erste Fall.»

Reimann schien sein Essen vergessen zu haben.

Toppe zerteilte eine gebackene Auberginenscheibe und genoss den zarten Knoblauchgeschmack. Sorgfältig spülte er mit einem Schluck Valpolicella nach.

«Der zweite Fall: Das Opfer ist Jochen Reuter, ein Profi-Musiker und Ex-Sozialpädagoge. Auch da das KGB-Gift. Reuter schläft ein, der Täter sticht ihm eine mit Luft gefüllte Spritze in die Armvene, füllt mehrmals nach, ohne die Kanüle rauszuziehen. Das Opfer stirbt an einer Luftembolie. Reuter hat am Vorabend eine Fete gehabt, in der Wohnung sieht es chaotisch aus, überall Gläser und volle Aschenbecher. Diesmal ist das Gift im Wein. Der Täter lässt das halb gefüllte Weinglas mit dem Gift stehen. Anders als beim letzten Mal. Und wieder hinterlässt er Fingerspuren, diesmal auf der Spritze. Der dritte Fall liegt ein wenig anders …»

Reimann hob die Gabel. «Was ist eigentlich mit den Opfern? Wer sind die? Gibt es Gemeinsamkeiten?»

«Dazu kann ich Ihnen gleich was sagen. Lassen Sie mich erst noch schnell den dritten Fall schildern.»

Der Kellner kam und räumte die Vorspeisenteller ab.

«Sollen wir uns noch einen teilen?» Reimann tippte gegen die schon leere Weinkaraffe.

Toppe nickte. Er musste sowieso mit dem Taxi zurückfahren.

«Noch einen halben», rief Reimann dem Kellner zu. «Der dritte Fall also …» Er sah Toppe erwartungsvoll an.

«Das Opfer ist Otto Hetzel, Berufsschullehrer und zudem irgendwas Höheres bei den Grünen. Hier muss der Täter das Opfer besonders gut gekannt haben, er hat ihm nämlich offensichtlich sogar ein Gastgeschenk mitgebracht. Schokoküsse, die Hetzel besonders liebte. Jeder einzelne davon ist mit einer tödlichen Dosis Digitalis präpariert. Diesmal macht der Täter überhaupt keinen Versuch mehr, die Tat zu verwischen. Er lässt sogar die noch übrigen vergifteten Negerküsse stehen. Und das, obwohl in Hetzels Haus Kinder wohnen, was der Täter eigentlich gewusst haben muss. Er ist vermutlich gar nicht mehr da, als Hetzel stirbt, denn der Herztod tritt erst nach ein paar Stunden ein.»

Der Kellner kam mit den Fischplatten. Es duftete köstlich.

«Es ist ja auffällig», begann Reimann, unterbrach sich aber gleich wieder, denn der Kellner kam noch einmal mit Blattspinat und Dauphinoisekartoffeln. Dann mit der Weinkaraffe. Endlich hatte er seine Aufgabe erledigt.

«Ich meine, es fällt doch auf, dass die Art der Tötung in allen drei Fällen eine sehr ‹schonende› ist. Zwei der Opfer schlafen, als er sie tötet, bei dem dritten ist der Täter schon gar nicht mehr da. Spontan würde ich sagen, die Art, wie dieser Mann tötet, spricht gegen einen Affekttäter und auch gegen, wie man früher sagte, einen ‹Triebtäter›. Es geht auf keinen Fall um Aggressionsabbau oder Lustgewinn.»

Toppe nickte und kaute.

Reimann starrte blicklos auf sein Weinglas. «Der Täter scheint mir recht intelligent zu sein, denn er hat immer noch genügend intellektuelle Energie, den nächsten Mord genau und auch sehr phantasievoll zu planen, und das trotz der persönlichen Desorganisation.»

Toppe schaute ihn fragend an.

«Nun ja, wir kennen das doch von uns selbst. Wir sind doch öfter mal hin und her gerissen, weil wir verschiedene Wünsche, Gefühle und Gedanken in uns tragen, die sich völlig widersprechen können. Aber wir Normalneurotiker schaffen es, diese Widersprüche in uns unter einen Hut zu bringen und entsprechend angepasst zu handeln. Und wir können uns auch in andere Menschen hineinversetzen und auch akzeptieren, dass andere mal nicht so sind, wie wir es erwarten. Wir können darüber ärgerlich oder traurig sein, aber es führt nicht dazu, dass wir völlig ausrasten. Weil wir anerkennen, dass der Mensch, der uns enttäuscht hat, im Kern immer noch ein und derselbe Mensch ist.» Er musste lächeln. «Sie erkennen Ihre Frau doch auch wieder, wenn sie statt der blauen eine rote Bluse trägt.»

Toppe verstand.

«Sehen Sie», fuhr Reimann fort, «das alles kann Ihr Täter nicht. Für ihn gibt es entweder die ganz gute Frau in der blauen Bluse oder die ganz böse in der roten.»

Toppe grinste unwillkürlich.

Reimann nickte. «Wir können darüber schmunzeln, aber für Ihren Täter ist es innerlich eine Katastrophe, denn diese Frau in Blau garantiert ihm seine persönliche Stabilität. Wenn diese Stabilität bedroht ist, überschwemmen ihn archaische Gefühle von Hass und Rache.»

«Aber wieso ist er dann trotzdem in der Lage, so planvoll vorzugehen?», fragte Toppe.

«Weil beides nichts miteinander zu tun hat», antwortete Reimann. «Wenn ich zynisch wäre, würde ich behaupten, der Kontakt zur Realität stellt sich gerade an dieser, für uns widersprüchlichen, Stelle wieder ein.»

«Die Art, wie er tötet … das sind alles so ausgeklügelte Bilderbuchmethoden», überlegte Toppe. «Ich glaube, der Mann muss irgendwie kriminalistisch oder medizinisch vorgebildet sein.»

«Vielleicht liest er auch einfach nur gern Kriminalromane», wandte Reimann ein. «Was ist mit den Opfern?»

Toppe sammelte sich. «José Bruikelaer war, wie gesagt, Krankenschwester in Emmerich. Sie galt als freundlich, zuverlässig und positiv. Sie lebte allein im Schwesternwohnheim, hatte sich vor einiger Zeit von ihrem Freund getrennt, oder er sich von ihr. Die Kontakte, die sie hatte, selbst die sexuellen, waren locker und oberflächlich. Sie spielte in der Bigband der Kreismusikschule Saxophon. Mehr ist da nicht.

Jochen Reuter war früher einmal Sozialpädagoge und hat sich dann später für eine Karriere als Bassist entschieden. Mit eher durchschnittlichem Erfolg. Er lebte allein, hatte eine Freundin in Düsseldorf, bei der er auch zeitweise wohnte. Außerdem hat er einen drogenabhängigen jüngeren Bruder und eine alleinstehende Mutter, um die er sich wohl lange hat kümmern müssen.

Tja, und Otto Hetzel ist so ein klassischer Helfer.» Er gab Karin Hetzels Schilderung ziemlich wortgetreu wieder.

Reimann hatte aufgehört zu essen. «Finden Sie nicht, dass der Täter seine Informationen über seine Opfer optimal genutzt hat?»

«Wieso?», fragte Toppe und versuchte, eine Gräte herauszuporkeln, die zwischen seinen Schneidezähnen feststeckte.

«Na, das ist doch eigentlich augenfällig.» Reimann war in Fahrt gekommen. «Ihr Täter bringt jeden auf die Art um, die zum Opfer passt. Nehmen wir die Krankenschwester. Das klassische Klischee: allein lebende Frau ohne Freund, sexuell unbefriedigt. Was macht sie also? Sie hängt sich auf. Dann Jochen Reuter, auch eine wunderbare Inszenierung. Ihn bringt er mit einer Spritze um. Das passt doch perfekt zum freaky Musiker. Oder kennen Sie einen Jazzmusiker, der keine Drogen nimmt? Auch wieder ein Klischee. Und zuletzt Hetzel. Der muss die soziale Amme spielen. Hetzel ist einer, der die Leute nach außen hin sozial unterstützt, sich tatsächlich aber nicht von anderen Menschen abgrenzen kann. Das, was nach außen hin so wunderbar unterstützend aussieht, ist nichts anderes als Missbrauch. Warum? Weil soziale Ammen wie Hetzel genau das verhindern, was sie angeblich erreichen wollen, nämlich Selbstbewusstsein und Eigenständigkeit. Sie füttern die Leute wie Säuglinge, weil sie selbst darauf angewiesen sind, dass andere Ansprüche und Forderungen an sie stellen, ihre Hilfe benötigen. Das lässt sie sich wichtig fühlen, hebt ihre Selbstachtung, steigert ihr Selbstwertgefühl. Auch wenn sie sich nach außen hin darüber beklagen.» Er überlegte kurz. «Ich glaube, zumindest die beiden Männer hat der Täter näher gekannt. Und zudem erfasst er situative Gegebenheiten blitzschnell und genau.»

Toppe schaute fragend auf.

«Sie sagten doch, das Zimmer der Krankenschwester war penibel aufgeräumt – also spült er die von ihnen beiden benutzten Tassen. Bei Reuter war Chaos nach der Fete, also lässt er das Glas einfach stehen.»

Aber Toppe war nicht zufrieden. «Sie haben den Mann so beschrieben, als sei er ganz schön durch den Wind. Wie kann er denn dann eine Situation so gut intuitiv erfassen und auch noch intelligent handeln?»

«Menschen wie Ihr Täter haben feine verstandesmäßige

Sensoren, man könnte auch sagen ‹kognitive Antennen› für die Beschaffenheit von Menschen und Situationen entwickeln müssen», erklärte Reimann. «Warum mussten sie das? Weil sie nie erfahren haben, dass man in Beziehungen zu anderen Menschen Sicherheit, Geborgenheit und Wohlbehagen finden kann. Sie haben lernen müssen, dass sie für andere Menschen immer Mittel zum Zweck waren, das bedeutet, sie kennen nichts anderes und versuchen daher, ihre Mitmenschen stets unter Kontrolle zu halten. Wenn ihnen jemand zu nahe kommt, geraten sie in Panik. Sie sind dann gezwungen, das, was sie an Beziehung gerade aufgebaut haben, wieder kaputtzumachen. Wie macht man das am besten? Man nutzt andere schon fast parasitär aus, stellt die Beziehung immer wieder auf die Probe, bis die anderen aufgeben und sagen, das war's. Und damit wird das Weltbild des Täters bestätigt. Menschen wie er ziehen ihr Selbstbewusstsein, ihr Gefühl, was oder wer sie sind, nur daraus, dass sie andere in ihrem Sinne manipulieren. Für dieses Gefühl der Größe sind sie bereit, einiges zu opfern.»

Toppe fluchte leise. Der Tintenfisch war zwar lecker, aber entweder zu zäh, oder das Messer war zu stumpf.

«Zweimal sind wir fast auf ihn reingefallen», schimpfte er unterdrückt. «Bei der Bruikelaer sah es so eindeutig nach Selbstmord aus, und beim Hetzel war der plötzliche Herztod sogar schon ärztlich bescheinigt. Wenn ich nicht vorher das Foto gesehen hätte … Na ja, beide Male war es eigentlich Zufall, dass wir schließlich auf Mord gekommen sind.»

Er schob sich die letzte Gabel mit Blattspinat in den

Mund und lehnte sich dann zurück. Reimann kämpfte noch mit seinem Tintenfisch.

«Aber», fing Toppe wieder an, «warum macht der es uns so leicht, ihn zu schnappen? Fingerspuren! Das ist wirklich lächerlich. Wenn er doch andererseits so intelligent ist.»

Reimann legte das Besteck aus der Hand und grinste schief. «Ich hab schon Patienten gehabt, die haben eine Tankstelle überfallen und nahe beim Tatort eine Tasche hinterlassen, in der ihre Gehaltsabrechnung steckte, mit Namen und Adresse.»

Toppe lachte ungläubig, aber Reimann sagte: «Ich denke, es gibt tatsächlich in jedem von uns so etwas wie ein unbewusstes Strafbedürfnis. Es ist so etwas wie der unbewusste Wunsch, erwischt und endlich gestoppt zu werden.»

Toppe runzelte die Stirn.

«Ja», nickte Reimann, «auch bei Ihrem Täter haben die Morde augenscheinlich keinerlei kathartische Wirkung. Er muss doch immer weitermachen. Dieser Mensch sitzt auf einem Karussell, das sich schneller und schneller dreht.»

«Was geht in ihm vor?»

«Ich denke mir, der Mann ist einfach am Ende. Die Morde sind der Endpunkt einer langen Entwicklung.»

Toppe fragte sich im Stillen, ob diese Annahmen nicht nun doch zu weit in den Bereich der Spekulation reichten. Aber eigentlich war es egal. Es tat gut, Sachen zu Ende zu denken. Das Karussell dreht sich immer schneller, dachte er, keine kathartische Wirkung. Und er fühlte, wie sein Magen mit all dem guten Essen sich ruckartig hob, und trank schnell einen Schluck Wein, aber er fragte doch: «Bringt er noch jemanden um?»

«Entweder noch einen oder sich selbst. Das ist genauso möglich.»

«Wieso sich selbst?»

«Nun, der Selbstmord als letzte Inszenierung und Ausdruck eines Gefühls von Größe. In den Schuldgefühlen der Zurückbleibenden unsterblich werden. Ausdruck von Rache und Wut.»

«Glauben Sie, dass auch die anderen Leute aus der Bigband besonders gefährdet sind?»

Reimann schüttelte entschieden den Kopf.

«Nein, ich glaube nicht, dass es etwas mit einer Gruppenzugehörigkeit zu tun hat. Es scheint mir eher an der Art der persönlichen Beziehungen zu liegen. Ich spinne einfach noch mal so vor mich hin. Welche verbindenden Elemente gibt es direkt zwischen den Personen? Ich sehe da zunächst mal, dass alle drei, Jochen Reuter zumindest zeitweise, in sozialen Berufen tätig waren, also Helfer.»

«Ja, und Jochen Reuter und José Bruikelaer waren zusammen in der Bigband, Reuter und Hetzel waren mal Schüler und Lehrer. Zwischen Hetzel und Bruikelaer gibt es bis jetzt noch gar keine Verbindung. Aber alle drei waren zusammen in Worcester.»

«In Worcester?»

Toppe erklärte.

«Vielleicht liegt dort das …», Reimann zögerte, «… missing link. Mir scheinen die Morde etwas mit dem Grad der Bekanntschaft des Täters zu den Opfern zu tun zu haben. Irgendetwas am Verhalten der Leute, zum Beispiel auf dieser Fahrt, muss den Entschluss, sie zu töten, ausgelöst haben.»

Toppe erschauerte wieder.

«Das hieße, jeder, der diesen Täter kennt, ist gefährdet.»

«Ja, vereinfacht gesagt, jeder, der ein ähnliches Verhalten an den Tag legt wie das, das ihn dazu gebracht hat, die anderen umzubringen.»

Sie sagten beide nichts mehr.

Toppe sah auf seine Hände.

«Sollen wir noch einen Nachtisch nehmen?», fragte Reimann dann.

Sie bestellten beide eine Zabaglione.

Reimann sprach seinen Gedanken aus. «Ich habe das Gefühl, dass der Täter sich zunehmend in seiner Welt verliert.»

«Ja», bestätigte Toppe düster, «das dachte ich auch gerade. Er versucht immer weniger, seine Haut zu retten.»

«Es ist fast so, als richte er seine Opfer hin.»

Der Kellner brachte die Zabaglione.

Zweiundzwanzig

Im Büro war alles dunkel. Toppe wusste selbst nicht, warum er sich noch hierher hatte fahren lassen.

Auf seinem Schreibtisch fand er einen Zettel von Breitenegger:

‹Zwei Anrufe für dich: a) deine Frau, b) ein Herr Neumann aus Büderich – privat. Bin zu Hause zu erreichen, morgen um acht hier. Günther.›

Er ertappte sich dabei, dass er einfach dasaß und einzelne Barthaare ausrupfte. Er hatte an gar nichts gedacht. Müde rappelte er sich hoch und bestellte ein Taxi.

Gabi saß im Wohnzimmer und sah fern. Durch das offene Fenster konnte er hören, wie sie das Gerät abschaltete, als er den Schlüssel ins Schloss steckte. Sie kam ihm entgegen und küsste ihn leicht.

«Na, was macht der Fuß?»

«Nicht gut.»

Er humpelte ins Wohnzimmer, ließ sich aufs Sofa fallen und streckte sich lang aus. Mit geschlossenen Augen lag er still.

Sie ließ ihn, bewegte sich leise im Zimmer, trug Sachen hinaus, schüttelte Kissen auf.

«Willst du ein Bier?»

Er öffnete die Augen. «Lieber ’n Schnaps.»

Sie nickte und verschwand in der Küche.

Er setzte sich langsam auf und rieb sich den Nacken.

«Morgen ist die Vernissage», sagte sie leichthin, als sie mit zwei gut gefüllten Cognac-Gläsern zurückkam.

«Morgen schon?»

«Ja, und wir werden hingehen. Du hast's versprochen.» Ihre Stimme war nur ein klein wenig höher als sonst, aber er bemerkte es doch.

«Ach komm, du weißt doch, dass es nicht geht.»

«Warum nicht?»

«Das kann ich einfach nicht machen. Nicht zum jetzigen Zeitpunkt.»

Sie behielt ihre Fassung, obwohl er deutlich spürte, dass sie mit den Tränen kämpfte. Vermutlich hatte sie sich ihre Sätze vorher überlegt.

«Warum nicht?», fragte sie wieder. «Gibt es irgendwas von höchster Dringlichkeit, das ausgerechnet du morgen früh zwischen zehn und halb eins erledigen musst?»

«Nein, aber ich kann trotzdem nicht einfach meinem Vergnügen nachgehen.»

Jetzt blitzte es in ihren Augen, die Tränen waren aus ihrer Stimme verschwunden.

«Fängst du jetzt auch schon an, dich für unentbehrlich zu halten! Meinst du, die anderen kämen nicht auch mal zweieinhalb Stunden ohne dich klar? Dass du mit deinem Fuß überhaupt arbeitest! Vergnügen! Wenn's nur das wäre!»

Sie hat recht, dachte er traurig.

«Ach komm», sagte er unbeholfen, «du weißt doch.»

«O ja, sicher weiß ich. Weiß ich schon lange und mach ich ja auch immer mit. Aber irgendwann reicht's einfach.

Und jetzt reicht's. Du kriegst ja gar nichts mehr mit.» Sie stellte mit einem Knall das Glas auf den Tisch.

Er stützte den Kopf in die Hände. Stimmt, dachte er, ich kriege nichts mehr mit. Ich weiß nichts. Ich kümmere mich um nichts, nicht mal um das, was unmittelbar um mich herum vorgeht. Dabei ist das hier doch mein Leben, oder? Ich bin doch ein Teil davon. Aber eigentlich könnte ich genauso gut einfach nicht da sein, es fiele kaum auf.

«Zuschauer», murmelte er bitter.

«Was?»

«Zuschauer meines eigenen Lebens.» Er holte tief Luft – ein bisschen viel Pathos und der falsche Moment für Selbstmitleid sowieso. «Na gut, ich gehe mit.»

«Ach, Scheiße», sagte sie und kam um den Tisch herum. Sie legte beide Arme um seinen Hals und lehnte ihre Stirn gegen seine Wange. «Ist schon gut, ich geh allein. Tut mir leid, das hier.»

«Quatsch. Ich meine es ernst, ich komme mit.»

«Nein, das will ich nicht. Du musst es nicht wegen mir.»

«Sollen wir uns jetzt darüber streiten?», lächelte er.

«Nein, ich will mich überhaupt nicht mit dir streiten.» Sie hatte eine Kleinmädchenstimme.

«Wollen wir uns ein bisschen wärmen?», fragte er leise.

Gabi hatte sich schöngemacht. Sie trug irgendetwas Gemustertes, Weites, Dünnes, das er noch nie an ihr gesehen hatte, was ihm aber gefiel, und er kam sich neben ihr in seiner hellen Hose und dem einen seiner beiden Jacketts ziemlich langweilig vor.

Er zündete eine Zigarette an, kaum dass er im Auto saß, es war sicher schon die fünfte heute Morgen.

«Ich muss mich irgendwie wachhalten», entschuldigte er sich, obwohl sie ihm keinen Vorwurf gemacht hatte. «Ich hab nicht viel geschlafen letzte Nacht.»

«Der Fuß?»

«Der auch.»

Sie parkte den Wagen im Parkverbot, halb auf dem Bürgersteig gleich vor dem Eingang zur Galerie, und schenkte ihm einen trotzigen Blick, aber ihm war's nur recht. Er hatte keine Lust, mit seinen Krücken durch die halbe Stadt zu hinken.

Schöning-Dudel, der Galerist, stand gleich an der Tür und begrüßte jeden Gast persönlich. Er war groß und breit, hatte langes, graues Haar und einen ebenso grauen gestutzten Vollbart. Sein Gesicht war dunkel und von zahllosen Falten durchzogen. Seine Augen, von einem sehr hellen Blau, blickten immer ein wenig fragend. Toppe hatte ihn ein-, zweimal vorher getroffen, und als er ihn jetzt begrüßte, fiel ihm wieder die hohe, kippelige Stimme auf, die so gar nicht zum Äußeren des Mannes passte. Schöning-Dudel war schwul, jeder in dieser Stadt wusste es, und Toppe hatte sich oft über die Art und Weise, in der man nicht darüber sprach, aufgeregt.

Sofia stand weit hinten in dem quadratischen Raum und redete mit ein paar Leuten. Als sie Gabi und Toppe entdeckte, kam sie schnell herüber.

«Schön, dass ihr's geschafft habt. Kommt mit nach hinten, es geht gleich los.»

Rechts vom Eingang sah Toppe Botho van Beveren,

den Leiter des örtlichen Museums, neben dem stellvertretenden Bürgermeister. Beide hielten Zettel in den Händen.

«Reden die alle beide?», flüsterte er Sofia zu.

«Ich fürchte, ja», kicherte sie.

Eine große Hand legte sich auf Toppes Schulter. «Also, ich habe ja mit vielem gerechnet», lachte Bonhoeffer, «aber dass du dich von deinen Mördern losreißt!»

Toppe murmelte irgendetwas, und Gabi nahm seinen Arm.

«Jetzt ärgere ihn doch nicht auch noch.»

Van Beverens Rede war lang. Er beschrieb ausführlich Sofias Werdegang und ging auf ihre künstlerische Entwicklung und detailliert auf einzelne Werke ein.

Eigentlich war es interessant, aber schon nach ein paar Minuten konnte Toppe nicht länger zuhören. Er wusste kaum, wie er stehen sollte, außerdem hatte das Interesse der anwesenden Lokalreporter, seit er eingetroffen war, mehr ihm gegolten, als Sofias Ausstellung. Sie standen ihm schräg gegenüber und machten sich Notizen. Auch Karin Hetzel war wieder unter ihnen. Sie sah ihn ernst an, und er ließ schnell seinen Blick weiterwandern.

Alles, was in dieser Stadt Rang und Namen hatte, war vertreten: Stadtdirektor und Beigeordneter samt Anhang, die ortsüblichen Sponsoren: Firmenchefs und Bankdirektoren. Mitten unter ihnen auch sein Chef. Ein paar Künstler waren auch da. Am augenfälligsten ein Paar, das so kontrastreich war, dass es selbst wie ein Kunstobjekt wirkte: Die Frau war lang und spindeldürr. Die Haare hingen ihr traurig bis auf die Schultern, ihre Augen blickten trübe. Sie sah aus, als schliefe sie im Stehen. Der Mann neben ihr war klein und fett. Wenn er den Kopf drehte, was er oft tat, geriet sein schwabbeliger Körper ungewollt in Bewegung.

Van Beveren musste seine Rede mit einem Witz beendet haben, denn plötzlich lächelten alle, einige hüstelten, und jemand lachte grunzend.

Der stellvertretende Bürgermeister sprach über Sofias Verdienste um diese Stadt, was keiner verstand, aber er machte es kurz, wofür alle dankbar waren, denn sein starker Sprachfehler machte es unmöglich, irgendetwas von dem, was er sagte, ernst zu nehmen.

Dann kam das Übliche: Kir und Orangensaft mit Sekt, ein paar Ecken Toast mit Pastete und Schwarzbrot mit Schmalz. Man bewegte sich träge im Raum, jeder sprach mit jedem, einige sogar über die ausgestellten Bilder.

Sein Chef kam locker herübergeschlendert.

«Na, Herr Toppe, suchen Sie unseren Täter jetzt in Künstlerkreisen?» Dabei zeigte er sein makelloses Gebiss in voller Breite und wieherte dezent, damit keinem entging, dass es sich um einen Scherz handelte, aber Toppe spürte den Vorwurf.

Er schwieg unhöflich, aber Gabi, die an seiner Seite geblieben war, sprang in die Bresche und sagte irgendwas.

Sofia zog ihn zur Seite. Sie lächelte mitleidig.

«Dir geht's ziemlich mies, was?»

Er zuckte nur mit den Schultern.

«Weißt du was, wenn du den ganzen Mist hinter dir hast, dann machen wir alle zusammen mal wieder was Schönes, ja?»

«Ja.»

«Meinst du wirklich, das mit dem Fuß kommt ohne Arzt wieder in Ordnung? Gabi sagt, es würde überhaupt nicht besser.»

«Muss wohl. Tag, Frau Hetzel.»

Karin Hetzel war unsicher näher getreten. Sie hatte ihre Fotos gemacht und wollte eigentlich gehen.

«Wie geht es Ihnen?», fragte Toppe.

«Na ja, einigermaßen.» Sie stellte ihre schwere Fototasche auf den Boden.

«Kennt ihr euch?», wandte sich Toppe an Sofia.

«Ja, wir haben uns einige Male bei solchen Anlässen getroffen.»

Die Frauen vertieften sich in ein Gespräch über ein Bild, das Karin Hetzel besonders gefiel, und Toppe humpelte zu Arend Bonhoeffer hinüber, der mit ausdruckslosem Gesicht an der Wand lehnte. Die Reporter verfolgten Toppe mit ihren Blicken quer durch den Raum.

«Du solltest mit deinem Fuß wirklich zum Arzt gehen.»

«Ja, mal sehen, am Dienstag, wenn's bis dahin nicht weg ist.»

«Bist du weitergekommen mit deinem Mörder?»

«Ich weiß nicht», antwortete Toppe unbehaglich.

«Komm, wir trinken noch was.» Arend ging, um ihnen noch zwei Gläser Kir zu holen, wurde aber von Schöning-Dudel aufgehalten.

So machte sich Toppe wieder auf den Weg zu Sofia und Karin Hetzel. Gabi hatte sich zu ihnen gesellt, und ihr angeregtes Gespräch drehte sich offensichtlich nicht mehr um Kunst.

«Sagen Sie mal, wieso zeigen Sie eigentlich überall in meiner Nachbarschaft ein Foto von Carl Küsters herum? Suchen Sie den?», fragte Karin Hetzel.

Toppe nickte vage.

«Carl Küsters?», fragte Sofia erstaunt. «Den kenn ich.»

Toppe lachte trocken auf. «Du auch? Sag bloß, du kriegst noch Geld von ihm. Oder hat der etwa mal bei dir gewohnt?»

Karin Hetzel lachte.

«Nein, wieso?», fragte Sofia verständnislos. «Den hab ich früher mal gekannt. Ist sicher schon fünfzehn Jahre her. Das war damals so ein Knäblein, wollte in der Szene Fuß fassen, schrecklich grün noch. Wo man hinging, traf man den. Besonders in TAN-Kreisen.»

«TAN?», fragte Toppe.

«Theater am Niederrhein. Wir hatten doch mal ein eigenes Theater hier. Weißt du das nicht? Kleve – das Kulturzentrum am unteren Niederrhein!»

«Nöö», erwiderte Toppe dümmlich.

«Na, jedenfalls krebste der in der Szene so am Rande rum, in der Theaterkneipe und so. Und ich glaube, der hat auch ein paarmal dem Hugo Modell gestanden.» Sie zeigte mit dem Kinn in Schöning-Dudels Richtung.

«War da was zwischen denen?», fragte Toppe.

«Kann schon sein.» Sofia warf mit einer Kopfbewegung ihre Zöpfe nach hinten. «Obwohl dieser Küsters damals höchstens fünfzehn war. Aber frag den Hugo doch selbst.»

«Vielleicht.» Toppes Gedankenkarussell hatte sich wieder in Gang gesetzt. Er stierte auf den Fußboden.

«Es war wohl eine Schnapsidee, dich hierherzubringen», sagte Gabi leise.

«Ach was, ist doch schön.»

Am Eingang wurde es unruhig, und Toppe schaute auf. Halb in der Tür stand Ackermann und bemühte sich, möglichst unauffällig Toppes Aufmerksamkeit auf sich zu ziehen. Er musste furchtbar aufgeregt sein, denn er wippte auf und ab, und seine Augen hinter den dicken Brillengläsern funkelten.

Toppe verkniff sich ein Stöhnen und humpelte zur Tür.

Es war völlig still geworden, und alle starrten ihn an.

«Was gibt's denn?»

«Mensch, Chef, ob Se' et glauben oder nich'», flüsterte Ackermann mit lautem Zischen, und Toppe zog ihn rasch mit sich hinaus bis auf den Bürgersteig.

«Ich hab Hetzels Nachbarin endlich erwischt. Wissen Se, die mit der Schwester in Wachtendonk. Und die sagt, die hat einen gesehen, der an dem Morgen aus Hetzels Haus gekommen is'. Um kurz nach elf, sagt se. Und dann hat se mir den beschrieben, und da wurd ich aber hellhörig, kann ich Ihnen sagen. Und da hab ich ihr dat England-Foto gezeigt, und da sagt die doch: ‹Der hier war's – den hab ich schon öfters hier gesehen›, sagt die. Küsters, Chef, Küsters war dat, der da aus'm Haus von Hetzel gekommen is'.»

«Gute Arbeit», lobte Toppe. «Nehmen Sie mich mit?»

«Wohin, Chef?»

«Ins Präsidium. Wir wollen die Fahndung rausgeben.»

Dreiundzwanzig

«Da kriegt man echt Lust auf 'ne Verfolgungsjagd, wa?», fand Ackermann und beobachtete die vier Wagen, die ihnen schon die ganze Zeit folgten, im Rückspiegel.

Kurz vor der Einfahrt zum Präsidium überholte sie einer nach dem anderen, und als Toppe sich mühsam aus dem Auto gequält hatte, standen sie schon vor ihm: sämtliche Reporter, die auf der Vernissage gewesen waren.

Toppe schnitt mit einer kurzen, heftigen Krückenbewegung alle Fragen ab: «Es gibt überhaupt nichts, was für Sie im Augenblick interessant wäre.» Im Weghinken drehte er sich noch einmal um. «Sie brauchen auch nicht zu warten. Hier wird nichts Spektakuläres passieren.»

Die anderen saßen über den Ergebnissen der gestrigen Bigband-Befragung.

«Ich habe hauptsächlich nach Küsters gefragt, muss ich zugeben», berichtete Heinrichs. «Die erzählten mir, er sei auf der Rückfahrt besonders unausstehlich gewesen. Habe nur rumgestänkert und fast die ganze Zeit alleine gesessen. Ich habe noch mal nach Streitigkeiten gefragt, aber da wusste wieder niemand was.»

«Worcester hin oder her», meinte van Appeldorn,

«dieser Küsters ist zur Tatzeit an einem Tatort gesehen worden. Das macht ihn erst mal dringend verdächtig. Die Fahndung ist draußen, Helmut?»

«Ja, sicher. Es kann eigentlich nicht so schwer sein, ihn zu finden. Er fährt ja offensichtlich ganz ungerührt in dieser auffälligen Ente durch die Gegend.»

«Also, ich verstehe nicht», sagte Breitenegger, ohne die Pfeife aus dem Mund zu nehmen, «dass der, wenn er's war, überhaupt nicht versucht, sich zu verstecken.»

«Oh», Heinrichs Augen funkelten, «wenn du wüsstest, wie oft es so was schon gegeben hat. Manche sehnen sich geradezu danach, geschnappt zu werden.»

«Ja», bestätigte Toppe und erzählte von seinem Gespräch mit Reimann. «Natürlich ist das alles nur Spekulation, aber es passt alles ganz gut zusammen», schloss er.

«Ich kann mir auch gut vorstellen, dass der noch einen Mord begeht», stimmte van Appeldorn zu. «Sollen wir nicht sofort die Fahndung an die Presse geben? Ich weiß, das kann leicht in so was wie Menschenjagd ausarten, Helmut, aber in dem Fall …»

«Du hast recht.»

«Dann muss aber ein besseres Foto her», gab Breitenegger zu bedenken.

«Die Eltern?», fragte van Appeldorn.

Toppe kratzte sich den Bart. «Ja, die Eltern. Ich würde sowieso gern noch einmal mit denen sprechen. Und ich dachte gerade, vielleicht haben die noch Sachen von ihrem Sohn, Bücher möglicherweise, auf denen man Fingerspuren finden könnte.»

«Ja, Mensch, genau, dass wir darauf noch nicht gekommen sind!» Astrid, die bisher ziellos in ihren Aufzeichnungen geblättert hatte, wurde ganz aufgeregt.

Toppe telefonierte mit Küsters' Vater.

Ja, sein Sohn habe noch ein Zimmer im Haus, in dem er einen Teil seiner persönlichen Dinge untergebracht habe. Wenn es sich nicht vermeiden ließe, könnten sie kurz vorbeischauen.

Breitenegger übernahm es, den ED zu verständigen. Er holte Berns vom samstäglichen Mittagstisch und van Gemmern aus der Badewanne. Beide zeigten wenig Arbeitseifer, aber sie wollten in einer halben Stunde vor Küsters' Elternhaus sein.

«Ich fahre dann los», sagte Toppe und sah van Appeldorn an.

«Ja, klar bin ich dabei.» Van Appeldorn war schon an der Tür.

Küsters' Vater öffnete ihnen. «Guten Tag, Herr Toppe», den anderen nickte er zu. «Was haben Sie mit Ihrem Bein gemacht?»

Toppe hinkte auf seinen Krücken in die Diele. «Halb so schlimm. Nur den Fuß umgeschlagen», antwortete er und schnupperte. Aus der Küche drang ein angenehmer Duft von frischem Fisch, Wein und Kräutern.

Frau Küsters kam ihm entgegen. Sie war überschlank, hatte braunes, perfekt geschnittenes Haar und grüne Augen mit kleinen Pupillen. Ihre schmalen Lippen waren sorgfältig mit hellrosa Lippenstift nachgezeichnet. Sie trug einen weißen Strickrock und einen langen, altrosa Pullover mit einer großen Granatbrosche am hohen Kragen.

Ihr verbindliches Lächeln erreichte nicht einmal die Augenwinkel.

«Guten Tag.» Sie roch nach Zitrone.

Berns und van Gemmern standen unschlüssig in der offenen Haustür, und Luisa Küsters nahm die Situation in die Hand.

«Ich höre, es geht um Carl. Kommen Sie doch bitte mit durch und nehmen Sie Platz.»

«Danke, gern», erwiderte Toppe. «Ihr Mann sagte mir am Telefon, Ihr Sohn habe noch ein Zimmer hier im Haus. Meine beiden Kollegen würden sich das gern einmal ansehen.»

Sie musterte Berns und van Gemmern. «Haben Sie einen Durchsuchungsbefehl?»

Berns zog das Papier aus der Brusttasche seines karierten Sommerhemdes. «Selbstverständlich haben wir einen Durchsuchungsbeschluss, gnädige Frau.»

Sie nahm das Papier entgegen und las es sorgfältig durch. «So weit hat er es also inzwischen gebracht. Nun, das war zu erwarten.»

Ihr Gesicht war ausdruckslos, als sie Berns den Durchsuchungsbeschluss zurückgab.

«Bitte kommen Sie, meine Herren.» Sie ließ Toppe, van Appeldorn und ihren Mann vorausgehen. «Worum geht es?», fragte sie knapp mit trockener Stimme und deutete gleichzeitig auffordernd auf die niedrigen Ledersessel.

«Um einen Mordfall», antwortete van Appeldorn und ließ sich in einen Sessel fallen. «Ihr Sohn steht unter Verdacht, drei Menschen getötet zu haben.»

Draußen im Garten tollte der Hund herum.

«Mordfall? Nun ja, ich habe davon in der Zeitung gelesen.» Sie setzte sich. «Ich würde Ihnen etwas anbieten, aber leider ist meine Zeit knapp bemessen. Wir erwarten Pfingstbesuch, unsere Kinder und Enkel.»

Toppe war sprachlos. Er war jetzt seit über zwölf Jahren bei der Kripo, aber es war noch nie vorgekommen, dass jemand auf eine solche Äußerung überhaupt keine Reaktion zeigte. Jetzt einfach irgendwo anfangen, dachte er. Sie hatte sein Konzept durcheinandergebracht.

«Wie viele Kinder haben Sie?», fragte er.

«Zwei und drei Enkeltöchter.»

Küsters räusperte sich. «Wir hatten vier Kinder.»

«Ja, ich habe vier Kinder geboren, aber Carl ist ja nun nicht mehr da, nicht wahr?», unterbrach sie ihn.

«Macht drei», mischte sich van Appeldorn gefühllos ein, «und das vierte?»

«Jens Uwe ist gestorben», sagte sie und sah van Appeldorn kalt an.

«Er hat vor drei Jahren Selbstmord begangen», erklärte Küsters heiser.

Sie gönnte ihm nicht mal einen Blick, schlug die Beine übereinander und strich sich den Rock glatt.

Toppe fror.

«Sie sagten eben», begann er, «so weit sei Ihr Sohn jetzt also gekommen und das sei zu erwarten gewesen.»

«Ja.» Ihre Lippen waren wie mit einem Lineal gezogen.

«Wie meinten Sie das?», beharrte Toppe.

«Nun, Carls Weg führte, solange ich mich erinnern kann, steil nach unten. Unsere Versuche, diese Entwicklung in eine andere Richtung zu lenken, hat er leider nicht für sich nutzen wollen. Seit anderthalb Jahren haben wir keinerlei Kontakt mehr.»

«Haben Sie ihn rausgeschmissen?», wollte van Appeldorn wissen.

«Ja.»

«Nein, nicht direkt», versuchte es ihr Mann, «wir haben uns gestritten, aber …»

Wieder unterbrach sie ihn, ohne ihn anzusehen. Sie konzentrierte ihre ganze steinerne Höflichkeit auf Toppe.

«Also, ich zumindest habe ihm deutlich gesagt, dass meine Geduld und meine Großzügigkeit ein Ende haben und dass in diesem Haus für ihn kein Platz mehr ist. Wissen Sie, auch elterliche Liebe hat eine natürliche Grenze. Carl hat es immer ausgezeichnet verstanden zu nehmen, aber selbst ein Dankeschön hielt er für überflüssig.»

Toppe schluckte schwer an so viel elterlicher Liebe.

«Wie war denn sein beruflicher Werdegang?»

Sie lachte und stand auf. «Eine ausführliche Schilderung dieses ‹Werdegangs› würde Ihre Zeit wohl doch zu sehr strapazieren. Aber vielleicht erzählst du den Herren ein paar kleine Ausschnitte, dann kann ich mich um den Fisch kümmern. Schließlich hast gerade du dich ja immer wieder von ihm einwickeln lassen.»

Küsters reagierte nicht darauf. Sachlich und scheinbar unbeteiligt berichtete er: Carl hatte nach der Obertertia das Gymnasium ohne Schulabschluss verlassen. Trotzdem hatte er durch die guten Verbindungen seines Vaters eine Lehre als Chemielaborant begonnen, die er allerdings nach einem Jahr abgebrochen hatte.

«Warum?», fragte Toppe.

«Er konnte sich mit dem Beruf nicht identifizieren. Er wollte Sozialpädagoge werden, mit Menschen zu tun haben.»

So hatte er an der Fachoberschule seinen Schulabschluss nachgeholt und danach die Fachrichtung Sozialpädagogik eingeschlagen. Im Rahmen dieser Ausbildung hatte er sein Praktikum im Heilpädagogischen Heim begonnen und war rausgeflogen. Danach hatte er mehr als zehn Jahre lang so ziemlich alles gemacht: kurze Jobs bei der Margarine-Union und bei einer Autoverwertung, ein Volontariat bei der Zeitung, zwei AB-Maßnahmen in Jugendheimen. Herr Küsters wusste die Reihenfolge nicht mehr.

«Er hat sogar ein paarmal Arbeitslosenunterstützung bekommen», sagte Luisa Küsters, die wieder ins Zimmer kam. Sie musste mitgehört haben. «Aber die meiste Zeit hat er bei uns schmarotzt. Tja, und dann hat mein Mann ihm den Führerschein auch noch bezahlt, ihm ein brandneues Auto geschenkt und dieses spleenige Geschäft eingerichtet.»

Sie setzte sich nicht wieder hin, sondern stand auffordernd neben dem Sessel ihres Mannes. Toppe rührte sich nicht. Van Appeldorn verschränkte die Arme.

«Damit hat er, wie Sie sich denken können, Bankrott gemacht. Und das ist das Ende der Geschichte. Seitdem habe ich Carl nicht mehr gesehen, und Sie werden sich vorstellen können, dass ich auch keinen Wert darauf lege.»

«Tja, es scheint wohl Kinder zu geben, die einem gleich nach der Geburt völlig entgleiten», sagte van Appeldorn in gelangweiltem Konversationston, aber Toppe nahm einen harten Klang in seiner Stimme war, der zeigte, wie sehr auch van Appeldorn mit seiner Abneigung gegen diese Frau zu kämpfen hatte.

Es klopfte, und van Gemmern steckte den Kopf zur Tür herein. «Wir wären dann so weit.»

«Haben Sie gefunden, wonach Sie suchten?» Diesmal klang sie spitz.

Van Gemmern machte eine unbestimmte Kopfbewegung und sah Toppe an. «Wir sehen uns dann im Präsidium.»

Unschlüssig ließ sich Luisa Küsters auf der Sesselkante nieder. «Ich sehe nicht, wie wir Ihnen weiterhelfen können. Dies ist wirklich der letzte Ort, an dem Sie Carl Maria suchen sollten. Ich nehme an, er wird irgendjemandem, der ihn noch nicht durchschaut hat, auf der Tasche liegen. Wer das sein könnte, entzieht sich, Gott sei Dank, meiner Kenntnis.»

«Was machen eigentlich Ihre anderen Kinder?», wollte Toppe wissen.

«Luisa ist Studienrätin, und Hanns Heinrich wird möglicherweise Arzt, falls er tatsächlich einmal eine Prüfung bestehen sollte. Warum fragen Sie?»

«Und was hat Ihr verstorbener Sohn gemacht?»

Sie stand abrupt auf. «Ich glaube nicht, dass ich darüber sprechen muss.»

«Er war Tischler», antwortete ihr Mann und erhob sich ebenfalls.

«Schreiner», schnappte sie, aber er beachtete sie nicht.

Er sah Toppe an. «Ich möchte Sie bitten, jetzt unser Haus zu verlassen. Wir haben Ihnen nichts mehr zu sagen.»

Toppe blieb höflich, befreite sich, so schnell es eben ging, aus dem Sessel. Van Appeldorn schlenderte zur Tür und blieb vor einem Gemälde stehen, das dort hing: ein abstrakter Frauenakt.

«Sehr hübsch», sagte er gedehnt.

Sie war hinter ihn getreten.

«Ja, nicht wahr? Das war die Morgengabe meines Mannes zu meinem vierzigsten Geburtstag.»

Das Lächeln um ihren hölzernen Mund war kokett.

Toppe hinkte zum Ausgang.

«Foto», bellte van Appeldorn hinter ihm.

«Ach ja.» Toppe drehte sich noch einmal um. «Wir wollten Sie um eine Fotografie Ihres Sohnes bitten. Sie sollte möglichst neueren Datums sein.»

«Tja», Küsters sah seine Frau an.

«Tut mir leid», lächelte sie, «das letzte Foto von Carl ist das von seiner Einschulung. Das dürfte Ihnen kaum weiterhelfen.»

Toppes bedrückte Stimmung schlug plötzlich in Wut um. Es reichte. Er sah ihr in die Augen. «Das glaube ich Ihnen nicht, Frau Küsters.»

Sie erwiderte seinen Blick, ihre Pupillen wurden noch kleiner.

Dann drehte sie sich wortlos um und ging wieder ins Wohnzimmer. Ihr Mann folgte ihr.

Nach zwei Minuten kehrte sie mit einem Foto zurück, das sie Toppe mit spitzen Fingern hinhielt. Es zeigte Carl Maria Küsters vor seinem Geschäft neben seiner Kastenente.

«Wie alt ist das Foto?», fragte Toppe.

«Zwei Jahre.»

Dann ging sie entschlossen zur Tür und öffnete sie weit. «Adieu, meine Herren.»

Toppe nickte einen knappen Gruß. Ihm fehlten die Worte.

Anne Martini schloss ihre Ladentür von innen ab.

Jetzt fuhr der schon zum vierten Mal vorbei. Sie grüßte ihn nicht.

Zwei lange Tage frei. Sie löschte das Licht, schaltete die Zeitschaltuhr für die Schaufensterbeleuchtung ein und ging nach hinten, um das Geld aus der Kasse zu nehmen. Die neuen Holzpuzzles würde sie zu Hause auszeichnen, morgen oder übermorgen. Sie bückte sich, um den Karton unter dem Ladentisch hervorzuziehen.

Jemand klopfte an die Tür. Verdammt, das konnte eigentlich nur …

Sie blieb in der Hocke und lugte um die Ecke. Richtig, Küsters. Der Letzte, den sie heute noch sehen wollte.

Er bollerte mit der Faust gegen die Scheibe. Kein Wunder, er wusste, dass sie noch im Laden sein musste. Sie blieb hinter der Theke, aber er ging nicht weg.

Vierundzwanzig «Die müssen unheimlich hohe Heizkosten haben.» Van Appeldorn kräuselte ironisch die Lippen.

«Wie?», fragte Toppe.

«Na, das ist doch keine Frau, das ist eine Gefriertruhe.»

«Ja. Elterliche Liebe, ich dachte, mich trifft der Schlag.»

Sie warteten an der roten Ampel vor der Rampenbrücke.

Das vegetarische Restaurant hatte über die Pfingsttage «Leider geschlossen».

Toppe schwitzte. «Aber deshalb wird man doch nicht zum Mörder, oder?»

Van Appeldorn grinste. «Woher soll ich das wissen? Du bist doch der Experte für Psychologie.»

Er hielt gleich am Eingang. «Ich würde gern mal kurz nach Hause fahren. Marion ging's heute Morgen nicht so gut. Bin in einer Stunde wieder da, in Ordnung?»

«Ja, sicher. Was hat sie denn?»

«Ach, sie meint, es wäre der Kreislauf, aber ich weiß nicht.»

Im Büro saß nur Astrid und langweilte sich.

«Wo sind denn alle?»

Sie half ihm, die Krücken zu verstauen.

«Heinrichs ist auf einem Kindergartenfest bis sechs Uhr. Er hat die Telefonnummer dagelassen. Breitenegger sagte nur, er brauche mal frische Luft, und war weg. Ich weiß auch nicht, wo der bleibt.»

«Und Ackermann?»

«Der ist unten auf dem Revier Kaffee trinken.»

Er schälte sich mühsam im Sitzen aus seinem viel zu dicken Jackett.

«Schon was gehört?»

«Nee, nichts.» Sie öffnete das Fenster und zündete sich eine Zigarette an. «Ich versteh das nicht. Es kann doch nicht so schwer sein, so ein Auto zu finden.»

Toppe zeichnete eine Kastenente auf ein Blatt Papier, eine Kastenente und zwei Polizeiwagen. Oben links malte er eine kleine Sonne, dann einen Baum. «Ach, das kenne ich schon. Und der ED?»

«Noch nichts.»

Er hatte einen Grad von Müdigkeit erreicht, in dem er kleinste Ausschnitte kristallklar, fast unerträglich akzentuiert, wahrnahm.

Sie stand am Fenster und betrachtete müßig das Kommen und Gehen der Leute auf dem Parkplatz. Wieder trug sie diesen kurzen Jeansrock.

Mit einem scharfen Geräusch schob er die Zeichnung beiseite, und sie wandte sich um.

«Wenn er's wirklich war ...», sagte sie, und ihre Augen wurden schmal.

Katzenaugen, dachte er.

Er vergrub das Gesicht in den Händen.

Sie kam herüber, beugte sich über den Schreibtisch

und legte ihre Hand auf seinen Arm. Durch seine Finger konnte er den Ansatz ihrer Brüste sehen.

Kikeriki, dachte es in ihm.

«Sie grübeln zu viel.»

Wenn du wüsstest, dachte er, und seine Ohren wurden heiß.

«Mag sein.»

Luther, dachte er. Luther konnte keine Frau ansehen, ‹ohne ihrer zu begehren›.

«Ja, wenn er's wirklich war, müssen wir ihn nur noch finden, und dieser ganze Albtraum ist zu Ende.»

Er erhob sich abrupt. «Ich gehe rüber zum Labor.»

«Wollen Sie auch einen Kaffee?» Berns hielt ihm einen dampfenden Becher hin.

Das Labor verfügte über den Luxus einer eigenen Kaffeemaschine. Van Gemmern sah nur kurz auf und nickte grüßend, dann beugte er sich wieder über seine Arbeit.

«Ja, danke. Und?»

«Schwierig, schwierig.» Berns faltete die Hände über dem dicken Bauch und lehnte sich gegen die Wand. «Sieht ganz schlecht aus. Sehen Sie, wir haben Bücher mitgenommen und so 'n Nippeskram, aber leider halten sich Fingerspuren nicht so lange. Eine Woche vielleicht. Das verstaubt ja alles. Mit 'n bisschen Glück vielleicht zwei, drei Wochen.»

Toppe nickte resigniert, eigentlich wusste er das ja selbst. Mindestens ein Jahr war es her, dass Küsters zu Hause gewesen war, hatten seine Eltern gesagt. Das konnte man wohl vergessen.

Aber was sollte es auch? Wenn sie ihn gefunden hatten, konnten sie seine Fingerabdrücke nehmen, und dann wussten sie es auch.

Warten.

Was machte van Gemmern?

«Was machen Sie denn da?»

Van Gemmern pfiff vor sich hin. «Nicht schlecht», murmelte er, «gar nicht so schlecht.» Aber er sah nicht auf.

Toppe registrierte zum ersten Mal so etwas wie Anspannung bei van Gemmern. Fragend sah er Berns an. «Wir haben da in Küsters' Zimmer eine alte Kerze gefunden. Mit ein bisschen Glück …»

«Passt», rief van Gemmern, und wahrhaftig – er lachte.

«Wie, passt?» Toppe spürte sein Herz mitten im Magen.

«Hier, die Abdrücke auf der Kerze passen zu unseren anderen Fingerspuren. Es ist ganz eindeutig.»

Toppe hinkte zurück zum Büro.

Er war auf einmal sehr unruhig, konnte dieses Gefühl aber nirgendwo so recht festmachen. Astrid saß auf dem Schreibtisch und telefonierte.

«Einen Moment, da kommt er gerade.» Sie deckte die Muschel mit der Hand ab und zischelte: «Tappeser, der Vater von der Trompeterin.»

Toppe humpelte zu seinem Stuhl.

«Toppe.»

«Herr Kommissar? Ich wollte noch einmal nachfragen, wie es denn so aussieht. Man macht sich ja schließlich Sorgen.»

«Wir sind ein gutes Stück weitergekommen, Herr Tappeser.»

«Haben Sie den Mörder?»

«Nein, noch haben wir niemanden festgenommen.»

«Ja, was mach ich denn jetzt mit dem Kind? Ich kann es doch nicht die ganze Zeit einsperren.»

«Herr Tappeser», unterbrach Toppe, «nach dem gegenwärtigen Stand der Ermittlungen glaube ich nicht, dass die Musiker der Bigband gefährdet sind.»

‹Anne Martini›, schoss es ihm durch den Kopf.

«Heißt das, ich brauche mir keine Sorgen mehr zu machen?»

«Ja, ich wäre nicht übermäßig besorgt. Und ich glaube auch, dass wir in wenigen Tagen unsere Ermittlungen abschließen können.»

«Danke, Herr Kommissar, vielen Dank. Sie wissen gar nicht, was für ein Stein mir da vom Herzen fällt. Und schöne Pfingsten auch, Herr Kommissar.»

«Ach ja, Pfingsten. Danke. Wiedersehen.»

Astrid war aufgestanden und sah ihn gespannt an. «Er ist es, nicht wahr?»

«Ja, es ist Küsters.» Er rieb sich die Stirn. «Ich mache mir Sorgen um Anne Martini.»

«Um die? Meinen Sie, der Küsters …?»

Er nickte. «Reimann glaubt, dass die Opfer dem Täter wohl einmal nahegestanden hätten. Und wenn ich so überlege … Jochen Reuter hat sich früher, als er noch Sozialpädagoge war, eine Zeitlang besonders um Küsters gekümmert. In der Zeit hat er sich ja auch noch um seinen Bruder und seine Mutter gesorgt. Alle sagen, seit er Musiker war, wäre er arrogant gewesen. Vielleicht hat er ja nicht nur seinen Bruder fallenlassen, sondern auch Küsters. Jedenfalls hatten die in Worcester nicht mehr viel miteinander zu tun.»

Er rupfte sich ein Barthaar aus.

Astrid zündete wieder eine Zigarette an.

«Ja», sagte sie, «und vielleicht hatte ja auch Otto Hetzel keine Lust mehr, sich um Küsters zu kümmern. Vielleicht hat er ihn rausgeschmissen.»

Toppe verzog zweifelnd das Gesicht.

«Glaub ich nicht. So hart muss das auch gar nicht gewesen sein. Küsters ist ja wohl ein bisschen merkwürdig.»

Er dachte an das, was Karin Hetzel erzählt hatte: Küsters hatte es unverschämt gefunden, dass er seine Telefonkosten erstatten sollte. Er hatte immer erwartet, dass man sich selbstlos um ihn kümmerte. Das hatten eigentlich alle mehr oder weniger deutlich gesagt.

«Und wie passt José Bruikelaer da rein?»

«Wir wissen zu wenig über ihre Beziehung zu Küsters. Aber er hat sie ja wohl öfter besucht. Und Barbara van Gimborn sagte, er sei ihr ganz schön auf die Nerven gegangen.»

Astrid drückte ihre Zigarette aus und schüttelte entschieden den Kopf. «Deshalb bringt man doch keinen um. Das ist doch nicht normal.»

«Normal? Nein, wohl nicht.» Aber Toppe war mit seinen Gedanken schon weiter. «Anne Martini hat ihn doch gewissermaßen auch fallenlassen, aus seiner Sicht, oder?»

Er griff entschlossen zum Telefonbuch.

«Können Sie mir Ackermann holen?»

Im Laden nahm keiner ab, und auch in Anne Martinis Wohnung meldete sich niemand.

Ackermann war ganz aufgeregt. «Echt?», brüllte er. «Echt? Et is' echt der Küsters, Chef?»

«Finden Sie raus, wo diese Frau Martini steckt.»

«Wat?»

Toppe erklärte ungeduldig.

«Wie soll ich die denn finden?»

«Ist mir egal.» Toppe hatte plötzlich eine Riesenwut im Bauch. Mit Mühe riss er sich zusammen.

«Vielleicht spinne ich, aber wenn wir sie in den nächsten zwei Stunden nicht aufgetrieben haben, dann besorgen wir uns Zutritt zu ihrer Wohnung und zu ihrem Laden.»

Ackermann verließ einigermaßen ratlos das Büro.

«Ich gehe mal eben rüber zum Labor.» Astrid spürte, dass Toppe lieber nicht reden wollte.

Er antwortete ihr gar nicht. Sein Magen knurrte, und in seinem Fuß puckerte und pochte es. Als Heinrichs hereinkam, schreckte er hoch, er musste am Schreibtisch eingenickt sein.

«Anne Martini», sagte Heinrichs noch an der Tür. «Wenn Küsters unser Täter ist, dann ist Anne Martini in Gefahr.»

Toppe lächelte, obwohl ihm gar nicht danach zumute war.

«Es war Küsters.»

Mitten in seinen Bericht hinein klingelte das Telefon.

«Ackermann hier, Chef. Ich hab se. Die saß ganz gemütlich bei sich im Garten.»

Toppe straffte die Schultern.

«Un', Chef? Ich hab ihr dat gesagt, dat mit dem Küsters un' so. Ich hoff', ich hab da nix falsch gemacht.» Er redete ganz schnell weiter. «Der war übr'ens heute Mittag bei ihr am Laden.»

«Was!»

«Ja, aber sie hat den nich' reingelassen, und da is' er wieder weg.»

«Telefonieren Sie von Frau Martini aus? Dann geben Sie sie mir mal.»

Er suchte nach seinen Zigaretten.

«Martini?»

«Toppe. Herr Küsters war bei Ihnen?»

Heinrichs hielt ihm seine Zigaretten hin, aber Toppe winkte ab.

«Er war am Laden. Aber ich hatte schon zu und habe ihn nicht mehr reingelassen.»

«Wann war das?»

«So gegen zwei.»

«Und in welchem Zustand war er?»

«Zustand? Ich weiß nicht. Er ist erst ein paarmal vorbeigefahren, und dann hat er bestimmt fünf Minuten lang gegen die Scheibe geklopft und gebollert. Ich glaube, der war ziemlich sauer, dass ich ihn nicht reingelassen habe.»

Sie atmete laut und schnell.

«Ist er wirklich der Mörder? Mein Gott, glauben Sie etwa, der wollte auch mich …?»

Es schien ihr jetzt erst aufzugehen.

«Ich weiß nicht, Frau Martini. Auf jeden Fall wollte er zu Ihnen. Vielleicht kommt er noch einmal wieder.»

«Ja, mein Gott, was soll ich denn dann tun?»

«Machen Sie sich keine Sorgen. Ab jetzt wird immer ein Beamter von uns in Ihrer Nähe sein. Geben Sie mir doch noch mal Herrn Ackermann.»

«Ackermann, ich möchte, dass Frau Martini ab jetzt überwacht wird. Können Sie bei ihr bleiben?»

«Personenschutz, Chef? Klar, mach ich doch. Da bin ich Spezialist drin.»

«Gut, ich lasse Sie dann später ablösen.»

Nach und nach waren alle ins Büro zurückgekehrt. Astrid hatte aus dem Labor Kaffee mitgebracht.

Van Appeldorn war skeptisch. «Hältst du so einen Rund-um-die-Uhr-Schutz wirklich für nötig?»

«Ja», antwortete Toppe bestimmt.

«Es kann aber noch Tage dauern, bis wir den gefunden haben», warf Breitenegger ein. «Wir alle wissen doch, wie so eine Fahndung läuft. Und auf Tipps aus der Bevölkerung können wir noch nicht bauen. Die Zeitung mit Küsters' Foto erscheint erst am Dienstag.»

«Na, immerhin scheint er ja noch hier in der Gegend zu sein.» Heinrichs war ganz zuversichtlich.

«Ich glaube nicht, dass es noch lange dauern wird, bis wir ihn haben.» Toppe fischte nach einem Zettel. «Lasst uns mal einen Zeitplan machen. Ich denke, wir lösen uns im Sechsstundentakt ab.»

«Mit Ihrem Fuß fallen Sie aber aus», meinte Astrid freundlich.

«Blödsinn. Ich kann auch im Auto sitzen und die Augen offen halten. Dazu braucht man keine Füße.»

«Und wenn Küsters auftaucht, schleichst du dich von hinten an und brätst ihm eins mit der Krücke über.» Van Appeldorn lachte. «Nee, nee, lass mal. Das kriegen wir auch ohne dich hin.»

Van Appeldorn würde ab Mitternacht übernehmen, dann Heinrichs. Sie notierten den Zeitplan und gingen schließlich.

Warten – das konnten sie auch zu Hause.

Fünfundzwanzig Das heiße Bad und das viel zu reichliche Essen hatten ihn so müde gemacht, dass er die Augen kaum noch offen halten konnte.

Hier draußen auf der windgeschützten Terrasse war es immer noch angenehm warm.

Die Jungen saßen drinnen und sahen sich «Wetten, dass ..?» an, die Geräusche vom Fernseher drangen nur gedämpft zu ihnen hinaus.

Er trank einen großen Schluck von seinem Bier, streckte sich und verschränkte die Hände im Nacken. Gabi erzählte von der Vernissage und was er so alles verpasst hatte.

«Du, die Karin Hetzel ist unheimlich nett. Ich hab sie für Montag mit ihren Kindern zum Kaffee eingeladen.»

«Prima», antwortete er.

Am jungen Kirschbaum vor dem Küchenfenster zeigten sich schon die ersten Knospen.

Es könnte richtig friedlich sein, dachte er, wenn diese elende Warterei nicht wäre.

Die Sonne schien ihr mitten ins Gesicht und weckte sie. Es war spät geworden gestern Abend, und sie fühlte sich überhaupt nicht ausgeschlafen, aber das war sie nie, wenn sie bei Klaus übernachtete.

Er war schon aufgestanden, sie hörte plätschernde Geräusche aus dem Badezimmer.

Selbst am Wochenende hielt es ihn nicht länger als bis acht Uhr im Bett. In dieser Hinsicht passten sie überhaupt nicht zusammen.

Sie kroch aus dem Bett und tapste nackt, wie sie war, ins Bad. «Morgen.»

Er lag ausgestreckt in der Wanne und betrachtete sie wohlwollend. «Morgen. Kommst du mit rein?»

«Nee, lass mal.» Sie ging zum Waschbecken und schaufelte sich mit beiden Händen kaltes Wasser ins Gesicht. «Ich mach schon mal Frühstück.»

Van Gemmerns Küche war winzig. An der Tischplatte, die er an die Wand geschraubt hatte, fand neben seinem Stuhl gerade noch ein kleiner Hocker Platz, auf dem sie sitzen konnte, wenn sie aßen.

Er kam nur in Shorts und mit nassem Haar.

Sie goss Kaffee ein.

«Was ist mit dir?», fragte er. «Du bist so schweigsam.»

Sie musste lachen, denn das war sonst immer ihre Textzeile. «Eigentlich ist nichts. Ich muss bloß immer an diesen Küsters denken.»

Er bestrich eine Scheibe Toast mit Butter und schwieg.

Sie sah auf ihre Uhr. «Viertel vor elf. Um zwölf muss ich Heinrichs bei der Martini ablösen.»

Er sah sie ernst an. «Also richtig ist das nicht, dass du als Praktikantin da eingesetzt wirst.»

«Ich habe selbst darum gebeten», gab sie schnippisch zurück.

Er lächelte nachsichtig und goss sich Kaffee nach.

«Also, jetzt reicht's mir aber endgültig! Wir fahren sofort zum Krankenhaus.» Mit zornigem Gesicht stand Gabi über ihm.

Toppe war beim Duschen ausgerutscht und hatte versucht, sein nicht unbeträchtliches Gewicht mit dem verletzten Fuß abzufangen. Jetzt saß er – nackt und nass – halb in der Duschwanne, halb auf dem Kachelboden, rieb sich den Knöchel und stöhnte laut.

«Komm, ich helf dir beim Anziehen, und dann fahren wir.»

Er dachte nicht mehr an die Fahndung, nicht an Küsters.

Sein Fuß tat so höllisch weh, dass ihm die Zähne aufeinanderschlugen.

Van Appeldorn hielt Marion fest und wiegte sie hin und her. Sie schluchzte trocken. Ihre Augen waren völlig zugeschwollen.

Sie hatte die ganze Nacht geweint und nachgedacht, höchstens eine Stunde geschlafen.

Seit er um halb sieben von Anne Martinis Wohnung zurückgekommen war, hatten sie geredet, gedacht und geredet.

Seit einer Stunde saß Anna, Marions Tochter, nun schon vor dem Fernseher und sah einen evangelischen Vespergottesdienst, von dem sie nicht eine Silbe verstand. Ganz laut hatte sie den Ton gestellt und sich tief zwischen die bunten Sofakissen verkrochen. Sie hörte es trotzdem noch. Immer wenn Mama aufschluchzte, hielt sie sich die Ohren zu. Norbert hatte sie schon dreimal aus dem Schlafzimmer rausgeschmissen.

«Mama!», rief sie jetzt, so laut sie konnte.

«Ich komme gleich, Liebchen», rief Mama. «Nur noch einen Moment, Schatz.»

Anna nahm Mamas Nagelschere, die da auf dem Tischchen lag, und schnitt ein kleines Loch ins Sofakissen.

«Wann ist das passiert? Am Donnerstag? Das gibt's doch wohl nicht. Und da kommen Sie erst heute? In meinem Sonntagsdienst! Glauben Sie, ich habe nichts anderes zu tun?»

Der diensthabende Arzt hatte sich in seiner ganzen Leibesfülle vor Toppe aufgebaut. Er musste einiges über zwei Zentner wiegen, und er war mindestens 1,90 m groß. Sein Kopf wirkte im Vergleich zu seiner mächtigen Gestalt unnatürlich klein, und er hatte die größten Ohren, die Toppe je gesehen hatte.

«Lisbeth, pack ihn in den AOK-Chopper und fahr ihn zum Röntgen», polterte er die Krankenschwester an.

Toppe fühlte sich hilflos. Obwohl er die Art des Arztes unmöglich fand, hielt er den Mund.

Das Röntgen war ziemlich unangenehm, aber nicht halb so schlimm wie die ‹fachmännische› Untersuchung.

Er musste eine halbe Stunde im Rollstuhl auf dem Gang warten. Gabi saß die ganze Zeit neben ihm, aber sie sagte nicht viel.

«So, dann kommen Sie mal wieder.» Der Arzt rollte ihn selbst ins Untersuchungszimmer. Er deutete auf die Röntgenbilder, die dort am Schirm hingen.

«Da haben wir's: Weber C, Außenknöchelfraktur.»

«Gebrochen?»

«Sag ich doch. Und da laufen Sie drei Tage drauf rum, Mann! Muss operiert werden.»

«Das geht nicht.»

«Na, so was hab ich gerne. Ich sage Ihnen, das muss operiert werden.»

«Sofort?»

«Nein, nächstes Jahr. Jetzt mal im Ernst, Herr Toppe. Damit ist nicht zu spaßen. Und Sie haben doch auch Schmerzen.»

«Schon, es ist nur …» Toppe versuchte zu erklären, warum er noch ein paar Tage Zeit brauchte, aber der Arzt blieb stur. «Ich bin ganz und gar nicht damit einverstanden. Das müssen Sie mir unterschreiben, dass Sie gegen ärztlichen Rat und auf eigene Verantwortung gehen, Herr Toppe.»

Toppe unterschrieb, bekam einen Gips bis zum Knie, seine Gehstützen in die Hand gedrückt und war entlassen.

«Du bist ja so unvernünftig, Helmut», schimpfte Gabi leise, als sie auf den Aufzug warteten.

Toppe ließ sich in seinen Sessel fallen und legte das Gipsbein vorsichtig auf den Tisch. So war es viel besser auszuhalten. Das Telefon klingelte.

«Nein, danke», hörte er Gabi recht ungehalten sagen. «Ich koche gerade selber.»

«Es war nur Mutter. Sie wollte uns zum Essen einladen», rief sie dann aus dem Flur. «Willst du Sauce zu deinem Steak?»

«Ja», krächzte Toppe und räusperte sich, «ja, bitte, mit viel Knoblauch.»

Die Terrassentüren waren weit geöffnet. Oliver kickte einen Ball gegen die Garagenwand. Es schepperte laut, wenn er aus Versehen die Tür traf. Die Vögel zwitscherten unverschämt laut. Alles roch nach Frühling. In Toppe war es eher winterlich.

Krankenhaus, Operation. Und immer noch diese Warterei.

Jetzt war Astrid bei Anne Martini. Konnte er sie dort wirklich allein lassen?

«Papa?» Christian hatte sich auf dem Fußboden vor seinem Sessel niedergelassen. «Ich hab gelauscht gestern Abend.»

«Aha.»

«Ihr wisst jetzt, wer der Mörder ist, ne?»

«Ja.» Er strich seinem Sohn über den Kopf.

«Und jetzt sucht ihr den?»

«Ja.»

«Papa?»

«Hm?»

«Warum hat der die alle ermordet?»

Der Tag zog sich in die Länge. Nach dem Mittagessen legte er sich aufs Bett und versuchte zu schlafen.

Gabi und die Kinder spielten Federball auf der Schafwiese.

Es klingelte.

Er hörte, wie Gabi ‹Hintenrum!› rief und dann van Appeldorns Stimme. Schnell rappelte er sich auf. «Ich komme», rief er aus dem Fenster.

«Und?» Gespannt humpelte er van Appeldorn entgegen.

«Nee, nichts», winkte Norbert ab. Er sah sehr müde aus. Unter dem schwarzen Haarschopf wirkte sein Gesicht fahl und schlaff.

«Ich wollte was Privates mit dir besprechen.»

«Wollt ihr denn nicht reingehen?», fragte Gabi.

«Du kannst ruhig dabei sein», sagte van Appeldorn und setzte sich auf einen der Gartenstühle. Er stutzte. «'n Gipsbein? Wie kommst du denn plötzlich da dran?»

Aber als Toppe erzählte, hörte er kaum richtig zu.

«Ich hol uns mal Kaffee.» Gabi verschwand in der Küche.

Van Appeldorn war ganz sachlich, fast kühl in seiner Schilderung.

«Geteilter Erziehungsurlaub?», fragte Toppe.

«Ja, ich würde dann für ein halbes Jahr ausfallen.»

«Finde ich prima», sagte Gabi. «Das ist wirklich eine gerechte Lösung.»

«Ja», antwortete van Appeldorn und sah an ihr vorbei.

«Und hinterher?», wollte Toppe wissen.

«Hinterher sehen wir weiter. Vielleicht nehmen wir uns eine Kinderfrau.»

«Du siehst nicht so richtig glücklich aus dabei», bemerkte Gabi.

«Hm? Ach was, ich bin bloß müde. Ich habe die ganze Nacht nicht geschlafen.»

Sie strich ihm flüchtig über seine Hand. «Wenn das Kleine erst da ist, sieht alles ganz anders aus, glaub mir.»

«Vielleicht.» Er stand auf. «Dann will ich mal wieder. Ich leg mich erst mal aufs Ohr. Was Sinnvolles können wir ja doch nicht tun.»

«Komm endlich ins Bett», rief Gabi schon zum zweiten Mal.

«Ja, sofort», rief er zurück und schaltete weiter die Programme durch.

Sie murmelte etwas.

Jetzt musste Breitenegger bei der Martini sein.

Wo mochte dieser Küsters nur stecken? Wieso fiel keinem das Auto auf? Ob er es bei irgendwem untergestellt hatte? Vielleicht war er auch über die grüne Grenze nach Holland rüber. Dann wäre er erst mal in Sicherheit.

Als die Nationalhymne lief, schaltete Toppe den Fernseher ab und humpelte ins Bett.

Sechsundzwanzig Er wachte auf, weil er fror.

Seine Kleider waren klamm und klebten kalt am Bauch und zwischen den Schulterblättern.

Er hatte nicht daran gedacht, das Fenster offen zu lassen, bevor er einschlief. Jetzt waren die Scheiben von seinem Atem dick beschlagen, satte Tropfen bahnten sich ihren Weg und zeichneten ein wirres Streifenmuster.

Als er mit der Zunge an den Zähnen entlangfuhr, spürte er einen stumpfen, pelzigen Belag. Es schmeckte nach Jauche.

Ächzend richtete er sich halb auf und ließ sich über die Lehne nach vorn auf den Fahrersitz rutschen. Sein Darm machte eine langsame Drehung.

Im Rückspiegel konnte er sein Gesicht sehen. An seinen Lippen klebte angetrockneter, bräunlicher Speichel, der zähe Fäden zog. Der Ärmelknopf seines Parkas hatte auf seiner Backe einen tiefen, flammroten Abdruck hinterlassen.

Er hatte Hunger. Das Stück Weißbrot auf der Ablage, das er heute früh hatte essen wollen, war durch die Feuchtigkeit pappig aufgedunsen und ungenießbar.

Das nächste öffentliche Klo war am Minnoritenplatz. Was für eine Scheißstadt.

Andy und Gerd und die drei Weiber – wieso hatten

sie ihn vor die Tür setzen müssen? Wohngemeinschaft nannten die sich – der blanke Hohn. Hätten die ihm nicht wenigstens Zeit geben können, bis er etwas anderes gefunden hatte? Vier, fünf Tage nur, dann hätte er nicht in diesem Scheißauto pennen müssen.

Erbärmliche Spießer – alle, wie sie da waren.

Grimmig kratzte er sich den Belag von den Zähnen und lutschte den Finger ab.

Sprit hatte er auch keinen mehr. Höchstens noch für dreißig, vierzig Kilometer.

Mit klammen Fingern klaubte er die letzten Münzen aus seiner Parkatasche: 9,86 DM. Nicht einmal zehn Mark für die nächsten zwei Wochen. Und selbst das nützte ihm heute nichts. Die Läden hatten alle dicht – Pfingsten, das liebliche Fest war gekommen!

Die Sonne schickte ihre ersten Strahlen durch die Seitenscheibe. Halb neun.

Er beugte sich vor und sah an der alten Befestigungsmauer hinauf, an deren Fuß er den Wagen letzte Nacht abgestellt hatte. Hoch oben zwischen den Ulmengipfeln konnte man den Schwanenturm erkennen.

Sein Darm wand sich wieder, diesmal so energisch, dass er die Fahrertür aufstieß und hinausstürzte.

Scheiße, er hatte nicht einmal ein Stück Papier.

Hastig ließ er die Hose runter und hockte sich zwischen Mauer und Stoßstange. Er hatte gerade noch Zeit, den Brennnesseln auszuweichen, die dort in Unmengen wuchsen.

Die Glocken der nahen Unterstadtkirche begannen zu läuten.

«Papa, da kackt einer.» Er konnte das Kind nur hören.

Schnell zog er die Hose hoch und ging um den Wagen herum. Als er sich auf den Sitzen fallen ließ, glitschte es zwischen seinen Arschbacken.

Da gingen sie an seinem Auto vorbei, zwei Kinder, ein Mann und eine Frau. Recht fein ordentlich nebeneinander. Auf dem Weg zur Kirche, in ihren Sonntagskleidern, sauber gewaschen, glatt rasiert und mit Duftwässerchen ihre menschlichen Ausdünstungen kaschierend.

Ja, geht ihr nur, ihr erbärmlichen Spießer. Was habt ihr schon erreicht! Alles immer schön ordentlich: Taufe, Kommunion, Hochzeit, und samstags zur Beichte. Ein kleines Häuschen, den polierten Mazda vor der Tür, in der Schrankwand den Videorecorder. Die Kinderlein hübsch brav aufs Gymnasium, ein Häppchen für Papi, ein Küsschen für Mama. Alles, wie's sich gehört: der Kegelausflug, das Kaffeekränzchen, der Samstagsabendroutinefick und sonntags in die Kirche. Kleine Spende an ‹Misereor›, und schon war das Gewissen beruhigt. Da kommt ihr alle aus euren warmen Betten gekrochen und wisst ganz genau, wo's langgeht: dick und satt.

Wut stieg in ihm auf. Er rülpste laut und lange.

Diese Wichser in Moers gestern. Free-Jazz-Festival, dass ich nicht lache! Die reine kommerzielle Scheiße. Aasgeier, wie alle anderen auch. Bei diesen Menschenmassen dort hatten die doch ihren Gewinn längst gemacht. Es hätte sie nicht umgebracht, wenn sie mich ohne Karte reingelassen hätten. Profitgeil, alle, wie sie da waren. Alles drehte sich um den Mammon, der Tanz ums goldene Kalb. Und geizig bis in den Tod, geizig auch mit Gefühlen für alle, die ihre Regeln nicht akzeptieren, für alle, die sich Umwege erlauben, die menschlich bleiben. Über solche rümpft ihr die Nase, solche existieren eigentlich gar nicht.

Aber bevor die mich auslöschen, muss noch einiges passieren. Ich lasse mich von keinem mehr runtermachen wie ein Stück Dreck, von keinem mehr fallenlassen, von keinem mehr ignorieren. Ihre Wahrheit habe ich mir lange genug angehört. Jetzt hören die mal zu!

Auch die Martini hatte noch was an ihm gutzumachen.

Jede Menge hat die an mir gutzumachen!

Die Wohnung, die sie hat, ist verdammt groß, und reichlich zu fressen hat sie auch. Wohlstand, dick und fett und satt – die auch –, aber eingetrocknet im Hirn und im Herzen.

Die hat mich nicht reingelassen gestern! Diese frigide Zicke. Der Laden lief ihr damals nicht gut genug – ha! –, dass ich nicht lache! Bloß nicht teilen, bloß nichts abgeben vom großen Kuchen, den fetten Reibach alleine einstecken. Das war's doch. Und jetzt sitzt sie auf ihren Geldsäcken und hat es nicht einmal nötig, mir die Tür zu öffnen. Aber so einfach geht das nicht. Sie wird teilen, so kommt sie mir nicht davon.

Als er entschlossen zum Zündschlüssel griff, klopfte es hart gegen die Seitenscheibe.

Polizeiobermeister Flintrop öffnete die Autotür von außen. «Morgen. Na, dann zeigen Sie uns mal Ihre Papiere.»

Küsters zog ironisch die Mundwinkel hoch, fingerte langsam seinen zerfledderten Führerschein aus der Parkatasche und hielt ihn dem Polizisten hin.

Flintrop stand breitbeinig vor der offenen Tür und rümpfte die Nase. «Hier stinkt's ja wie im Scheißhaus.»

Dann faltete er mit spitzen Fingern den Führerschein auseinander. Er schaute Küsters abfällig an und grinste dann so breit es ihm möglich war.

«Hein!», rief er seinem Kollegen im Polizeiauto zu, ohne den Blick von Küsters abzuwenden. «Sieht so aus, als hätten wir einen ganz großen Fang gemacht.»

Siebenundzwanzig «Du siehst ganz verändert aus. Irgendwie so …», van Appeldorn betrachtete ihn sinnierend. «Ich weiß auch nicht. Irgendwie anders.»

«Ja, ja, ich weiß schon», entgegnete Toppe grimmig, «jetzt fallen die Hamsterbacken und das Doppelkinn erst richtig auf.»

Aus einem plötzlichen Impuls heraus hatte er sich vorgestern den Bart abgenommen. Ein bisschen nackt fühlte er sich noch, nicht richtig in sich zu Hause. Dabei war nach der ganzen Rupferei der letzten Wochen wirklich nicht mehr viel von der Pracht übrig gewesen.

«Trotzdem, es musste einfach mal sein. Zwanzig Jahre lang ewig das gleiche Gesicht.»

Seit gestern ging es ihm wieder gut. Seit gestern durfte er nämlich aufstehen, musste nicht mehr in diesem Bett liegen und die Decke anstarren. Er fühlte sich beinahe beschwingt, dass er die Operation hinter sich hatte und nun fast auch den Krankenhausaufenthalt.

Van Appeldorn hatte ihn regelmäßig alle drei Tage besucht und ihm Geschenke mitgebracht: einen Blumenstrauß, eine Schale mit Obst, roten Traubensaft.

Toppe machte sich nichts aus Blumen, und roten Traubensaft hatte er nie gemocht, aber er erinnerte sich verschämt daran, dass auch er die gleichen Dinge schon oft zu Krankenbesuchen mitgebracht hatte.

Schwachsinnig eigentlich, es war ihm vorher noch nie aufgefallen.

Krankenhäuser veränderten die Leute. Nicht nur die Kranken, die dort lagen und sich hilflos und fremd fühlten – festgelegt und konzentriert auf ihren Fuß, ihr Herz, ihren Darm –, auch die Besucher waren anders als im normalen Leben.

Selbst der sichere, lockere und gern ironische van Appeldorn saß unbequem gerade auf seinem Stuhl Toppe gegenüber.

«Ich habe übrigens hier eine Diät angefangen», kurbelte Toppe das Gespräch wieder an. «Mindestens zwanzig Kilo will ich bis zum Urlaub runterhaben.»

Van Appeldorn feixte. «Was ist denn los mit dir? Fängst du ein neues Leben an? Ohne Bart und ohne Bauch?»

Toppe sah nachdenklich aus dem Fenster. Die kleine Kastanie vor dem Schwesternwohnheim hatte schon alle ihre Blütenstände verloren.

«Wäre nicht das Falscheste, oder? Weißt du, wenn du nur so im Bett rumliegst, hast du mal richtig Zeit zum Nachdenken.»

«Wann kommst du denn raus?»

«Montag.»

«Das passt gut. Hast du Lust, am nächsten Freitag Trauzeuge zu spielen?»

Toppe zog erstaunt die Augenbrauen hoch. «Ehrlich?», schmunzelte er. «Siehst du, ich hab dir immer gesagt, du kommst auch noch mal dran.»

Van Appeldorn sah verlegen aus.

«Nun ja, ist nichts Großes, nur Standesamt. Aber wir dachten, jetzt mit dem Kind …»

«Ja, klar. Sicher, gern mach ich den Trauzeugen. Ich fühle mich schwer geehrt.»

«Nun mach dir mal nicht ins Hemd, Helmut. Ich will doch bloß vor der buckligen Verwandtschaft mit meinem guten Verhältnis zu meinem Vorgesetzten protzen.»

«Und wann kommt das Kind?»

«Ende Oktober.»

«Und dann bin ich dich los?»

«Nee, da wirst du dich noch ein bisschen gedulden müssen. Wohl erst nächstes Jahr im Mai.»

«Weißt du, so ein bisschen beneide ich dich ja. Ein halbes Jahr zu Hause.»

«Warten wir's mal ab.»

«Doch. Mal ganz raus aus der Hektik, mal Luft holen und was ganz anderes machen.»

«Was für romantische Vorstellungen du doch vom Hausmanndasein hast, mein Schatz», lachte Gabi, die eben ins Zimmer kam und die letzten Sätze gehört hatte.

«Oh, hallo, Gabi.» Van Appeldorn sprang auf, um sie vorbeizulassen. Krachend schlug sein Stuhl gegen die Wand.

Toppe seufzte tief.

MIX
Papier aus verantwortungsvollen Quellen
FSC® C083411

Das für dieses Buch verwendete FSC®-zertifizierte Papier *Lux Cream* liefert Stora Enso, Finnland.